teenに贈る文学

一鬼夜行

小松エメル

ポプラ社

一鬼夜行

目次

小松エメル

一鬼夜行《いっきやこう》

序

「――首を？」

訝《いぶか》しむ声が、洞内にぽつんと落とされた。

橙《だいだい》のほのかな灯《あか》りが洞窟《どうくつ》中を照らす中、大小二つの黒い影が細長く奇妙に伸びている。

二つの影の周りには、ごつごつとしたいびつな丸の岩が無数に転がっているだけで、橙を発しているはずの灯りはおかしなことに一つも見当たらぬ。

「そうだ。お前の飼い主の首を持ってこい」

影の大きな方は大儀そうに言い、小さな方の影はさして驚きもせず、

「それは出来ぬ相談だ」

と短く答えた。

「俺に飼い主なんていない」

それでは話にならぬとばかりに、長い影はうっそりと首を振る。

「……首を土産《みやげ》にしなけりゃ駄目なのか？」

手ぶらで来てしまった自分を悔いたが、まさか人の首を持ってこなければならぬなど思いもよらぬ。どの道無理な話だった。

「飼い主がいないのならば、都合のよい人間を見繕ってそいつに飼われてやれ」

「飼われるのは御免だ……矜持《きょうじ》に関わる」

お前の矜持など大したものではなかろう、と長い影は笑う。

「大事をなそうと言うならば、尚《なお》のこと」

何ということもない、世間話をするような話しぶりだ。それが逆に恐ろしかった。それ程大きくはないのに、頭の芯に直接響いてくるような声音に、

「それはそうかもしれぬが……」

小さな影の主は、思わずたじろいでしまう。しかし、というためらいには耳を貸さず、せいぜい相手に尽くしてやれと起き上がって更に大きくなった影は言う。

「なるべく情を通い合わすのだ——頭と胴を離すのを躊躇《ちゅうちょ》するくらいにな」

自分の何倍も大きなその姿は不気味な妖気《ようき》を発していて、

「……首を」

と言いかけた小さな影は、そこで思わず唾《つば》を飲み込んでしまった。

「ああ、首を」

同じ言葉を返されたが、そこには馬鹿にするような嘲《あざけ》りは見られない。小さな影の主は速まる鼓動を落ち着かせるように、低い声音でゆっくりと問うた。

「首を持ってきて——どうする？」

くっくっくっと喉《のど》の奥を震わせる声が響いた。長い影の方——猫股《ねこまた》の長者は、傍らのごつごつとしたいびつな丸の岩を片手で軽々と持ち上げ、鞠《まり》のようにくるりと回すと、楕円の目を張りつめた弓の形に変えた。

「私とお前の二人で、それを喰《く》らうのだ」

長者がぺろりと舐《な》めた、手の平の上のごつごつとしたいびつな丸の岩——。

「——こうやって、な」

よくよく見てみると、

（——ああ、）

人の——頭の骨だった。

一、迷子の妖怪

「ぶつかるぶつかるぶつかる……あれ？」

必死で抱《かか》えていた頭から恐る恐る手を解いた小春《こはる》は、こぢんまりとした庭の、綺麗《きれい》に刈り整えられた草の上にいた。庭と長屋の周りを取り囲む、小春の背丈と同じくらいの木柵《もくさく》の向こうには、横にも後ろにもズラズラと長屋が軒を連ねている。しんと静まり返る闇《やみ》の中、小春はポカンと口を開けた。今いる自分の場所が、皆目分からなかったのだ。

「いでででで……」

夢ではないとすぐさま気がついたのは、頰《ほお》をつねったからではない。にわかに痛み出した尻《しり》のせいである。ずきんずきんと尻ではなく、尻の骨から背中の骨の髄まで痛んでいるような気がして、ああ――と小春は呻《うめ》きを漏らした。

「ツイてない……いや、尻はツイたけれど」

そう呟《つぶや》いてみても誰もいないことに言った後で気がついて顔が赤くなったのも束《つか》の間、今度はサアアと青くなった。なぜ尻が痛んでいるのか、ほんの少し前の出来事がまざまざと小春の頭の中に蘇《よみがえ》り始めたからである。

何の音も聞こえぬ黒い闇だった——今とは反対に「皆」がどこにいるのか分からなくて、小春はひどく焦っていた。それからにわかに起こった地震のような激しい振動で、ふわっと身体《からだ》が浮き上がると、誰かの手に引っ張られるように小春は後ろに下がっていってしまったのだ。下がって下がって——小春の見た景色は、一面濃い灰色の、引《ひ》っ掻《か》き傷のような跡が多方向に広がる模様だった。視界がパッと開けた途端、小春の身体はものすごい風に包み込まれた。髪を逆立てる風は、ごおおおと耳の中に鳴り響いて騒がしく、うっかり開けた口はすさまじい風圧で危うく裂けてしまいそうだった。

両手を使って何とか口を閉じている間に、ぼんやりとはっきりしなかった模様は、段々と本来の輪郭を帯びていった。初めは濃い灰にしか見えなかった色も、深緑は木々、焦《こ》げ茶は大地や人家の屋根、紺は川や海の水の色に変わった。紺色が白みがかった藍色になると、引っ込んで見えていたものが、切り傷が盛り上がったように浮き上がって、無秩序に見えた模様が怖《こわ》いくらいに整然とした形に変化した。日本橋《にほんばし》に、愛宕山《あたごやま》に、神田明神《かんだみようじん》に、新吉原《しんよしわら》……小春の真下に広がっていた景色は、江戸《えど》の町——ほんの数年前に東京と名の変わった——だったのである。

しかし、小春には何が何だかよく分かっていなかった。それほど高い場所から江戸の町をすっぽりと眺めることなど初めてだったし、久方ぶりの町並みに懐かしさを感じる余裕などまるでなかったのだ。それなのに、小春はその時何かを発見した。視界の右斜め上、赤茶の部分——小さな人家が密集する辺りから、チカチカとまるで合図を送っているような鈍い光が見えたのである。

（あれは――）

小春は目を凝らしてそれが何か確かめようとしたが、それは結局出来ずに終わった。光を発見した途端、落下の速さがにわかに上がって、一つ一つがやつぎ早に目の中へ飛び込んできたからだ。橋に河岸《かし》に大きな寺、闇の中でうっすらと明るい遊里――立ち並ぶ町家は真っ暗闇で、何一つ灯りはない。しかし、チカチカと遠い星のように瞬《またた》く光が小春の目を捉《とら》えて放さなかった。そして、その光に吸い込まれるように、小春の身体はぐんぐんぐんぐん進んでいったのだ。ぐんぐん、ずんずん勢いは増していき、小春はあっという間に人家の屋根の少し上くらいまで落ちてきていた。その時になってやっと、

（――このままじゃぶつかる！）

と危機感を抱いた小春は、頭から真っ逆さまに落ちるのを阻止するために、何とかして身体の向きを変えようと必死にもがいた。地に落ちる寸前に、頭を抱えて空中でくるりとでんぐり返しが出来たのは、まさに火事場の馬鹿力《ばかぢから》である。その後、

――どっしんっ。

とすごい音を立てた小春は、こうして今、見知らぬ人家の庭で無事尻餅《しりもち》をついていた。

「……そうだ、俺はあそこから落ちたんだ」

落ちた、という事実に辿り着いた小春は、ただただ呆然とした。

「いででででで……っ」

そのまま呆けていられなかったのは、尻の痛みのせいである。尻餅をついたおかげで痛いだけですんだのだが、痛いものは痛い。ものすごく痛かった。目尻にたっぷりと涙を溜《た》めながら、したたかどころではなく打ちつけた尻を擦《さす》っていると、

「あ、あの……すみません。何だかものすごい音が……多分、御宅のお庭の方からだと」

声を潜《ひそ》めた女の声が小春の耳に届いた。ただならぬ事態に気がついた近くの住人が、様子を窺《うかが》いに来たのだろうか。小春がいるのはとある長屋の裏手にある小さな庭だったが、声がしたのはその長屋の表の方からだ。尻に手をやったまま小春はグッと身構えたが、どうにも様子がおかしかった。

「いえ……どうかなさったのかと思いまして……」

「あの、最近物騒でしょう？　ほら、この界隈《かいわい》で噂《うわさ》になっている……ひ、人攫《ひとさら》い……！」

「い……いいえ！　な、何でもないのでしたら、いいのです……」

気配は確かに二つあるのに、女一人の声しか聞こえぬのだ。それから二、三話しかけるも、相手からの答えはほとんどない。返事をせぬ相手は怒っているのか、女の声は叱《しか》られてしょんぼりしたように、どんどんか細くなっていった。地獄耳の小春が耳を澄《す》ましていても、はっきりとは聞こえぬほどだった。

「そうですか……夜分に、どうもごめんなさいね……お休みなさい」

最後に哀《かな》しそうにそう言って、どうやら女は踵《きびす》を返したようだ。さくさくと地面を踏む足音は小春の背後の裏長屋の前で止まり、ごく小さな溜息《ためいき》が落とされた。もう一つの気配はそこに留《とど》まったままだったが、しばらくして動き出す。まだまだ目に入る距離にはいないものの、小春にはその人間が段々とこちらへ近づいてくるのが分かった。女のように柵越しではなく、敷地の中からだ。いつもの小春ならばとっくに逃げ出しているところだが、生憎《あいにく》と今は尻の調子がすこぶるよろしくない。

そうかと言ってこのままでもいられぬと、小春は腕の力だけで立ち上がろうとしたが、その時、びんっと腕の筋が引っ張られる音がして、

「いってぇえ!!」

と喚《わめ》いてしまった。みっともない声はまんまと拾われ、長身の影が小春の近くにやって来た。

「……他人様《ひとさま》の庭先で何をしている?」

座り込んだ小春には大きな杏《あんず》の木の陰に隠れて姿は見えなかったが、声の主は何とはなしに優しそうに感じられた。怯《おび》えた女の声が聞こえてきたので、てっきり相手はもっと威圧的で乱暴な声音をしているものだと小春は思い込んでいたのだ。男の声は低く穏やかで、まるでそよ風のようだと尻の痛んだ小春は、なぜかのんき気にそんなことを思ったものである。

しかし――、

「──ひぃっ」

ぬっと目の前に現れた顔は、優しいとは口が裂けても言えぬ顔であったので、思わず尻の痛みも腕の痛みも忘れ、小春は尻をついたままその場から後退《あとずさ》ってしまった。男は用心のためか、夜着の帯に脇差《わきざし》を差していたが、そんなものに驚いたわけではない。肉を薄く断つだけの金物など、小春にとっては大して怖くはないのだが──。

月影を背負った青い顔、細い面《おもて》にほつれてかかるつるりとした漆黒の髪。瞳《ひとみ》の黒は小春がついさっきまでいた闇の色と同じもので、そこにいた同胞よりもよほど不遜《ふそん》な色を湛《たた》えていた。細く薄い唇は血を舐めたように赤く──醜悪な容貌《ようぼう》をした悪鬼にも勝るとも劣らぬ風情である。

「こ──」

男の醸し出す剣呑《けんのん》な雰囲気に呑《の》まれ、思わず怖いと言いかけた言葉にハッと我に返った小春は、

「こ……こんな刻限に何しているっ」

ぎろりと険のある目を見張り、声音も低く恐ろしげに変なことを口走った。男は笑いもせず、胡乱《うろん》げな目のまま片眉《かたまゆ》を上げる。その顔もまた厳《いかめ》しい。

「それはこちらの台詞《せりふ》だが──妙な坊主だな。ああ……異国の者か？　そのおかしな頭も着物も、こちらのものではあるまい」

男は無造作に小春の、闇夜と同じ色をした着物の裾《すそ》をつまんだ。

「お、俺のどこがおかしい……どこもかしこもおかしくないっ」

男からしてみれば、どこからどう見てもおかしくないところがない。目の前にいる少年は、十を少し過ぎたばかりの目のくりっとした愛らしい顔立ちをしているが、肩まで伸びた髪は、すすき色にところどころ赤茶と黒が交ざった、獣のような変わった毛色だった。手足の節のところでばっさりと切られたような着物は裾だけが奇妙に広がっていて、ここらではまるで見かけない格好だ。近頃よく目にするようになった洋装でもない。寸足らずであるのに、着ている着物の生地は、男のそれよりもよほど上等のものである。

「異国の子でないと言うなら、お前は一体どこの子だ？」

男は不審そうに訊《き》いた。

「見れば分かるだろ」

待ってましたとばかりにえへんと小さな胸を張る子どもに、まるで分からんと人相の悪い男は真顔で首を横に振る。一目瞭然《いちもくりようぜん》だろうにと小春は唇を尖《とが》らせたが、男は瞬《まばた》きの一つもせずに小春を無表情に見下ろすだけだった。

「…………」

「…………」

間の抜けたような妙な沈黙に、先にしびれを切らしたのは小春だった。

「……えー、ごほんっ」

一つ咳《せき》をして茶を濁した小春は、すうっと息を吸い込んで、再び胸を張って宣言した。

「俺は百鬼夜行《ひやつきやこう》に欠かせない……鬼だ！」

男はきょろきょろと辺りを見回し、無精ひげの生えかかった顎《あご》を気だるげに撫《な》でた。

「百鬼夜行のくせに一鬼しかいないではないか」

男の至極真っ当な指摘にぐっとつまった小春は、

「俺にもよく分からんのだが……」

不承不承にというように、ぽつりぽつりと話し出した。

＊

夜から朝に変わる時のような、ほの暗さの中に小春はいた。小春だけではなく、輪入道《わにゆうどう》も青女房《あおにようぼう》もだいだらぼっちも瀬戸大将《せとたいしよう》も、大勢の妖怪たちが連なって、ぞろぞろと練り歩いていた——百鬼夜行の行列である。前にも後ろにも魑魅魍魎《ちみもうりよう》、幾多の妖怪が寄り集まって、ところによっては粛々《しゆくしゆく》と、大体は賑《にぎ》やかに行進していた。しゃんしゃんしゃんと小気味のよい音は、楽器に宿った付喪神《つくもがみ》たちが自らを使って奏でているものだ。軽やかな旋律は誰の耳にも心地《ここち》好《よ》く、歩き続ける妖怪たちの助けになっていた。闇の中でもところどころに明るいのは、手だらけの百手《ももて》という妖怪が持つ提灯《ちようちん》のおかげである。いつもならば何とも思わぬその灯りも、

(——ああ、夜行にいる)

　自分も出世したものだと小春の胸を躍らせるには充分なものだった。思わずくすりと笑いを漏らした小春は、初めて百鬼夜行に並んだ他の妖怪たちと同じように、心を弾ませて歩いていた。夜行道には地面がない。浮かんでいるわけでも、飛んでいるわけでもないのだが、妖怪たちは地のない道を歩いていく。地がなくとも、夜行に選ばれた妖怪たちには迷うことなく行列を進めることが出来たのだ。

　誰も彼も順調に歩いていたその夜行道で、急に足を止めてしまったのが小春である。

「おい。急に立ち止まるな、ぶつかるだろう。お陰で首がもげたわ」

　飛頭蛮《ひとうばん》の迷惑そうな声も耳に入らず、小春はその場で立ち尽くした。今まで感じたことのない心地に心を支配されて、身動きが取れなかったのだ。身体の真ん中より少し上の辺りを、誰かにぎゅっと摑《つか》まれたような心地がする。

（さてはアイツの仕業か）

　いつもちょっかいばかりかけてくる者を頭に思い浮かべながら、袖《そで》以外を引っ張るなと小春は非難を含んだ目で後ろを見たが、小柄な小春よりも更に背の低い袖引き小僧の姿は見えなかった。それどころか、たった今小春に文句を言ったばかりの飛頭蛮の姿も首もない。前を行く狐《きつね》も、その横にいた狸《たぬき》も濡女《ぬれおんな》も、ぬらりひょんまでもいなかった。

　もう一度振り返った後ろには、輪入道も小豆洗《あずきあら》いも見えず、近くを見回しても遠くを見回しても誰もいない。おまけに、辺りは真っ暗だった。ついさっきまで広がっていた提灯の薄明かりの波は、跡形もなく消えていた。提灯を持つ百手は百も手があるのだから、一つくらい残っていてもいいはずだと小春は細めた目をじぃっと凝らしたが、視界が狭まるだけで何も映らなかった。提灯どころか――一瞬のうちに、小春以外の妖怪が一人残らずいなくなっていたのだ。

（……まさか）

嫌な考えが浮かびかけて、小春は一人首を振った。塗壁《ぬりかべ》のどろどろとした大きな背に隠れ、近くで笑っているのかもしれない――妖怪なのだから、気紛《きまぐ》れにそんな悪戯《いたずら》もしよう。きっとそうだ、誑《たぶら》かされたのだと小春は無理やり頷《うなず》き、声を張った。

「おお～い、妖怪が妖怪を驚かせてどうすんだ」

馬鹿だなお前ら、と笑っても、ウンともスンとも返ってはこず、琴古主《ことふるぬし》や三味長老《しゃみちょうろう》の奏でる音も小春の耳には届かなかった。辺りはシンと静まり返っている。

「……手の込んだことをしたって無駄だぞ！　余興のつもりだか何だか知らねぇが、こんなもんで俺は驚かないからな」

何たって大妖怪だからラッと虚勢を張ったものの、同胞の声も賑やかな足音も耳に届かぬ。唯一聞こえてきたものといえば、自分の少々急《せ》いた心の臓の音だけだった。しかし、段々と血の気が引いていくにつれ、小春の耳にはそれさえも届かなくなってしまった。何も見えず、何も聞こえず、広い空間にただ独り――それは、小春が初めて感じたまったくの無だった。

まさかまさかと青ざめ始めた時、ぐらぐらとものすごい勢いで足元がぐらついて、小春はまっすぐに立っていられなくなった。地震かと思ったが、地のない夜行道で地震など起こるわけもない。小さな身体が勝手に跳《は》ねて、言うことを聞かなくなった小春は、

「誰か……いるんだろ？　出てきてくれよ！　何だか知らぬが俺が悪かったたって！」

と盛んに叫び声を上げたが、応じる者は誰もいなかった。激しさを増していく震動に必死に抵抗していた小春だったが、得体のしれぬ力に抗《あらが》うことはかなわなかった。一寸《ちょっと》身体が持ち上がったと思ったら、小春の身体は後ろから誰かに引っ張られるように、頭から真っ逆さまに落ちていってしまったのだ。

＊

「……で、ここに落ちてきたと？」

男の問いに、それまで語っていた小春は重々しく頷いた。

御一新《ごいっしん》から早五年――明治という耳慣れぬ新しい年号にも生活にも、すっかり慣れた頃である。列車が走り出すこの頃には、人力車はもうすっかり人々の足になっていた。僧侶《そうりょ》の肉食妻帯が許され、洋装の御仁もちらほらと街中で増え始めたのは、これより少し前のことである。開化の都市横浜《よこはま》には、夜でも明るい街灯が設置され、ちょんまげや刀などは旧《ふる》い時代の象徴になってしまった。これより少し後になると、銀座《ぎんざ》に煉瓦《れんが》造りの建物が立ち並ぶようになる。その様子は、さながら西洋の魔法をかけられたかのようだ。

（カイカ、カイカ、カイカ〜）

と文明開化の音は直接耳に聞こえはしないが、人々の生活や日常風景のそこかしこに、いつの間にやら響き渡っている。未《いま》だ人々の根底に流れるのは何百年と続いた江戸人の心であったが、開化によって旧さと新しさが混在し、世の中は不可思議な様相を呈していた。新旧入り混じるこのご時世、妖怪沙汰《ざた》はまだそれ程珍しいとは言えぬ。しかし、そうは言っても開化の時代——開《ひら》けた人間の世に閉じた世の妖怪は、肩身が狭いはずである。いくら妖怪と言えど、一寸くらいは人目を憚《はばか》るはずだが、小春はまるで頓着せずに、男の目の前で百鬼夜行の話を語った。その様は、どこからどう見ても人間の幼子だ。

「お前の名は何と言うんだ？」

小春の話を黙って聞いていた男は、おもむろに訊《たず》ねた。自称妖怪は唇を尖らせ、ぼそりと答える。

「……人間に教える名などない」

怖い顔が怒って余計に怖くなるかと小春は内心身構えたが、そうか、とだけしか男は言わぬ。あっさりとした男の物言いに拍子抜けした小春は、ジトリと男を睨《にら》んだ。妖怪だと名乗った小春に驚いた様子も怖がっている様子も、気味悪がっている様子もまるでない。喜んでいたらもっと奇妙だが、男は何の興味も湧《わ》かぬのか、妙に落ち着き払っている。鉄面皮は少しも揺るがず、ぴったりと貼《は》りついたままだ。

（……そうか！）

男をまじまじと見ていた小春は、思いついたような顔をして、ニヤリと子どもらしからぬ腹黒な口元で男に笑いかけた。

「お前は何者だ？」

「何者だと訊かれても、お前が勝手に落ちてきた庭の主だが」

名は喜蔵《きぞう》だと男は言った。そうじゃなくてさ、と先程よりは少々気安さを滲《にじ》ませ、小春は身を乗り出して喜蔵の顔を覗《のぞ》き込む。

「何という妖怪なのかと訊いているんだ――人に化けて暮らしているのだろう？　どんな企《たくら》みがあるのか知らぬが、そんな顔していたらすぐにバレちまうよ」

俺みたいに上手《うま》く化けなきゃ駄目だと小春は自分を指差す。

「俺は人間だ」

嘘《うそ》をつけ、と小春は引きつった顔で笑った。

「お前のような凶悪な面《つら》した人間がいるものか。――分かった。天狗《てんぐ》だろう？」

お前によく似たきつい目つきの仏頂面の奴を昔見た覚えがある、とわけ知り顔で頷く小春に、喜蔵は目を半眼にして、わざとらしい盛大な溜息を吐き出した。

「お前こそ、どこの餓鬼《がき》だ？　こんな夜更けに妖怪のふりなどして何が楽しい？　悪戯仲間がいるかと思ったが、おらぬようだし……邏卒《らそつ》に届けるか」

邏卒とは、明治四年に東京府で採用された警察制度である。

喜蔵は踵を返し、裏長屋の路地へと通じる木戸から出ていこうとした。

「ちょ、一寸待て！　妖怪を番屋に届ける奴があるか！」

喜蔵の袂《たもと》を慌てて引っ張る子どもの頭を、喜蔵は後ろ向きにポンポンと叩《たた》く。

「勝手に哀れむな、こら！　俺は頭がおかしいわけじゃない！」

俺は妖怪だッと喚き散らす頭に手を置いたまま、喜蔵は固まって内心途方に暮れていた。

(これは……)

小春の頭は、つんつんと毛が逆立っている。剛毛かと思いきや、存外猫っ毛だ。怒った針鼠《はりねずみ》のような髪型をしているが、あるはずもないものがそこにあることに、喜蔵はその時はっきりと気がついてしまった――だが、

「……少々哀れなので、正直に白状するならば送ってやる。このところ、子どもを攫う事件もあるというからな」

小春とは違い、心の動揺などおくびにも出さず、喜蔵はスッと手を引いた。

「だから頭は正気で、哀れじゃない！　人を攫うのは俺達の方だ！　何度も言っているが、俺は――」

(えぇい……くそっ)

まるで信じていない喜蔵の顔を見て、小春は喜蔵の袂をパッと放した。

「目の前にいるというのに信じないのかっ」

腕を組んで胸を張ってすごんでみても、丸みを帯びた頬や細い手足には何の迫力もない。

顔色の変わらぬ男に、存外想像力の乏しい奴だな、と馬鹿にしたような笑いをよこしたの

で、喜蔵は小春の耳をギュッと引っ張った。

「――いてて、耳を引っ張るな。祟《たた》るぞ！」

大して力を入れず引っ張った喜蔵の手さえ振りほどけず、無力にもがく様に呆《あき》れ、喜蔵は小春の耳から手を放してやった。

「これから百鬼夜行の行列とやらに戻るのか？」

と喜蔵が訊いたのは、小春の話を信じたからというわけではない。そう言っておけば満足して帰るかと、少しばかりの期待をよせて口にした喜蔵の言葉に、

「戻れるものなら戻るわい！」

子どもは逆毛を立てて怒るばかりである。

「では戻れ。いつまでも庭先にいられたら迷惑千万」

喜蔵はひらひらと手を振って追い出そうと試みたが、吼《ほ》えていた口がぴたりと閉じるだけだった。小春は座りこんだままぴくりとも動き出す気配がない。少し間が空いた後、

「……戻りたくとも戻れない」

と不承不承に小春は零《こぼ》した。

「多分空の上だった。高い高いところだ。夜行道を通っていたから、実際どの辺りにいたのか皆目分からんし、夜行の行き先も知らん。どこに行けば合流出来るのかもさっぱりだ」

言葉が出てこぬという状況を、喜蔵は初めて味わったような気がした。人の子のなりを

した妖怪と称する者の、情けない言や様子にではない。

その子どもの目が、ゆらゆらと青く光り出したからである。青色の目で四方八方をきょろきょろと見渡し、ああちくしょうやっぱり分からんと小春は呻いた。

「この目で見える範囲にはいないんだよ。湯島《ゆしま》天神辺りまでしか見えないからさ」

湯島神社までここから三十三町。喜蔵の足でも歩いて四半刻《とき》――現在の時間に直すと、一刻は二時間、半刻は一時間なので、四半刻だと三十分――はかかる。ビードロのように青く妖《あや》しく光る目を前にして、見えるわけがあるかなどとは、流石《さすが》の喜蔵も言えなかった。

いつの間にか元の光っていない目に戻った妖怪は、それに、と言葉をなくした喜蔵に追い討ちをかけるように、早口で畳みかけた。

「打った尻が痛いし、伸ばした腕の筋も一寸痛い。腹が減ったし、もう一歩も動けない」

だからさ、と小春はへらっと笑い、丸い指をひょいと動かした。

「俺に力を貸せ、喜蔵。その礼に、友のいなそうなお前の友になってやろう!」

(百鬼夜行から落ちた間抜けな妖怪の友などいらぬ!)

喜蔵がそう言えなかったのは本当は嬉《うれ》しかった――などということではもちろんなく、身体から脱《ぬ》けた力があまりにも大きかったせいである。腰に差していたはずの脇差が、いつの間にやら小春の手の中にあり、鞘《さや》から出た銀色の刀身が喜蔵の方を向いて、なかったはずの口を具《そな》えて「にやにや」と笑っていたのだ。

あやしい子どもを庭に放置しておくわけにもいかず、喜蔵はとりあえず「ついてこい」と顎で意思を表して、小春を家の中へ誘《いざな》った。もう一歩も動けないと言うわりに、庭から家までへっぴり腰で喜蔵の後ろをついてきた小春は、裏戸から入った途端、忽然《こつぜん》と姿を消した。

「……おい」

喜蔵は何度か声をかけたが、相手からの反応はない。手を伸ばして探っても、何の手ごたえもなかった。戸は喜蔵が閉めたままの状態なので、再び外には出ていないはずだが、まったく気配がないのである。喜蔵は仕方なく、行灯《あんどん》のほのかな明かりを頼りに家中小さな影を捜し回った。裏戸から入るとすぐに、流しや水を溜めておく甕《かめ》、器をしまう戸棚が置かれた土間がある。土間と、土間に続く板の間の境にはかまどがあり、板の間の一段高いところには喜蔵が寝起きや三度の食事をする居間があった。土足で使う土間とは違い、そこは畳が敷《し》かれている。

喜蔵の家は、どこもすっきりと片づいていて、隠れる場所は少ない。注意深く灯りで照らしながら捜したが、小春は見つからぬ。喜蔵が居間の更に先に足を踏み入れた時、

「へぇ、古道具屋か」

にわかに子どもの声が聞こえた。居間の先には、小春が言った通り、古道具を扱《あつか》う店がある。日用品から趣味のものまで、雑多な種類の道具が所狭しと並べられていた。店は表

通りに面しているので、裏からは一等遠い。音も立てずにいつの間にそんなところまで入り込んだ？　と釈然としない気持ちで喜蔵は店の中を照らし歩いたが、小春はなぜだか見当たらぬ。

「枕屏風《まくらびょうぶ》に蠅帳《はいちょう》……お、鯰絵《なまずえ》だ。おやおや洒落《しゃれ》た笄《こうがい》も……招き猫まであんのか」

勝手に売り物に触るなよと喜蔵が注意すると、店中の品物が動いたような、ガタゴトという不穏な音がした。何かと何かが擦《す》れ合うザリザリという嫌な音も響き、喜蔵は舌打ちを漏らした。店中を歩き回ったが、狭いはずの店内で小さな子ども一人見つけられぬ。楽しげな笑声と物が擦れ合う音に喜蔵は苛立《いらだ》ったが、ぐるぐると同じところを何周かした時、にわかに足を止めた。

「……そこか」

ガシッと小春の肩を摑めたのは、小春本人の意志に反する腹の音が響き渡ったおかげだった。

「……もうだめだ」

腹を押さえてへなへなと力尽きてうずくまった妖怪は、そう言ったきり何も言わなくなった。ぐうううう——代わりに小春の腹の中の大虫だけは、いつまで経《た》っても鳴きやまぬ。この隙《すき》に乗じて小春をつまみだそうと喜蔵は考えたが、身体を持ち上げようとしても、押しても引いても、まるでビクともしなかった。小春は店の真ん中でしゃがみ込んで、無言のまま置物のように動かず、ただただ時だけが過ぎていった。

「……飯を食ったら出ていくと約束するか？」

喜蔵の言葉に、小春はうずくまったまま、首をかすかに上下に振った。鳴きやまぬどころか勢いを増す腹の音に負けた喜蔵は、生まれて初めて夜中に飯を炊《た》く羽目になってしまったのである。ずっと店の中でしゃがみ込んでいた小春は、飯の準備が出来ると目にも留まらぬ速さで居間へ戻ってきて、涎《よだれ》をこぼさんばかりのだらしない顔をして箸《はし》を摑んだ。

（……なぜ俺がこんな餓鬼のために？）

納得のいかぬ思いを抱きながら、これでもかこれでもかと、喜蔵がやけくそで茶碗《ちゃわん》に飯を山盛りに叩きつけて差し出すと、

「うまい」

と言って、小春はそれをすぐにぺろりと平らげてしまった。おまけに、まだまだ足りぬと言わんばかりに茶碗を差し出すので、また同じように盛ってやると、それもすぐさま平らげた。明日の分まで優にある量だったが、小春はおやつを食べているかのようにそれらを簡単に腹の中へ片づけていく。

「お前、いつから飯を食っていないんだ？」

相当飢えている様子の小春を見て、喜蔵は問うた。

「えっと、一刻半ぶりくらいかな？」

「……たった一刻半？」

眉をしかめた喜蔵に、

「俺は食った途端に腹が減るんだ」

と小春は何でもないように言って、また腹を鳴らした。小春は、喜蔵の胸にやっと届くくらいの背丈しかない。一体どこに食べたものが入っていくのかと、華奢《きゃしゃ》な身体の子どもを喜蔵は呆気《あっけ》に取られて見ていたが、見ていたところで疑問は増すばかりだとしまいにはやめた。結局小春はすべてを食い尽くして、ひつの中も鍋《なべ》の中もきれいに空にした。

「――飯を食って力が出ただろう。約束を覚えているな？」

喜蔵がそう切り出したのは、腹一杯になった子どもがにわかにばたりと後ろに倒れ込んで、今にも寝息を立てそうな表情をし出した時だ。うーんと小春は寝転がったまま腰を浮かし、すぐにペタンと沈んだ。

「腕はそうでもないが、尻は痛い。動けぬ程ではないけれど、動けたところで帰れないし……約束って何だっけ？　俺はとんと忘れっぽいから」

小春の言葉をみなまで聞かず、喜蔵はすくりと立ち上がり裏へ向かおうとした。顔だけ起こしながら、小春は喜蔵に問いかける。

「どこへ行く？」

「邏卒の元に決まっている」

喜蔵は低く言い放つと、畳の縁に腰を下ろし、草履《わらじ》を履《は》くために身を屈《かが》めた。

「……妖怪だろうとそうでなかろうと、どちらでもよい。とにかく他に押しつけ――!?」

立ち上がって外に出ていこうとした喜蔵の身体は、なぜか後ろ向きのまま部屋の中へと戻ってしまった。小春の傍らに引き戻され、振り向いて見下ろすと、子どもはニヤニヤとほくそ笑んでいた。草履を脱ぎながら、喜蔵は無言でジロリと子どもを睨む。片膝を立て、そこに顎を乗せている行儀の悪い妖怪は、苛立つ喜蔵を見て面白がっている。

「礼はしてやるから、諦《あきら》めろ」

「お前は食い詰め浪人か」

「俺は強請《ゆすり》も押し借りもしないぞ。ただ――そいつはどこへ行くか分からんけれど」

小春の後ろで抜き身のままひらひらと天井近くを舞っている喜蔵の刀は、すっかり小春に「懐《なつ》いて」いる。庭でいつの間にか小春に奪われてから、小春が飯を食っている間も、喜蔵の刀はずっとその調子だったのだ。ぐうっと唸《うな》って悔しがる喜蔵を小春はケケケと笑ったが、喜蔵はその小春の鼻をつまみ、静かに怒鳴った。

「それが強請というんだ、馬鹿」

言われてぽっかりと口を開けた小春の顔が何とも間が抜けていたので、喜蔵はもう一度馬鹿と、馬鹿面と罵《のの》りながら鼻をつまんだ。

「……人間に馬鹿と言われたのは初めてだ」

しかも三回も、と小春は鼻をさすりながら妙な顔をして喜蔵を見上げた。

「俺は妖怪だぞ？　怖くないのか？」

お前のような餓鬼が怖いものかとそっぽを向く喜蔵に、商人のくせに無駄に豪胆だなあ、と小春は呆れたように目を細める。

「……商人というわけでもない。ただの生計だ」

喜蔵は嫌そうな横顔でぽつりと答えた。

「確かにお前商売人っぽくないな──顔怖いし。ただの生計っつうことは、精根尽きるまで商売につからんということか？」

宵越しの銭は持たぬのが江戸っ子だが、この頃もまだその気風は残っていたようで、金がなくなる頃に働き、まとまった金が出来たらまた遊ぶ、という気ままな生活を送る者も少なくなかった。表通りに店を構えるとは、それなりに裕福である──はずだが、古びた家の中は閑散としていて、物は少ない。金目の物などまるでなさそうだが、店の売り物の中には一つか二つは紛れ込んでいるかもしれぬ。

（あったとしても、俺の「お仲間」かな）

店の中を歩き回って、道具に宿った妖怪の気配を感じ取っていた小春は、心の中でしたり顔をした。

「道具など必要ならば買い求めにきて、不要ならば売りに来るものだ。精根尽きてまで売り込むものでもない」

好きだからやっているんじゃないのか？　という小春の問いに、喜蔵は嫌な顔をした。

「好き嫌いではない。曾祖父《そうそふ》の代から続く商売だからこうして続けているだけだ」

「好きでもないのにやるのか？……人間の考えることはよく分からんな。ま、とにかく寝るか。まだ早いけれど、何だか疲れちまった」

自分から訊いたくせに、妖怪は大きなあくびをして話をやめた。刻限はもうすぐ暁《あけ》八つ半——この頃は、夜明けから日暮れまでの時間を六等分する不定時法を用いていた。季節によって昼夜の長さが変わるので、時間の長さも変わるという、今となっては不便に感じる時間の表し方だった。初夏になろうとするこの時期の暁八つ半は、午前二時——真夜中である。朝になるには少々の猶予《ゆうよ》があった。

「早くはない、遅過ぎる。俺は一睡もしていないのだぞ」

自分の家の庭の騒ぎに、床に入ったばかりの喜蔵は無理やり起こされ今に至る。

「今から寝ればいいだけだろ？　そんなにせっせと商売に勤《いそ》しまぬのならさ」

への字に曲がった喜蔵の口を見ぬふりをして、寝よう寝ようと小春はのん気に言った。そのまま奥に敷かれていた布団に手を伸ばしたが、

「布団は一式しかない。余分にあったとしても貸さぬがな」

喜蔵はその上にどかりとあぐらをかいて、小春を制した。ごろ寝かよと不満を垂れつつ、小春はあっさりと畳に寝転がると、

「明朝は頃合いを見て起こしてくれ」

横向きに体勢を変え、大儀そうに瞬きをした。そんな世話までしてたまるかと喜蔵は小春をねめつける。

「大体妖怪というのは、夜しか悪さの出来ぬ者ではないのか？　百鬼夜行も朝日と共に消えてしまうと言うではないか」

　人間が寝静まった真っ暗闇の中を、自由奔放に闊歩《かっぽ》するのが夜行だろうと喜蔵は言う。昔、何かの読本で見た、禍々《まがまが》しいくせに妙にひょうきんさもある胡散《うさん》臭い画《え》が、喜蔵の頭の中にうっすらと浮かんだのだ。朝の陽《ひ》を浴び、はかなく消えてしまう姿が描かれていたが、朝になって人々が働き出してから出てくる妖怪など、どうにも締まらぬ感じがする。目を半分つむりかけた小春はゆっくりと瞬きを繰り返し、畳の上に横になったまま右手を軽く持ち上げた。

「そういう輩《やから》もいるが、俺は大丈夫。なんてったって大妖怪だから」

　小春が手を振ったと同時に部屋の灯りがふと消え、天井を舞っていた刀は鞘に収まり、畳の上に静かに横になった。刀はもう笑っていない。灯りを吹き消したのは、見知らぬ老《ろう》爺《や》だった。ふうっと息を吐いた後、喜蔵に一礼をよこして、すぐに姿は見えなくなった。

「…………」

　喜蔵がほんの一瞬動きを止めた隙に、

「明日は色々やることがあるのだから、お前もぐっすり寝ておけよ」

と言い放つと、すぐにいびきをかきだした。喜蔵は首を伸ばしてその寝顔を覗き込んだが、大妖怪と言い切った子どもは、だらしなく口を開け無防備に寝ている。しばらくはそののん気な顔を訝しむ顔で睨みつけていたが、何の変化もないことに息を吐き、喜蔵はそろりとその子どもの頭のてっぺんに手を伸ばした。そこにあの感触がなければ、自分を謀《たばか》った子どもをこのまま外へ放り出してやろうかと本気で考えていたが、

（――やはり、ある）

勘弁してくれと角《つの》を触った手で己の頭を抱え込んだまま、喜蔵はいつの間にやら寝入ってしまった。

二、喜蔵という男

　喜蔵はいつも明け六つ前には起床し、身支度を整える。一日の初めにまずすることは、仏壇の掃除だ。味噌汁《みそしる》と漬物《つけもの》、それに麦飯だけの質素な朝餉《あさげ》で腹ごしらえをすると、すぐに店を開けた。たまに店を訪れる客に商品を売る以外は、店奥の作業台で商品の手入れをして過ごし、午砲《ドン》が鳴る昼時に一休みをする。午砲というのは、大砲の空砲で正午を知らせる時報のことである。陽が落ちるまで働き、店を閉めた後は居間の方へ引きこもって一人夜を迎えた。

　外へ遊びに行くこともなく、芝居見物や娯楽の趣味もない喜蔵は、丸々休みの日など正月の一日くらいなものだった。よほどの変事がない限りは毎日この繰り返しで、よほどの変事などそうそう起こらぬから、喜蔵はここ数年単調で代わり映えのしない暮らしを続けている。この先もずっとこんな生活が続いていくのだろうと喜蔵は考えていたが、よほどの変事は昨夜《ゆうべ》から起きていた。

　この日、喜蔵が起きたのは午砲が鳴る刻限――真昼間である。おまけに、ドンッという音と同時に、腹に痛みが広がった。喜蔵は小さく呻き、鈍く痛む鳩尾《みぞおち》を押さえながら、元凶と思《おぼ》しき小さな足の持ち主に目をやった。今朝方《けさがた》に近い真夜中に寝入った時よりも距離を縮め、小春は喜蔵の真隣に寝ていた。寝返りを打った小春の足が、喜蔵の腹を蹴《け》り上げたらしい。喜蔵はのん気な寝顔の鬼の鼻をギュッとつまんだ。

「……む」

むむむっと息をつまらせて、喜蔵に鼻をつまれた小春は苦しそうに目を開けた。

「何すんだこんちくしょう……」

それはこちらの台詞だと喜蔵は起き上がり、布団を畳みながら言った。

「大丈夫ではないではないか」

「大丈夫は大丈夫だけれど、得手というわけでもないんだ」

悪びれもせずに小春は答えたが、どうにも眠たげで、大丈夫という風情ではない。案の定十も数えぬうちにまたごろりと横になり、団子虫のように丸まった。寝るなら隅で寝ていろと足蹴《あしげ》にされても何の文句も言わず、小春は再びぱっちりとした大きな目を閉じてしまう。ぐうと寝息を立て始める妖怪に呆れた喜蔵は溜息を吐き、

「……あれ程大きな口を叩いていたが、やはり昼間では力が出せぬのだろう？」

口先だけの餓鬼はこれだから嫌だとせせら笑ってやると、

「……馬鹿にするな！」

小春はぴょこんと蛙《かえる》のように跳ね起き、ビシッと、小さな人差し指を喜蔵に差し向けた。

「俺は口先だけの奴が一等嫌いだ。ちょうどいい、俺の腕がどれ程のものか見せてやる！」

俺についてこいと威勢よく啖呵《たんか》を切ったはいいが、その後がよくなかった。ぐううううっと腹の中から虫の声が、これまた威勢よく鳴り響く。

「……その前に飯な」

畳の跡がべったりと右の頬についている間抜けな妖怪は、眉尻が下がり切った情けない表情で喜蔵に小さく懇願した。

「……朝起きてからやることがあると言っていたが、一体何をするのだ？」

不承不承に訊いた喜蔵に、

「人を驚かすんだ」

妖怪はえへんと偉そうに言う。ここで威張る意味が分からんと喜蔵は飯を咀嚼《そしゃく》しながら首を傾《かし》げ、結局飯を出していることにも首を傾げた。だから驚かすんだよと小春は妙な持ち方をした箸を上下に振る。

「本当は、夜とか夜中の方がいいんだが……お前がうるさいから。昼間だとおどかし甲斐《がい》がないんだよなぁ」

起きて間もないと言うのに食べっぷりのよい妖怪は、すでに飯だけでも茶碗山盛り四膳《ぜん》食べていた。おかげで喜蔵はまた気分が悪くなり、箸の進みが遅くなる。

「ほれ、昼間に驚かせたってあまり怖くないだろ？　夜には闇という究極の恐ろしさがある。昼の陽のような味方を得ると、臆病《おくびょう》な人間は強がって偉そうに胸を張るからな」

ごちそうさんと箸を投げ、妖怪は昨夜と同じようにごろりと横になろうとしたが、

「居候の身で随分と態度が大きいものだな」

器くらい洗えと自分よりもよほど鬼らしい形相ですごまれ、

「妖怪だぞ俺は……わ、わかったよ！」

その目に屈した小春は渋々流しまで行き、ぶつぶつと文句を言いながらも丁寧《ていねい》に洗った。

洗い終わって小春が居間に戻ると、喜蔵の姿はそこにない。店奥の作業場であぐらをかき、眉間《みけん》にこわい皺《しわ》を寄せながら商品の手入れをしていた。小春は喜蔵に近づきながら、楽しいか？　と訊ねたが、楽しいわけがあるかと喜蔵は実にぶっきらぼうに返事をする。

(楽しくないのになぜやる？)

小春は口をへの字にさせながら、喜蔵の手元を覗き込んだ。

(……おお？)

喜蔵の手先は顔に似合わず繊細だった。細工物の木箱についた細かな傷や汚れをやすりでざっと平らにし、細目のやすりで模様の溝を削って整え、絵筆で色を描《か》き足していく。直しているというよりも、新たに作っているという方が正しい気もしてくる、見事な手の運びだった。見る間に、枯れかかっていた菊の花が、再び美しく咲き出す。

喜蔵の作業は手早く、それでいて緻密《ちみつ》だ。もう直らぬだろうと思われるものも、綺麗に

復元していく。鏡餅のようにひび割れた手鏡も、足元がふらふらとおぼつかぬ小机も、喜蔵の手にかかればあっという間に元通りになった。仏頂面で恐ろしい目つきの喜蔵を怖がる者も大勢いたが、それでも客がいなくならないのは、喜蔵の店の商品は手入れがよく、なかなか壊れず長持ちするからだと小春は後になって知る。

ジッと手元を覗き込んでくる妖怪など気にも留めずに、喜蔵は黙々と仕事を続けた。どのくらい経った頃か、そろそろ一息入れるかと喜蔵が手を止めて顔を上げると、目の前に子どものなりをした妖怪がまだちょこんとしゃがみ込んでいた。飽《あ》きもせず、黙って静かに仕事を見守っていたようで、もの好きなものだと喜蔵は思った。

喜蔵と目が合った途端にそっぽを向いた小春は、斑《まだら》模様の髪をくるくると指で玩《もてあそ》びながらぽつりと切り出した。

「……この辺ですごく悪い奴いるかあ？」

あ、お前以外でなとつけ加え、ぎろりと睨み返してくる喜蔵を笑った。

「厄介だ、早く帰れと思いながら嫌々世話をする奴を、良《い》い奴だとは言えないもの」

道具を箱にしまい、修繕の確認をし終えた後、喜蔵はようやく小春に問うた。

「……なぜ悪い奴の居場所を知りたがる？」

「お仲間がいそうだからさ。妖怪は悪い奴を化かして遊ぶもんだ。悪人のあるところに妖怪ありというのは、こちらじゃ常識よ」

「悪い奴を化かす……？　妖怪のくせに男伊達《おとこだて》を気取るか」

あぐらを崩し、片膝を立てた喜蔵は、目元一杯に嘲りを浮かべた。対する小春は、ばっかだなあと鼻を鳴らす。

「良い奴を虐《いじ》めても面白くないいんだよ。こうして悪戯をするのは妖怪にもわけがあるのだ――とか何とかいらん慈悲を語りだしたり、神として祀《まつ》りだしたりするからな……あれには流石に閉口するが。ま、性根や所業の悪い奴の方が面白い。そういう奴らはまず俺達の存在を認めねぇからな。無駄な抵抗ばかりするから、見ていて心地好いんだ」

「わざわざ悪い奴を探さずとも、怖がりの者を狙えばいいではないか」

お前、誰でもよさそうだな……と妖怪は呆れた顔をしたが、怖がりだけの奴はいまいちだと律儀に答えた。

「それでどうなんだ？　心当たりは？」

それも自分が考えなければならぬのかと喜蔵は顔をしかめかけたが、

「あ、お前が『こいつは許しちゃおけん』と思った奴とか身近にいるか？」

その方が手っ取り早いし、礼になるだろうという妖怪の誘いに、

「……いる」

喜蔵は短く答え、変わり身の早いことに、立ち上がって身支度を始めた。

喜蔵が案内したのは、喜蔵の家から四半刻もかからぬ賑やかな場所である。喜蔵の住まう町とは打って変わった土地で、

妙に色っぽい妓《おんな》がいた。

「おお、いかにも悪そう」

妖怪はニヤリと笑んだ。一見するとただの茶屋町も少々目を凝らして見ると、そこかしこで「ただの」ではない様子が見てとれる。惚《ほう》けた顔をした男の視線の先には、決まって妙に色っぽい妓《おんな》がいた。

町中からそのままふらりと来られる色の町——悪所と呼ばれるそこは、明治になっても変わらぬ賑やかさと妖しさを持っていた。おまけにそこは悪所の中の悪所——お上公認の吉原とは違い、江戸の頃から明治の今に至るまで、お上から認められたことのない岡場所《おかばしょ》である。商売敵《しょうばいがたき》の吉原から徹底的に嫌われ、江戸の天保《てんぽう》の頃に廃絶されたはずの岡場所は、ここ浅草だけでなく、深川《ふかがわ》を筆頭にまだまだこの世に生きていた。吉原へ行く何分の一かの値段で遊べるのだから、人気は衰えるはずもない。まだ陽のある時分だが、人はそれ程疎《まば》らではなく、婀娜《あだ》っぽいやり取りとひそひそ話、楽しげな喧騒《けんそう》が二人の耳にもちらほらと入ってくる。妖怪はいやらしい笑みを浮かべ、

「……妓だろ？」

さてはこっぴどく振られた相手だなと喜蔵を肘《ひじ》で突《つつ》く。馬鹿かと言う目で一瞥《いちべつ》し、喜蔵はスタスタと華やかな岡場所を脇に逸《そ》れ、見るからにひっそりとした路地へと歩き出した。そこのお兄さん、坊ちゃんと白魚の手に招かれても見向きもせず、

「こんな場所に用はない」

男なら一寸《ちょっと》くらいあるだろと妖怪は下世話を言うが、喜蔵はまるで無視をして、ただで

さえ速い足を速めた。

程なく着いた花街のちょうど裏手の辺りは、ひどく寂れていた。つんとした水の臭《にお》いが鋭い嗅覚《きゅうかく》に拾われ、小春は鼻をくしゃりとさせる。臭いは目の前の、左右に広がる用水路からだった。その綺麗とは言い難い土手沿いに、雨漏りのひどそうな割り長屋が、整然と一列に立ち並んでいる様が逆にさもしい。表の湿った空気とはまた別の、本来の湿った空気が辺り一面に滞《とどこお》ったままである。ギラギラと目に痛い程の艶《あで》やかさとわざとらしさはすっかり身を潜め、裏は人の姿もからっきし見えぬ、廃町のような有様だ。

古びた長屋の前を歩いていた喜蔵は、行き止まりの四軒手前で足を止めた。

「悪い男がそこに住んでいる」

「なーんだ本当に妓じゃないのか」

小春は一寸つまらなそうな表情をしたが、気を取り直して、戸にぴたりと耳をくっつけて中の様子を窺った。

「人の臭いはするが……誰もいないようだぞ？　物音一つしない」

どうする？　と問うた小春に、喜蔵は首を振った。

「恐らく寝ている」

「はぁ？　妖怪だって起きているのに？」

驚く小春に、喜蔵は苦虫を嚙《か》み潰《つぶ》したような表情をする。

「……大方妓遊びに勤しみ、朝方帰ってきたのだろう。金もないのに遊んで、方々に借金があるようだ。金貸しがここへ怒鳴り込みに来るのも茶飯事……少々騒いだところで誰も様子など見にこぬだろう」

じゃあ思う存分化かしてやろうと小春はただでさえ短い袖を腕捲《うでまく》りし、にんまりと笑んだ。

「っぅぎゃあああ!!!」

まるで赤子のようだみっともない――戸の隙間から覗いていた喜蔵は言った。赤子のような叫び声を上げた男は、九尺二間《くしゃくにけん》の狭い家中を駆けずり回って確かに少々みっともない――しかし、男がそうなるのも無理からぬ話である。何せ、小さく粗末な家の中いっぱいに、異形の者達が溢《あふ》れ返っているのだ。

低い天井からは、ぼとぼとと落ち武者のような生首が落ちてきて、真ん丸の身体で一本足に一つ目の奇妙な妖怪が、男にぶつかりながらぴょんぴょんと跳ね回っていた。がたがたと揺れる簞笥《たんす》やそこから溢れだして宙に舞う衣類、あちらこちらに飛び散る絵具を拾って舌で天井に絵を描く天井嘗《てんじょうなめ》は、獅子《しし》のような顔をして天井中を這《は》っている。その様を見てケタケタと笑い男が笑い転げ、大きなとぐろを巻く大蛇が、男をちろちろと赤く細長い舌で舐めていた。

自分の家で突如起こった奇怪なる出来事に、大の男でも、っぅぎゃあああと叫ばずにはいられぬ光景ではあったが、

「あれまあ、派手な怯《おび》えっぷりだこと」

見ている分にはさほど恐ろしいものではなかった。小春と喜蔵の二人は長屋の外にいて、中の様子を戸の隙間から覗き見ている。近くにいた妖怪を集められるだけ集め、化かすのに参加しなかった小春は、

「ああ——尻が全快ならば俺もやったのに」

男の怯えぶりが気に入ったらしく、一寸悔しがった。男を己のとぐろに巻き込んだ大蛇の怪は、ぎゅうぎゅうと男を締めつけると、パッと力を抜いた。慌てて飛び出した男は、今度は青女房に捕まり、散々玩ばれた後、蝦蟇《がま》に頭をパクリとされた。

「あちゃあ……あいつ割と人間喰うんだよなあ」

小春の声が聞こえたわけでもないのに、男は脱兎《だっと》のごとく逃げだし、戸口の方へと走った。しかし、男が何度横に引いても戸は開かぬ。引いても引いても開かぬ戸には、手をかけるところがない。硬いはずの木のへりはぶにゃりと軟らかく、人肌のように温かかった。男がぞおおっと背筋に悪寒を感じると、くすぐったい、と戸の前にいた、戸より厚みのある壁のような怪が、もぞもぞと嬉しそうに男に笑いかけた。

「……な、な、なんだってんだァ!」

叫び声を上げて、男はなぜか部屋の真ん中、妖怪達が集まっている場所へと戻った。ひぃひぃと半泣きで頭を抱え突っ伏した男を見ていた喜蔵は、そのうちふうと溜息をついた。

「どした？　可哀相《かわいそう》になったか？」

流石に同情の心くらいはあろうよとニヤニヤとした小春に、「飽きた」と喜蔵は一言答えた。

「お前……飽きたってさぁ」

せっかくやってやったのにとぶつくさ言いながらスパンと戸を開けると、小春は遠慮の一つもせずに家の中へどかどかと上がり込んだ。さびれた風情の外観とは違い、中は洒落ていたが——それも今となっては外観以上に荒《すさ》んでいる。もの盗《と》りにあったようにしっちゃかめっちゃかになっており、家中が鮮やかな色に塗りたくられていたのだ。物と妖怪と色を避けながら、風通しのよくなった長屋の真ん中——うずくまる男の近くまで行った小春は、

「おおい、お前らもういいぞ！　撤収撤収」

ぱんぱんと手を叩いて妖怪達に合図を送った。

「もういい？」

「まだまだこれからだ」

「まあ、今度また他の奴紹介するからさ。ここはこれまでということで頼む」

小春の言にひしめき合う妖怪達は顔を見合わせ、こそこそと不平を述べた。

「あと半刻は出来たのに……」

「まだまだ足りぬなぁ」

「……勝手に呼んでおいて勝手に何だ！　何だ！」

屏風から毛深い足の生えた怪はその場で地団太を踏み、

「嫌だぁ出ていかないぞっ」

そうだそうだ、と他の妖怪たちも口々に抗議しだした。

「そ、そう駄々をこねるなって！」

ほらさっさと出ていけよと戸を全開にし、一旦《いったん》外に出た小春は、両手で大きく手招きをした。するとそのうち、小春の手に吸い寄せられるように、生首や一つ目や笑い男がふらふらと外へ出ていき始めた。ぞろぞろと不気味な行列に続かなかったのは、真ん中で突っ伏している男と喜蔵だけである。

「さ、助かったよ。また頼むな」

妖怪達がすべて外に出ると小春は再び中に入り、戸を閉めた。狭い長屋なので、大の男二人と子ども一人で部屋の中は満杯だ。今度はひらひらと外に向けて手払いをして、小春は仲間を追い払った。

「……まったくもって妖怪使いが荒い」

「――せっかく楽しんでいたのに」

「またなどあるものかっ」

ぎゃあぎゃあと喚く声が聞こえたが中に入ってくる様子もなく、それからしばらくして初めと同じように静かになった。

「ま、こんなもんだろ」

戸の近くの壁によりかかって腕組みをしている喜蔵に振り返り、小春はぱっと屈託のない笑みを見せた。自慢げな顔に、お前は何もやっていないではないかと喜蔵は呆れた目線をよこしたが、小春はスラリと無視をして、真ん中でううと呻きながら身体を丸めている男に再び近寄っていくと、今度はちょちょいと男の背を指で突いた。

「おい、もういなくなったから起きろ」

男は突かれた途端勢いよくひっくり返って、殺されるッと小さく呻いたが、

「……喜蔵？」

そこに見知った顔を見て、ぱちりと目を開けた。

「あれ、意外」

上げた男の顔は喜蔵などよりもよほど善人そうで優しげだったが、くっきりと涼やかな一重瞼《まぶた》が涙と冷や汗で濡れ、ぼったりと腫《は》れているのはいただけなかった。悲惨な状況にもすんなりと馴染《なじ》んでしまっている。

「喜蔵……何でここに？　それより、そいつぁ……」

人じゃねぇッと男は再び悲鳴を上げ、慌てて枕を頭から被《かぶ》った。

「へぇ～俺を一目見て人ではないと分かる奴はあまりいないから、お前ときたら相当な臆病者だな」

小春はニヤリと笑ったが、男が更に身体を縮めたので今度は苦笑した。

「お前、男前なのに情けないのな……まあ、殺しはしないから安心しろ」

殺さぬのかと喜蔵が一寸不思議に思って訊くと、小春は幼い眉間をきゅっとしかめた。

「……殺したってつまらぬだろう？　怯えた面なんて生きている時にしか見られぬものだし、生かしておけばまたその情けない面も見られるってもんだ」

「そうか……」

「――ざ、残念そうに言うなッ」

何なんだお前は！　とやっと正気に戻りだした男は、枕から顔を出して喚き出す。

「うるさい」

喜蔵は耳を塞《ふさ》いだ。昨晩よりも更に嫌そうな表情をしている。

「お前らどういう知り合いなんだ？　友か？」

小春が二人に訊くと、一方はそうだと答え、もう一方は友のわけがないと答えた。

「な……お前、友じゃねぇなんてあんまりじゃねぇかっ」

「威勢がいいなぁ……」

先程までとは大違いじゃないかとしゃがみ込み、小春は男の顔を覗き込んだ。するとやはり弱いもので、男はビクッと後退りをする。小春が一歩進めば男は二歩下がるので、とうとう相手に触れることなく壁に追いつめてしまった。ケラケラと笑う妖怪の後ろで、喜蔵は相変わらず素っ気ない声を出す。

「こ奴は昔から臆病のくせに見栄張りだった。今も変わらぬようだがな」

「昔から知っているのに友じゃないのか……可哀相だなあ、お前」

「……うう」

妖怪に同情などかけられたくないと男はぼそりとぼやいた。

「口答えすると祟るぞぉぉ」

「こ、怖くねぇっ」

震えた声に真っ青な顔で、一体何が怖くないのだと小春は吹き出しそうになったが、そこは我慢して恐ろしげな表情を作る。

「それとも喰ってやるかな……お前のような細っこい身体では不味《まず》かろうが、少しくらいは力になるかもしれん」

「ひっ」

「目ん玉くり貫《ぬ》いて、酒に漬けよう。耳は火であぶって、鼻はさしみに。臓物は——」

も、もう嫌だ勘弁してくれと男は小春に向かって拝み倒すように土下座をした。

「……こいつ、本当に悪い奴なのか？　ただの臆病者にしか見えん」

悪い奴だと男を見下ろしながら喜蔵は頷く。すると男は哀しそうに、太く凛々《りり》しい眉をハの字に下げた。

「なあ……お前まだ許しちゃくれないのか？」

悪かったよと男は言い、小春は喜蔵を見上げた。

「許してやるのか？　何だか知らんが」

「許さぬ」

許さないってさ、と小春は畳にへばりついた男の、錦絵《にしきえ》のような顔を覗き込む。

「どうせ許してもらえぬなら、それやめたらどうだ？」

そう小春が言っても、男は手をつき頭を下げたままである。喜蔵は立ったまま、何の色も見せずに男を見下ろしている。

「いやぁ……何だか修羅場だな？　花街に行かずとも修羅場に遭うとは」

こりゃ面白いと小春が手を叩くと、面白くないと上から下から聞こえてくる。うなだれた様子の男はハッとしたように身を硬くさせ、ふと顔を上げて喜蔵を睨んだ。

「喜蔵……これは意趣返しか？……あの時の」

喜蔵はうっすらと顎を引く。何で——と男は呟き、汚れた畳を悔しそうにパンッと叩いた。

「こんなことするくらいなら俺に直接怒ればいいだろ？　金を返そうとしても受け取ってくれねぇし、謝らせてもくれねぇ……俺はどうしたらいいんだよ？　ずっと黙ったままじゃ、お前が何を思っているかなんて俺には分からねぇよ」

俺なんかお前以上に何も分からーんと小春の一人場違いな明るい声が響くだけで、二人は黙ったままだった。狭い長屋をつまらなそうに見渡していた喜蔵は、彦次《ひこじ》、と初めて男の名を呼んだ。

「金か……友だと言うくせに何も分からぬのだな。友というものは決して裏切ったりしないものだと思っていた」

「喜蔵……」

それは己の若気の至りだったと言い捨て、妖怪達に荒らされた部屋から喜蔵は一人出ていった。彦次という男はがっくりとうなだれ、手を地に吸いつけたままである。何となくいたたまれぬような心地になり、置いてけぼりを食らった小春はボリボリと頬を掻《か》いた。

「……お前、あいつに何したんだ？　金がどうとか言っていたけれど」

ちらりと訊いてみても、祟るぞ喰らうぞと脅してみても、彦次はぐっとつまって何も答えぬ。頑《かたく》なに口を閉ざす彦次に溜息をつき、小春もその場から去ろうとすると、

「……あいつは一人きりなんだ」

彦次は小さく言った。振り向くと、いつの間に拾ったのか、畳に転がって少し中身の零れていた徳利を両手で持ち上げ、彦次はそのままグゥッと呷《あお》っていた。勢いあまって、口の端《はし》からだらだらと、また地に酒が滴《したた》り落ちている。

「……あいつは昔から強情で、口は達者なのに肝心なことはなんにも言わねぇ。理由は言わねぇくせにああしろこうしろと命令するから、俺は昔から少し面白くなかった。だが、それでも言うことを聞いてやってたんだぜ？」

幼馴染《おさななじみ》だからなと彦次は少し笑った。

「あの時も……預かってくれと箱を押しつけられたんだ。誰が来ても渡すなと言われたんだが、中身は何だといくら訊いても教えてくれねぇ。何だか怒っているようでな。人に物

を頼むような態度じゃなかったし、それはいつものことだったが、俺も妙に腹が立っちまったのも確かだ」

その頃ちと上手くいってなくてな、と彦次はまだまだ酒を呷る。絵の師匠に破門されたんだと彦次は言ったが、小春には何のことだか分からず、黙って先を促した。

「だからというわけじゃないんだが、俺の元を訪ねてきたあいつの親戚《しんせき》の女に、その箱を渡しちまったのよ。『この箱は大事なものだから、親類の者が持っている方がいいわ。幼馴染といえどあなたは他人なのよ』ってな……寂しい話だが言われてみりゃ確かにそうだ。それに、喜蔵のことを心配していると泣かれたら、箱を渡すしかなかった」

妙に好《い》い女だったからな、と言い難そうに小声で言う彦次に、小春は呆れた顔を向けた。

「本当に女に弱いんだな……で、その箱の中身は何だったんだ？」

「あいつが唯一心を開いていた、あいつの祖父《じい》さんが遺《のこ》した財産――祖父一人孫一人だったから、祖父さんは喜蔵のために金を貯《た》め込んでいたんだ。自分が死んでも数年は暮らしていけるような大金を喜蔵に遺していた。まさかそんな大事なもんを箱につめて俺に預けていたなんて思いもしなかったし、あんな好い女が親戚の金を騙《だま》しとろうとしているなんてことも思いもしなかった」

一寸目を丸くさせた小春に、彦次は頷く。

「あの女は盗人《ぬすつと》だったんだ……俺は知らず知らずのうちに盗みに加担していたんだよ。おまけに、箱を預かってくれていた礼だと女から渡された金を、俺は妓遊びに使っちまったんだ……その金は箱の中身——喜蔵の金だったというわけだ」

そこで友情は露と消えたのよ、と彦次は残っていた酒を一気に飲み干した。

「うわっ、想像したよりも最低だ」

本当に駄目な奴だと指差して笑ってやると、彦次はあらゆる物が散乱した畳の上にごろりと寝転んで、眉間を親指でグイグイと押した。

「……箱を親戚の女に渡したと喜蔵に言ったら、奴の様子がおかしかったから、俺はしつこく問いつめたんだ。やっとのことであいつが吐いたのは、祖父さんの遺産のことと親戚とのいざこざ……ほんのちょろっとだけだった。長いことそばにいたっていうのに、親戚と揉《も》めていたなんてことさえ俺は知らなかったんだよ。まったくどうしようもねぇ……」

「何も言わないあいつが悪い、自分は悪くないってか？」

そうじゃねぇと彦次は横たわりながら、ブンブンと乱暴に首を振った。頭の下から絵筆が転がって出たことにも気がつかぬ程に酔っているらしい。

「何も知らねぇでいた俺が悪いに決まってる」

事情を知った彦次は慌ててその親戚の元へ談判しに行き、揉めに揉めた末、やっとのことで何とか取り戻したが——全額とまではいかなかった。元あった金の三分の一はすでに使われていたのだ。金と情のない喜蔵の親戚にこれ以上何を言っても無駄だと、彦次は諦めて取り返した金を返しに喜蔵の元へ行った。足りぬ分は後で自分が必ず返す、と詫《わ》びを入れたが、喜蔵はまるで聞く耳持たず、金も受けとらぬ。どんな言葉をかけても黙したま

まで、

「……お前もか」

と一言呟くだけだった。それから喜蔵は、彦次に対してろくに口も利かなくなった。五年経った今でも、金を受け取らぬままである。俺にまで裏切られたと思っているのだろうよ、と彦次は酒で湿った唇を噛んだ。

「俺にまでって、他にも誰かいるのか？」

あいつの親は両方ともあいつを捨てたんだ――彦次は哀しそうに顔を歪《ゆが》めた。

「自分を捨てて出てった母親はよそで旦那《だんな》と子どもを作る。父親は父親でいつも家を空けて仕事しねぇ。挙句の果てに行方《ゆくえ》をくらましやがった。面倒見てくれていた祖父さんは死んじまうし、助けになってくれるはずの親戚には金を騙し取られる……散々だろ？」

おまけに俺にもな、と彦次は口元に自嘲《じちょう》を浮かべた。

「俺は決して裏切ったわけじゃねぇが、喜蔵にとっては裏切られたと同じなんだろうよ」

酔いに任せて饒舌《じょうぜつ》になった彦次は、そこでふつりと赤い目を閉じた。小春は彦次の横にあった筆を拾い、口と鼻の間に挟む。

（何ともまあ……）

目をぱちぱちとさせて、低い粗末な天井を見上げた。

眠りに落ちた彦次を置いて、小春は喜蔵を追って外へ飛び出した。随分と距離が開いたに違いない。人目があるので光る青色の目で捜すことは出来ぬと、鼻をひくつかせながら小走りしていた小春は、岡場所近くの小川で彼の背中を見つけて足を止めた。喜蔵は彦次の家で着物に色をつけてしまったらしく、長身を折り曲げて裾を洗っていた。小春はわざと足音をさせて近づいていき、ぎゅっと裾を絞って身体をまっすぐに戻した喜蔵の顔を、ひょいと覗き込んだ。

（いくらこいつでも、気落ちの一つや二つくらいはしているだろうよ）

と小春は思っていたが、先程は愉快だったと喜蔵は肩を揺すって笑った。

「おいおい。俺以外の奴だったら、あの男など一飲みだったかもしれぬぞ？」

「それは是非見てみたかった」

喜蔵の言葉に、妖怪である小春が驚いてしまう。

「さて、さっさと次へ行くぞ」

来た道とは違う方向へ歩きだした喜蔵に、帰るんじゃないのか？　と小春は首を傾げる。

「許してはおけぬ相手が一人だと誰が言った？　まだまだこれからだ」

遠ざかる喜蔵の背中を眺めて、百鬼夜行から零れ落ちた妖怪は独りごちた。

「……一寸来ない間に、人間は性悪になったのかな」

ぼうっとしている間に、喜蔵はスタスタと岡場所の賑やかな通りに紛れ込んでしまったので、小春は慌てて喜蔵を走って追いかけた。

（まぁ、性悪と言っても、妖怪に比べたら大したことはあるまい。悪人の近くには妖怪が

いるだろうし、とりあえずついていった方が得策だろ）
その考えすべてが間違いであることを、この時の小春はまだ知らなかった。

それから一刻半が経った頃、

「次はどこだ……」

ゆらりと揺らめきながら、小春は半ばやけになっていた。妖怪達の力を借りて二、三人もおどかしてやれば充分だろう――それは至極甘い考えだったのである。

「おい……本当にここに悪人がいるのか？」

彦次の次に向かったのは、隣町の活気に満ち溢れた剣術道場だ。汗を流して懸命《けんめい》に木刀を振るっている面々を格子から覗き込んで、小春は喜蔵に問うた。

「大妖怪ならば、俺に訊かずとも分かっているのだろう？」

「あ、あったり前だ！」

簡単に挑発に乗ってしまった小春は、一心不乱に右へ左へ手招きをして、道場にいた十七人を操った。木刀を持ったままぐるぐると身体を回したり、おしくらまんじゅうをさせたり、天井に向かって突きをさせ続けたり……と、ひとしきり面白い目に遭わせてやると、喜蔵は一応満足してその場から去った。しかし、帰ろうとはせず、「次は傘屋だ」などと言いつつ早足で歩いた。傘屋へ行って驚かしても、今度は茶道具屋へ連れていかれる。紙屋の次は一膳飯屋、それから団子屋に町家……。

「……おい、まだ許しちゃおけない奴がいるのか？」

「まだまだ」

そう言って、喜蔵は次から次へと小春を連れ回した。彦次の時は場所柄同胞が大勢いたが、その後喜蔵が連れていった先は妖怪とは縁遠い、平和を絵に描いたような場所ばかりだった。そこにいる人間も、妖怪の好みそうな悪人とは正反対で、いかにも生き生きとした、人生を謳歌《おうか》している者たちである。おかげで、どこへ行っても妖怪などいなかった。夜ならばまだ一寸はいたかもしれぬが、昼下がりの人が多い刻限にのこのこと姿を現す物好きな妖怪など、小春くらいなものである。結局、小春は誰の力もほとんど借りずに、たった一人で大勢の人間を化かす羽目になってしまった。

（これじゃあ、肝心の夜行に関する情報も訊けやしない）

最初に彦次のところで会った妖怪達は、ほとんど何も知らなかった。それでも何軒か当たっていれば、誰かしら夜行の話を知っているだろうと小春は高を括《くく》っていたが――当てが外れた。喜蔵への礼だなんてとんでもない。夜行の話を得るついでの気晴らしであったはずなのに、これでは本当に「妖怪の恩返し」などという間抜けなものになってしまう。

（それだけは勘弁ならん！）

と思いつつも、妖怪の矜持にかけておめおめと引き下がるわけにもいかず、

「次はどこだ……」

なかなかうんとは言わぬ喜蔵に、小春は息も絶え絶えに問うのだった。段々とおどかす

ネタも切れてきた、十三軒目の農家からの帰りである。田園の広がるこの辺りは、店も寺社も人家もなく、二人の他は人っ子一人いない。田んぼ以外には柳の木くらいしかない殺風景なところだった。緩やかに右に半円を描く道沿いを歩いていくと、突き当たりに橋がある。そこを渡れば喜蔵の住まう商家の並ぶ表通りの根っこに出るのだが、前を行く男は果たして素直に帰る気があるのだろうか――小春は恐ろしさに身を震わせた。

「まあ、このくらいでいい。もう当てもないのでな」

仏頂面に皮肉笑いを浮かべ、喜蔵は満足げに頷く。嫌な予想は外れたが、どうにも不気味で釈然としない。烏《からす》がどこかであほうあほうと鳴いた。

「なあ……」

疲れ果てた声で小春は喜蔵に問いかける。

「気のせいか、お前のいいように操られていたような気がするのだが」

気のせいだよなと妖怪は呻いた。とぼとぼと歩いている小春を置いて、喜蔵は前を向いて歩いていくばかりである。

「恐らく気のせいではない」

「は？」

「今日行ったのは、初めて訪れた場所ばかりだ。俺とは何の縁もない」

まさか聞き間違いだろうと思い、小春は少し走って前を歩く男の顔を仰ぎ見た。

「なかなか愉快だった」

妖怪のような顔をした人間は、確かに面白そうな表情をしている。

――やられた。

「……妖怪を誑かすとは太い人間だ――いや、やはりお前……！」

見かけは人間の妖怪は一度低く唸って、ぎゃんぎゃんと吠《ほ》えた。妖怪がまるでいなかったのも当然だ。何せ、喜蔵がわざと悪人のいなそうな平穏無事な場所を狙って、小春を導いていたからである。妖怪が妖怪に騙されるなど真っ平御免だと思ったものだが、妖怪が人間に騙されることに比べたらなんということもない。仲間うちに知られたら、どれ程馬鹿にされることか――もうすぐ橋に差しかかるというところで、小春はしゃがみ込んでううと呻いた。

「畜生～……無駄な働きをしちまった」

家を出てきた時には高かった陽も、西の方へとすっかり沈んでしまった。せめてこの時分から働いていれば、これ程苦労することもなかったのに、と小春は喜蔵を恨めしげに見上げたが、そこにあるはずの背中はもうない。小春のことなど捨て置いて、橋へ向かってさっさと歩き出していた。喜蔵の足は速い。喜蔵より大分背丈も手足も短い小春はついていくだけで精一杯で、それもまた小春の癪《しゃく》に障る。

（くそ、コイツに憑《つ》いていくのやめにするか？）

小春が足を止めかけた時、
ぐうぅぅ――。

ぐううううううう。

静まり返った辺りに、腹の虫の大音声が響いた。思わずほんの一寸だけ足を緩めた喜蔵の元へ走り寄りながら、

「……お前はまあ、腹の立つ奴だが仕方がない。ここは年長である俺が折れてやろう」

空腹にあっさりと考えを翻《ひるがえ》した小春は、早く帰って飯にするぞと偉そうに言った。

「飯にして下さい、の間違いだな」

喜蔵は眉を吊り上げ、再び足を速めながら溜息をつく。

（へぇ……「ついてくるな」じゃないんだ？）

喜蔵の意外な言葉に小春は一寸驚いたが、すぐにうふふと笑い出した。

「……俺、さしみが食べたい」

人の話を聞いているのかと喜蔵が睨んでも、数歩遅れた小春はどこ吹く風で、陽気な鼻歌などを歌っている。そのうちひょいと橋の緑の欄干《らんかん》に足をかけ、身軽に飛び乗った。細いその上で、足元は踊るように弾んでいる。

「落ちても助けぬからな」

喜蔵がそう言うと、小春はまた鼻歌を歌いだした。何がそんなに楽しいのかと喜蔵は不思議に思ったが、でたらめな歌の中に食べ物の名がやたらと出てくるのを聞いて、単に飯が食えるのが嬉しいのだと知る。この妖怪はどうも何よりそれに関心が高いらしい。

飯を出さねば出ていくか？　と喜蔵が考えていると、

「うわっ」

という慌てた声と、バキッという嫌な音がした。喜蔵が振り返ると、すぐ後ろにいたはずの妖怪の姿がちょうど闇の中に消えるところだった。調子に乗って足を踏み外したな、と舌打ちをしながら喜蔵は急いで橋の欄干の方へ走り寄る。小春が歩いていたところが、ぐしゃりと壊れていた。

（落ちた……か？）

しかし、水音はしなかった。ジッと目を凝らして見ても、黒い川には何の変化もない。身を乗り出して覗きかけた時、ふわりと風が吹いて、喜蔵は息を吸い込んでやめた。崩れかけた欄干に片手でやっと摑まり、今にも真っ黒な川へ落ちそうになっている小春を認め、喜蔵はふぅと息を吐く。声も出せずにいるのか、小春はただぱちぱちと瞬きを繰り返した。

「――何をやっているのだ」

「へ？」

早く摑まれ、と差し出していた手を喜蔵は上下に振った。

小春が橋に上がると、喜蔵は小春の落ちた一歩手前まで近寄っていき、ぐしゃりと無残な形に歪んだ欄干に触れた。特段傷んでいるような様子はなく、腐ってなどいなかった。古い割に土台はしっかりとしているように見える。壊れていない部分もそっと握ってみたが、何の異変も見当たらぬ。

（――何だ？）

喜蔵がついと覗き込んだ川面《かわも》の奥が光ったような気がしたが、それは瞬き一つで見えなくなった。

「……こはる」

背後から小さな声が落とされて、喜蔵はきょろきょろと辺りを見渡してから、言った本人を見やった。暗くても、赤い顔をしているのが見て取れ、喜蔵は首を傾げる。

「何だ？」

「だから……こはる……俺の名は、小春と言うんだ！」

むにゃむにゃと不明瞭《ふめいりよう》に言いかけて、最後ははっきりと宣言をした妖怪に、

「『人間に教える名などない』のではなかったか？」

なぜにわかに教える気になったのか、喜蔵にはさっぱり分からず、目を眇《すが》める。喜蔵の視線から逃れつつ、

「……人間と違って妖怪は義理堅いんだ。貸しを作ったままでいる程礼儀知らずじゃない」

不承不承に言うと、小春はぺこりと小さく頭を下げた。

（変な奴だ）

喜蔵は顔色一つ変えなかったが、内心でまた訝しむ気持ちが湧いていた。

「……冬に生まれたのか？」

小春と言う名も、妖怪の名には相応《ふさわ》しくない優しい響きを持っている。それが少し気に

なった。小春はさぁ、と目の横辺りを掻いてとぼけた。

「生まれも名前も、当人にはよく分からぬものだ。俺の名は生まれに因《ちな》んでつけられたわけではないし――そういうお前は喜ぶ蔵で生まれたのか？」

「どんな蔵だ」

「笑う蔵とか優しい蔵とかじゃなくてまだよかったな。お前にはまるで縁遠いもの」

自分の名が合っていない自覚のある喜蔵は、つまらなそうに鼻を鳴らし、再び歩き出しながらぼやいた。

「……名などどうでもいいものだ」

喜蔵の後を追いかけながら、そいつは違うな、と小春は妙にきっぱりと言い切る。

「名というのは存外大事なものだぞ。名を教えることは、魂《たましい》の名を教えることでもあるのだからな。妙な名前では格好がつかん」

ははんと喜蔵は性質《たち》の悪い目線を、隣に並んだ小春に向けた。

「だから渋っていたのか？　そう考えると割にあっさり教えたな」

「……だから妖怪は義理堅いんだって」

受けた恩義は必ず覚えているのだと小春は後頭部で両手を組み、胸を張った。

「人間とは違って、か」

そうだと偉そうに頷く小さな妖怪に、喜蔵は深く苦笑した。

「――ならば妖怪の方が、人間よりもよほど好い生き物だな」

小春は頭の後ろの手をはらりと解き、ジッと喜蔵を見つめた。

「友達少ないだろ？」

そんなものいらぬ、と喜蔵は鼻で笑う。小春は一寸だけ真顔で黙り込み、

「——寂しい奴だな」

嘲るでも哀れむでもなくぽつりと言った。顔色も変えぬ喜蔵を見やって、

「やっぱりお前って——いやいや、まさかな……」

小春は何かを言いかけ、口をつぐむ。

「何だ？」

喜蔵は不思議に思って訊ねたが、結局小春は何も言わなかった。そのくせ何か言いたげでそれが気になったが、下らぬことを言い合っているうちに家に着き、家に着いたら着いたで、やれ飯だやれ風呂《ふろ》だとうるさい妖怪を相手にしていた喜蔵には考える間もなかった。いびきのうるさい小春から距離を置いて布団を敷いた喜蔵は、布団の中に入り込むとすぐに忘れてしまった。


そして、白々と夜が明けるまで、喜蔵は一度も目を覚まさなかった。身動《みじろ》ぎ一つしない喜蔵を横目で見て、

「……そんなにぐっすり眠っていいのか？」

化かされるか殺されるかもしれぬのに、と畳の上に横になっている小春は苦笑した。実

のところ、小春は昨夜も狸寝入りをしていたのだ。自分の頭に触れてくる男の迷いに、笑いをこらえるのが大変だった。喜蔵が寝入ってからは店先の、古いものに宿った付喪神や、近所の妖怪とこっそり話もした。喜蔵は寝息一つ立てなかった。今宵《こよい》と同じく、死んだように寝入っていたのである。

「おやおや、珍しい。こいつはいつも眠りが浅いのに」

よほど疲れることをしたんだね、と顔は撞木鮫《しゅもくざめ》で胴体は人間の女の妖怪がチラリと小春を見た。

「きっと性の悪い妖怪もどきが、無理難題を押しつけたんだろうよ」

無理難題押しつけられたのは俺だ、と今日一日を思い返して小春は嫌な顔をする。

「大体俺は性も悪くもなければ、妖怪もどきでもない！」

「……性が悪くない妖怪など、妖怪とは言えぬと思うが」

手《て》の目《め》という、のっぺらぼうに似た妖怪が呟いた言葉にグッとつまった小春を見て、喜蔵とは反対に起き出してきた妖怪達はケラケラと笑った。居間の右端に寝る喜蔵は、賑やかな笑声に眉一つ動かさず、相変わらず眠っている。

「しかしまぁ……妖怪がいるというのに、図太い男だ」

「この男が驚いたり怯えたりしている姿なんて見たことないですものね」

「こんなに深く眠っていることもないがな。今のうちに日頃の仕返しをしてやろうか」

「日頃の仕返しって？　こいつに何かされたのか？」

喜蔵を指した小春に、

「こんなに妖怪がいるというのに、こいつがあまりに恐ろしいせいでこれまで化かせなかったからだ」

と妖怪達は同時に答えた。

「……自分達の失態を棚に上げる図々しさはあっぱれだな。しかし、寝ている時に化かすのはやめておけ。妖怪らしくないぞ」

背後にうごめく仲間達には振り向かず、寝転がったまま小春は言った。

「新参者のお前にとやかく言われる筋合いはないね」

ケッと面白くなさそうな声を出したのはいったんもめんだ。

「来てまだ一日じゃないか。少しばかり名の通った妖怪だからといって、偉そうに」

「本当に――あの怪が、こんな小童《こわっぱ》だとは思わなかった」

彦次の長屋と同じように不満の声が次々に漏れてくる中、

「何でさ」

小声で訊いてきたのは、店の一等目立たぬ場所にいた硯《すずり》の精だ。姿形はただの硯だが、風流を解し、気が優しい。昨夜も唯一小春の話を笑わずに聞いてくれた。

「寝ている奴を化かしても面白くないし、恐らく丸っきり驚かないぜ」

「……知っている。八年も前からこの家にいるが、妖怪共は近づきもせぬ」

硯の精はうっそりと喜蔵の顔を覗き込んで、溜息をついた。

「そういや古道具屋なのに、ここの連中大人《おとな》しいよな。もっとも口は悪いが……」

「フン、妖怪もどきに言われたくないね」

手に持った扇《おうぎ》を扇《あお》ぎながら撞木鮫に似た妖怪は小春をねめつける。

「『妖怪もどき』だからこそ言いたくなるのではないか?」

「冴《さ》えているな、手の目。夜行から振り落とされるような奴だ。我らのような立派な怪を前にしたら、負け惜しみくらいは言いたかろう」

「ほんとに口だけは達者だな……口動かす前に化かしゃいいのに」

わらわらと小春を取り囲んで散々悪口を言っている後ろを振り返って、小春は苦笑した。

「化かしたくとも化かせぬのだ……数年前まではこ奴を化かそうとする怪もいたが、そいつらはことごとく憂き目にあった」

まっすぐな腰に手を当てながら、硯の精は小さな声音で語る。

「壺《つぼ》の怪はこ奴を化かそうとした矢先に落とされて割られ、火鉢の怪はいかにも怪しい客に売りつけられた。こ奴の目の前に姿を現した座敷童子《ざしきわらし》は、『どこの餓鬼だ』と言われるやいなや、首根っこ摑まれて外につまみ出された。座敷童子は傷心の旅に出て、いまだ帰ってこぬ。他にも山のようにあるが、これを化かすとさかさまに呪《のろ》われると皆噂している」

大層な評判じゃねぇかと泥のように眠る喜蔵を笑ったが、小春はふとあることに気がついて硯の精を見た。

「お前は昔からこいつを知っているんだな？」

「そうだ」

半身を起こして居住まいを正した小春は、お前に訊きたいことがあると真面目《まじめ》な表情をした。

「今日一日何度も本人に訊こうとしたんだが……訊けなかった。恐らくこれは、こいつにとって重大な秘密だ」

ちらりと喜蔵を見やった目は真剣そのもので、周りの妖怪達も思わず黙り込む。硯の精も表情を引き締めて頷き、小春に問いを促した。

「――こいつって本当に人間？」

三、おはぎの味

（まるで恐ろしくない……）

喜蔵は店番の合間《あいま》に、鳥山石燕《とりやませきえん》という浮世絵師が描いた『画図百鬼夜行』という画集の頁《ページ》をぱらぱらとめくっていた。百鬼夜行という題名だが、妖怪が連なって行列する姿は描かれていない。河童や天狗や猫股といった妖怪がそれぞれ個別に描かれていて、喜蔵の思うように、恐ろしいというより、滑稽《こっけい》に描かれているものも多かった。

（曾祖父《ひいじい》さんは、これの何が楽しかったのだろう）

帳簿を入れておく棚の中には、曾祖父が集めていたという妖怪の本が何冊か入っている。幼い頃には祖父に読み聞かせてもらったものだが、大人になった今になってこんなにじっくり読むことになるとは、喜蔵も思っていなかった。絵巻や絵図の中には鬼の姿がよく現れるが、見れば見るほど似ていないと家に居ついた本物の鬼と見比べて、喜蔵は納得のいかぬ思いばかりがした。百鬼夜行がぞろぞろと歩くものならば、喜蔵の家にいる妖怪はただ単にうようよと、いつの間にやらどこからともなく湧いて出てくる、虫のようなものであると喜蔵はここ数日ですっかり悟っていた。

「だってここ古道具屋だぜ？」

うようよと出ない方がおかしいんだと知らぬ顔をして、小春は店と住居の境で左肘をついて寝そべっている。邪魔だと言ってまたいでも、軽く足蹴にしても、そこからもう二刻も動かぬ。暇妖怪と揶揄《やゆ》しても、暇店主と負けじと返してくる減らず口は、ここへ来てから六日経った今でもずっと達者なままだった。客が来ないのは小春の言う通りで、返す言葉のない喜蔵に、せっかく呼んでやっているのになあと小春はひょいと手招きをする。

「追っ払いもしているだろうに」

手招くだけならまだしも、手払いをして客を追い払うこともしばしばだった。それが俺の身上だものと妖怪は悪びれず答える。お前帰る気ないのだろうと振り向いてねめつける喜蔵に、小春は返事の代わりとでもいうように、ぐうっと腹を鳴らした。

「……お前が何の妖怪だか分かった。ひだる神だろう。己のひもじさで他人を空腹にさせる、食い意地で出来た妖怪だ」

ここ数日、妖怪のことにも少しだけ詳しくなってしまった喜蔵である。

「違うわい。大体そんなに食い意地張ってないだろ。俺など慎《つつ》ましいもんさ」

「米ばかり一度で五合も食べ、味噌汁は鍋一杯では足りぬと言う奴のどこが慎ましい？」

外へ遊びにも行かず、毎日黙々と働くだけで、堅実で慎ましい生活を続けてきた喜蔵は、子ども一人増えたくらいで本来困窮することもなかった。それが一人のくせに一人とは言えぬ食欲の持ち主であったばかりに、喜蔵の暮らしは早くも先行きの不安に脅《おびや》かされている。追い出そうとは何度もした。起きていて駄目ならば、寝入っている最中に――と喜蔵は考えたが、妖怪が一匹いれば連なって五匹も十匹もいることなど知る由もなかった。

たとえば、三日前の深夜のことである。寝ている小春にそろりと伸ばした手は、身体に触れる手前で天井からぽたりぽたりと垂れてくる気味の悪い、どろどろの緑の液体に阻まれた。では、少し離れて観察してみようと布団の上であぐらをかき、ジッと眺めていると、見ているのは喜蔵の方なのに見られている気がしてならぬ。視線の主は、夢の中にいて目を閉じ切っている小春ではない。では誰だときょろきょろと部屋を見渡すと――目だらけの障子が喜蔵を注視しているではないか。

「気味が悪い」

喜蔵は、障子をすっかり取り払ってしまった。燃やしてやると言うと、色みなどあるはずのない障子が青くなり、しくしくと泣きながら喜蔵に命乞《いのちご》いをしてきた。目目連《もくもくれん》という名の妖怪らしい。燃やすなどあんまりだ、と店先からいつまで経っても買い手のつかぬ硯の精がやって来て喜蔵を非難し、妖怪の心も少しは考えろと首の長いろくろ首からは叱咤《しった》された。

「お主はどうしてそう狭量なのだ」

「硯ごときが俺の何を知っている。とやかく言う前に、さっさと買い手を見つけてこい」

「……手入れが悪いから売れぬのだ。お主の性の悪さならば、お主が泣きべそかいていた時分から知っている！」

「……硯は大人しく墨をすっていればいいものを、余計な口出しばかりする」

「お主がすらせるのだ」

「おいおい、それくらいに――」

見かねたろくろ首が仲裁に入ろうとした時、

「飯まだかぁ……腹減ったよぉ」

と寝言を放ち、ぐうといびきを掻《か》きながらぐおおおと腹を鳴らす、小春の幼く能天気な姿を見て、喜蔵はどっとやる気が失《う》せたものである。

それから数日経った今も、小春はだらしなく寝そべっている。することはないのかと指摘すると、

「こうやって一見寝ているようでもな、ちゃんと情報集めているんだ」

な、と小春は首を上に下に横に斜めにやって、誰かに同意を得た。お仲間らしい。喜蔵が昼間にはっきりと見えるのは、硯の精と三つ目の少年くらいだが、小春の言によるともっと大勢の仲間が、そこかしこにいるのだという。

「情報といっても、何も集まってはおらぬのだろう？」

それではただのよもやま話ではないかと喜蔵は馬鹿にする。

「情報っていうのはな、意外と何でもないよもやま話の中から得られるものなんだ。だから色々聞かなけりゃ、真《まこと》には辿《たど》り着かねぇのさ」

言っていろと喜蔵は冷たい。小春の言には真理があるようでそうでもないのだ。聞きたくもないが、小春と妖怪達の話が勝手に耳に入り込んでくる。すると、まるで有益な話などされていないのが分かってしまい、その度に喜蔵はうんざりとしていた。

「小春、小春。鉄道というものを知っているか？　何でも、鉄の長い車が大勢人間を乗せて走るとか……一体どうやって走るのだ？」

「何、知らねぇの？　車輪がついているだろ？　その中に人が入って、ぐるぐると自力で車輪を回すんだ」

「……目が回るではないか」

「一駅ごとに交代するんだよ。客を降ろしたり乗せたりしている間にこっそりとな」

「……それでも目は回るだろう。くたびれるだろう」

「回ったって、くたびれたって、それでも奴らは人を鉄道に乗せたいんだ！」

「そうか……人間のくせに見上げた根性だな」

「鉄道じゃなく人道だよな、本当」

馬鹿な会話を小耳に挟むだけで、泣けはしないが泣けてくる。

「開化して五年になるというのに……どうしてこう、うようよと」

頭が重く感じた喜蔵は、頭上の空を手で払った。「ギャッ」という声と、どんっという音が響き、またかと喜蔵はここでもうんざりとする。妖怪はうようよと湧いてくるのに、客はさっぱり訪れぬ。それはお前の人相と性質が悪いせいだと小春は言うが、それこそ妖怪に言われたくないと喜蔵は目つきを更に悪くした。

「文明開化だか何だか知らぬが、そんなことで俺達がいなくなると考えるのは底の浅い人間ならではだ。いなくなるどころか、この先ますます増えていくぞ。古きものを蔑《ないがし》ろにした報いを、人間は受けることになるのだからな」

恐ろしかろうとニヤリとした小春に、喜蔵は表情の乏しい顔で頷いていた。

「……何だよ？」

「それは確かに道理であるかもしれぬ。獣とて住処《すみか》を奪われれば人里に下りてこよう。妖怪もそうであるというわけだろう？」

落ち着き払った喜蔵の弁に、張り合いがないと小春はぽそりと呟く。

「もっと怒るとか、恐ろしがるとかしてくれぬと……つまらんッつまら──ん！」

ガバリと起き上がった小春は、頭をぐしゃぐしゃに掻き混ぜた。すっかりと妖怪変化に慣れ切った喜蔵は、何を見ても少しも動じなくなってしまった。初めから、彦次や他の者のようにあからさまに驚いたり怖がったりすることはなかったが、それでも今よりは少しだけ目を見張ることもあったのだ。

「禿《は》げるぞ──怒っても恐ろしくも思っておらぬので無理だ」

奇妙は奇妙だが、それは姿形だけ──内面など丸きり子どもで、恐ろしくない。妖怪に対する喜蔵の認識は、世間とは随分と違うものである。

「ああ！　お前は本当に妖怪泣かせだなっ」

ここへ来てからの小春は、「大妖怪」としての自信を失《な》くしつつあった。自分よりもよほど鬼面の男のせいだと恨めしく思って小春は喜蔵を睨むが、それ以上に返ってくるのでビクリとしてしまい、喜蔵はそれを察して鼻で笑う。

「人を怖がる妖怪など、妖怪失格なのではないか？」

「だってお前妖怪より怖いんだもん。俺が失格なんじゃなく、お前が人間失格なんだよ」

小心であるくせにつくづく生意気だと喜蔵は唸る。今日の昼は元々外で食べる予定だったが、

（……やはり置いていこう）

小春の様子を見てそう決心した喜蔵だった。

「これが牛鍋？」

ぐつぐつと煮え立つ料理の湯気で頰を紅潮させながら小春は問うた。あぐらをかいた喜蔵と片膝を立てた小春は、平たい鉄鍋が載せられた七輪を二つ挟んで向かい合っている。

「もっと牛らしいのか熊らしいのが出てくるかと思った」

表にでかでかと朱書きで『牛屋くま坂』と屋号の書かれた旗が立っているのを小春は見ていたらしい。旗や幟《のぼり》のある牛鍋屋は上級とされているから、ここもなかなかの店ということになる。その割に、庶民にも手の届く安価な値で若い女中が多いとくれば、連日多くの客が店を訪れるのも当然だった。

牛鍋は今でいうすき焼きのことであるが、この頃の東京の牛鍋は煮込むより焼くのが主流で、肉の臭みを消すためにたっぷりの濃い味噌で味わうものだった。この店は東京では珍しく、醤油《しょうゆ》やみりんや砂糖を水で薄めた割下で具を煮込む鍋で、新鮮な肉を使っているのがウリだ。喜蔵が注文したのは並の牛鍋と麦飯をそれぞれ二つ。皿に盛られた肉厚の牛肉を軽く炒《いた》めた後、五分切り葱《ねぎ》を入れてサッと焼き、割下を注ぎ込んで一緒に煮ると、そのうち醤油と砂糖と脂の匂いが辺りに香る。小春は堪《たま》らず嬉しげな表情になって箸を握った。

最初は呆れる程に箸の持ち方が珍妙だった小春だが、たった数日で何とか形にはなっている。二本の棒を一本に握り込んで使うという荒業ではなくなっていた。そうではないこうだと教えても小春は文句を言うばかりでやらぬのだが、次の飯時には前より一寸《ちよつと》使えるようになっていた。妖術の類《たぐい》かと喜蔵は訝しんだが、台所でこっそり箸を持つ練習をしている小春の姿を見つけたのが、牛鍋屋に出かける寸前のこと――。置いていこう、と心に誓《ちか》っていた喜蔵だが、それを見て一寸気が変わった。喜蔵がくま坂に行くのは月に二度くらいなものだが、妖怪と連れ立っていくことなど一生に一度切りだと自分に言い聞かせ、小春を外へ誘ったのだ。

箸でどっさりと掴んだ肉や野菜をそのまま口へ運び、あちぃっと喚き、うへぇと悶《もだ》え、小春は顔を真っ赤にしたが、それでもすべて飲み込んだ。逃げはせぬから冷ましながら食えと呆れた喜蔵に、鍋だって百年も経てば足が生えて逃げるくらいするんだと小春はぶつぶつと文句を垂れたが、忠告に従って随分と待ってから鍋に手を出した。

「……うまい！」

今度は少しずつ摑み、おまけにふうふうと息で冷ましながら、牛鍋のうまさに舌鼓を打つ。小春が冷めるのを待っている間、自分の分をほとんど食べてしまった喜蔵は、湯気の気配がとっくに消え去った鍋の中にある葱の残骸《ざんがい》を突《つつ》きながら、家でも煮えたぎった味噌汁を出すべきかと意地の悪いことを考えていた。

やっと食べ終わり、ごちそうさんと箸を置いた小春は、

「ああ、うまかった……だが、ついこの間までは獣肉《じゅうにく》を食うのはご法度だったというのに、人というのは変わり身の早いものだな」

盛況の店の中を見回し、隠居老人のような口を叩いて茶をすする。

「浸透しきってはおらぬだろう。獣肉を食せば口が汚れると言う者もまだ大勢いる」

〈薬食い〉や〈山鯨《やまくじら》〉と称して密《ひそ》かに食されていた江戸の頃を過ぎても、長らく「口にしてはならぬもの」であった牛肉は、すんなり受け入れられはしなかった。鼻をつまみ、眉をひそめながら牛鍋屋の前を通る人間もいた程である。五年前、初めて牛が食用にされた時には、化けて出られぬように寺から僧侶を呼んで供養をしたという、笑うに笑えぬ話も残っていた。

「魚は生でも食うのにな。犬だって食らっていたくせに……人というのはどこで線引きをするか分からぬものだ。犬と魚と豚と牛はどう違うんだ？」

それらの違いが分からなかった喜蔵は、人間でなければ何でも食らうのではないかと適当に答えた。小春がなるほどと頷くので、口にした喜蔵の方がいまいち納得のいかぬ思いがし、眉間にいつもの皺を寄せた。そうするとただでさえ怖い顔が余計に凶悪な人相になり、牛鍋を突いてわいわいと賑わっていた他の客達も心なしか静かになったが、

「あら、喜蔵さん。いらっしゃいませ」

いつも有り難う御座《ござ》いますと軽やかな声が店内に響くと、再び周りの空気が和《やわ》らいだ。一方の喜蔵は周りとは反対に身を硬くし、顔を強張《こわば》らせている。小春は喜蔵の様子に首を傾げ、声のした方を振り向くと、後ろから十五、六くらいの娘がにこにこと笑みを零しながらこちらへやってきていた。異国風のひらひらとした真っ白な前掛けも、髪に挿した小振りの山茶花《さざんか》の簪《かんざし》もよく似合う、一寸切れ長の凜々しい目をした可愛《かわい》らしい娘だ。娘は小春を認め、驚いたようにあらっと声を上げた。

「お連れさんがいらっしゃるなんて初めてですね。そちらは――？」

娘の問いにしばし沈黙して、親戚の者だと喜蔵は答えた。小春は吹き出しそうになるのを懸命に堪《こら》えたが、耐え切れず満面で笑ってしまう。喜蔵は小春を仁王のような厳しい顔で睨みつけたが、それに気がつかぬ娘は相変わらずにこにこと笑い、

「可愛い子ねぇ。お名前は何と言うのかしら？」

少し屈んで小春の顔を覗き込んだ。人間に教える名などない――などとまた言われてしまっては敵《かな》わぬと、喜蔵は小春を制そうとしたが、意外にも小春はあっさりと名乗った。

その上、あんたは？　と娘に名を訊ねている。喜蔵は小春の顔色を窺ったが、その表情は常と変わらず飄々《ひょうひょう》として、妖怪らしくも子どもらしくもない。

「深雪《みゆき》というのよ。小春とは反対の冷たい陽気」

娘が答えても、ふうんと然《さ》して興味もなさそうに頷くばかりである。少しほっとし、それにハッとした喜蔵は、軽く頭を振った。何だかお疲れのようですねと深雪が気遣わしげな声をかけてくれたのでふと顔を上げると、今度はぎくりとしてしまう。いつものように微笑んでいるが、深雪の表情はどこか沈んでいた。明るい、晴天のような娘だが、今日の天候のようにどこか雲行きが怪しい。

（さて、どうしたものか――）

喜蔵は迷った。どうかしたのかと一言訊けばよいことだが、自ら訊くのは憚られた。人と係《かか》わり合いになりたくないというのが喜蔵の真情である。他の者ならば迷わず放っておく薄情な喜蔵でも、深雪相手には一寸の迷いが生じた。そんな喜蔵の方をちらりと見て、深雪の方へ顔を戻した小春は、

「こいつはいつも景気の悪い面しているよ。姉ちゃんの方こそ心配事でもあるんじゃないのか？」

と、いとも簡単に訊ねた。

（こいつめ……）

腸《はらわた》が煮えくり返るような、それでいて助かったような妙な心地で、喜蔵は小春を睨んだ。

その視線を感じ一寸肩をすくめた小春だったが、知らぬ顔をして深雪に向き直る。

「俺が当ててやろう……ずばり恋わずらい？」

まさか、と深雪はくすりと微笑んだ。

「じゃあ、身体がどっか悪い？」

「元気よ」

「元気なのにそんな顔するのか？」

深雪はハッとしたように顔を両手で挟む。小さい手に小さい顔がすっぽりと収まった。

「……ひどい顔してる？」

「してるしてる。ひど過ぎる。客の前に出す面じゃない」

ひどいわ、と深雪は小春をねめつけながら苦笑した。

「言っちまった方が楽になるだろ？　他人に愚痴る機会などめったにないんだろうし」

「……でもねぇ」

言い澱《よど》む深雪に子どもらしい笑みを向け、小春はちらりと優しげに手を招いた。深雪の目は吸い寄せられるようにその手を注視し、

「言ってみなよ深雪ちゃん。俺と喜蔵が力になってやる」

子どもの大言に、深雪はこくりと小さな顎を引いた。

「じゃあ……話だけでも聞いてもらえます？」

おずおずと訊いてくる深雪の不安げな目を見て、人目を憚らず小春の頭を殴ろうとして

いた喜蔵は、その手をグッと押し止《とど》めた。折よくくま坂の中休みになり、喜蔵と深雪と小春の大中小の妙な三人組は、くま坂の並びにある、客足の少ない汁粉屋の暖簾《のれん》をくぐった。

「つまり友がおかしくなっちまったということか？」

見た目は人の子でも、中身は妖怪——流石に露骨である。しかし、うんそうなのと深雪もすんなり頷くものだから、以前から気がついてはいたがこの娘もどこか変わっている——嘆息を漏らしたくなるのを、喜蔵は口の中に無理やり押し止めた。深雪の談によると、くま坂の野菜を仕入れている近所の八百屋《やおや》の一人娘のさつきの様子が、このところどうもおかしいのだという。

「相手の分からぬ子を身籠《みごも》った、ねぇ……」

それはふしだらと言うのではと喜蔵は思ったが、喜蔵の考えを察した深雪は、そうじゃないんですと慌てて両手を顔の前で左右に振った。

「そうじゃないって？　実は相手が分かっているってこと？」

三人の前にはそれぞれ汁粉が置かれているが、猫舌の者には手のつけられぬような熱さだった。先程からほとんど小春が深雪に質問しているのは、手持ち無沙汰のせいだろう。小春が投げかけた問いに、深雪はふるりと首を振る。

「そもそも身籠っているはずがないの」

「当人にしか覚えがないことだろ」

その当人にも覚えがないのよと深雪は言う。

「そう言っているだけじゃねぇの？　娘と言えど女だもの」

ケケケと下世話に笑う小春に、

「そうね――小春ちゃんは子どもなのにそんなことを言うのだものね」

子どもなのに男なのねと深雪は冷たい目を向けて汁粉をすすった。

「……えっと、何で身籠るはずがないんだ？」

「だって、三日前に急にお腹《なか》が大きくなりだしたのよ。それで、もう生まれそうな程膨らんでいるなんて――そんな風に子どもが出来るわけないじゃない」

困ったように嘆息を落とす深雪に、そいつは確かにおかしいねと小春は同意した。おかしいですむ話ではないが、おかしい話である。十月《とつき》腹の中にいる子が十日も経たぬうちに出てくるなど、出来の悪い法螺話《ほらばなし》にしか思えぬ。

「さっちゃんは混乱してしまって……親御さんはもっと混乱しているし……そりゃあそうですよね？　何が何だか分からないんですもの」

「このところ、その娘に何か変わったことはあったのか？」

小春は嬉しそうに訊ねた。流石は妖怪、他人の不幸を喜ぶなど血も涙もないと喜蔵は小春に軽蔑《けいべつ》の目線をくれたが、どうやら冷めてやっと口に出来た汁粉がお気に召したらしい。誰にも渡すまいと器を抱え込んで食べる姿は、やはり食い意地のはったひだる神である。

「……さっちゃんは元気で面白くて、よく働く孝行娘なのだけれど」

一寸困った癖があるのだと深雪は語った。

「一旦座ると、どこでもすぐに寝てしまうの」

「は？　どこでも？」

どこでもと深雪は頷く。

「しばらく座っていたら、本当にどこでも寝てしまうの。自分の家の中じゃなくたって、他人の家でも、外でも……どこでもね」

隠れ鬼をしていたような幼い時分などはひどかったらしい。鬼になれば障りはないが、隠れる方にまわると大変だった。廁《かわや》や屋根、墓場、木の上などで眠りこけたさつきを見つけた時には、鬼の方が肝を冷やしてしまった。流石に幼い頃からそんなことを繰り返していれば用心の心も芽生え、外で座ることなどめったになくなったが、

「たまたまのことなの。三日前にね、おつかいの帰りに一寸立ち寄った神無《かんな》川《がわ》の土手に、とっても座り心地のよさそうな石があったんだって。たくさん歩いて疲れていたから、少しだけなら大丈夫かしらと……」

「座って、寝た？」

こくりと深雪は頷く。たまたまの時に限って変事が起こるのが、この世の理不尽な道理である。

「でも、眠るといったってほんの一寸の話なのよ？　あ、しまったと気がついて慌てて立ち上がって帰ったらしいのだけれど、身体は何ともなかったって。ただ、帰ってから半刻

もしないうちに一寸お腹が大きくなった気がして、気のせいだと思う間もなく段々と大きくなって……でも本当にさっちゃんは何もしていないの」

「まあ、そりゃそうだろうなあ」

食べ終えた汁粉の器を名残惜《なごり》しそうに両手で抱えて回し、小春はふんふんと頷いた。

「そりゃあそう？」

深雪の問いには答えず、小春は訊く。

「で、あんたが困っているのは何？」

「え？」

「……聞いていなかったのか？　友が――おかしなことになっていると」

仕方なく口を挟んだ喜蔵に、小春は不思議そうな目を向ける。

「それは聞いたけれど……困っているんだ？　自分のことじゃないのに？」

妖怪には分からぬ機微なのかもしれぬと喜蔵は特段驚かなかったが、深雪は伏せていた目をぱっと見開いた。

「ええ……だってお友達だもの。お友達が大変な目や辛い目にあっていたら困るし、哀しいでしょう？」

「うーん、俺にはいまいち分からぬけれど……人ならばそうか？」

小春は純粋に疑問の視線を、深雪は一寸不安げな視線を喜蔵にくれたが、喜蔵はどちらにも知らぬ存ぜぬふりをした。深雪の戸惑いをどう思ったか、小春はにやりと笑いかけ、そんなに気落ちすんなとぽんと深雪の肩を叩く。

「喜蔵はよくあの八百屋で野菜を買うようだぞ。俺も昨日と一昨昨日《さきおととい》使いに行かされたから、まるで関係のないことでもない」

使いになど行かせなければよかったと喜蔵は悔いた。だから、と小春は喜蔵の一等言って欲しくない言葉を口から吐く。

「俺らが何とかしてやるよ」


汁粉屋を出た三人は、くま坂の前で別れた。深雪が暖簾を潜《くぐ》って早々、あっちだよな？　と幼い笑顔で振り返った小春の頭を、喜蔵はゴツンと小突く。

「さ～て、まずは八百屋だ」

「何すんだよっ」

「それはこちらの台詞だ」

ちょうど角に拳《こぶし》が当たって、痛いのは小春だけではなかった。互いに顔をしかめて恨めしそうに顔を見合わせる。

「……勝手に引き受けやがってとでも言いたいんだろ？」

分かっていてやったのだな？　と世にも恐ろしい顔をする喜蔵に、小春は少々ビクッとしながらも言い返した。

「でも、何とかしてやりたかったのだろ？」

「――なに？」

「深雪ちゃんが心配なのだろ？　食通でもないお前がわざわざ牛鍋屋へ通う理由なんて、あの娘《こ》くらいしかないものな」

意味が分からぬと不機嫌《ふきげん》そうに黙り込んだ喜蔵に、小春は得たりと笑いを浮かべた。

「そんな怖い顔してっと嫌われちゃうぜ～」

小春の軽口に仕置きしながら、

「そういえば、あの娘には随分と簡単に名を教えるのだな」

魂の名を教えるのと同じだなどと、ご大層なことを言っていたではないかと喜蔵はついこの間のことを思い出す。羽交い締めにされた小春は喜蔵の腕から逃れようと、力一杯身動ぎをしながら言った。

「可愛い子に優しいのは人間も妖怪もおんなじよ」

「餓鬼のくせに女好きか」

「手前《てめ》ぇと一緒にするな、このむっつり助平が」

一寸力が抜けた隙に小春はパッと素早く下に屈んで、喜蔵の腕から逃れた。なぜ俺が助平なのだと嫌な顔をする喜蔵に、小春はへへんと鼻を鳴らす。

「あんなに若い娘っ子摑まえて、助平ではなくて何だと言うんだ。あの娘も満更じゃあなさそうだったぞ、この助平」

馬鹿と言ったきり、喜蔵は何も言い返さず、砂を蹴り上げるように黙って歩いた。この

男にも弱いところがあるのだなと意外に思い、笑いを噛み殺した小春は、

「ま、とにかく八百屋八百屋」

くるりと踵を返し、歩き出した。雑踏の中でも皆が振り返る程目立つ斑頭にただ黙ってついていくのも癪《しゃく》に障ると思った喜蔵は、いっそ帰ってやろうかと立ち止まった。しかしひょいひょいと手招きをされ、喜蔵の足は前へと勝手に進んでしまう。

「……妙な術を使うな」

喜蔵の変な動きを見て、往来の誰かがくすりと忍び笑いを漏らした。何のことだかと惚《とぼ》けた小春は、鼻歌を歌いだす。面倒事に取りかかるというのに、飯の前のように随分と機嫌がいい。道中も、八百屋へ着いてからも小春の様子は変わらなかった。八百屋では、娘からもその親からも話一つ聞かず、ただ胡瓜《きゅうり》だけを買った。何をしに来たのだと喜蔵がその場で小春を怒れなかったのは、八百屋の主人と女将《おかみ》が憔悴《しょうすい》しきっていながらも、健気《けなげ》に働いていたからである。おまけに女将が喜蔵を見て、「ひっ」と怯えた声を小さく上げたせいもあった。

「……そんなに胡瓜が食べたかったのか」

深雪に教えてもらったさつきが眠ってしまったという川原へと足を向けながら、流石ひだる神だなと喜蔵が腹いせに揶揄すると、

「ひだる神じゃないって言ってんだろ。この胡瓜は俺のじゃねぇの」

右手に二本、左手に三本胡瓜を持っている小春は、自分のではないと言いつつ手元を

ジッとひもじそうに見た。

川へ行くには町を抜けて以前小春の落ちた橋を渡り、蛇行する畦道《あぜみち》を通って、桑畑や田んぼのある農村の方へと歩いていかねばならぬ。彦次の長屋へ行く道と途中までは同じだったが、神無川は更にその先、江戸の外れの辺鄙《へんぴ》な場所にある。段々と人気《ひとけ》がなくなり、その代わりに自然が増えた道沿いには、早々と蚊が現れだしていた。首や腕を刺され機嫌の悪い喜蔵とは違い、小春は相変わらず鼻歌を歌い続けている。

「やけに機嫌がいいな……やはり人助けが趣味なのでは？」

川の姿が木々の間に見え隠れする頃、刺された首筋を掻きながら喜蔵は言った。

「馬っ鹿だな～妖怪に夢を見過ぎだって。俺だって、自分のためにならなきゃわざわざこんなことしない」

何のためにもなるまいと馬鹿にする喜蔵に、小春は横顔でニヤリと笑った。

「八百屋の娘のお相手は、十中八九俺と一緒」

川まであと数十歩というところで、喜蔵はぴたりと歩みを止めた。

「――ようかい、だよ」

神無川の川幅は狭く、だらだらと長く続いていた。土手は広々としている。川へ着くなり、川面へ向かって小春は叫び出した。

「おお～い弥々子《ややこ》、お～い」

たまたま通りかかった、畑帰りの農具を背負った四十がらみの男が、

「誰か溺《おぼ》れたのか⁉」

と慌てて駆けよってくる騒動もあったが、魚を呼んでいるんですという喜蔵の苦しい言い訳で追い払った。なぜ俺がこんな真似《まね》をせねばならぬと文句を言っても、小春は誰かを呼ぶのに夢中でまるで聞いていない。

「弥々子～聞こえてんだろ？　何で出てこないんだよ」

胡瓜を投げ込んでも、ウンともスンとも言わぬ水面《みなも》に痺《しび》れを切らし、小春はようやく両手で手招きをした。しばらくしてズルズルと、おかっぱ頭の女の河童がものすごく嫌そうな顔をして浮き上がってきた。姿は絵草子などで見たことのある河童だったが、鼻と口の繋《つな》がったところなど、顔は猫にも似ている。月を下半分切ったような目が、人相――妖相を悪くさせていた。ひどい目つきだと喜蔵が思っていると、

「あ、何かお前ら似ているな」

と小春が言うので、河童も喜蔵も互いにがっくりときてしまった。何でお前が落ち込むのだと喜蔵が睨むと、弥々子もそれに受けて立つように睨み返してきたが、喜蔵の顔をまじまじと見て、顔色が変わった。喜蔵から小春に視線を戻した弥々子は、嫌だ嫌だと呟きながら、ジロジロと小春の小さな身体を見回した。

「何だかえらく騒々しいので嫌な予感がしたが、小春坊かぃ。久しいね……出来れば会いたくなかったが。一体何の用だぃ？」

弥々子は相変わらずだなぁと苦笑しつつ、小春は言った。

「娘がここの河童に孕《はら》まされたらしい。どうにかしてくれ」

小春が端的に述べた台詞は、喜蔵にとっては寝耳に水だった。

「娘は河童に孕まされたのか？」

「そうそう、よく聞くだろ？　その手の話。特に河童と天狗は多いし」

「……巷間《こうかん》の下らぬ噂ではな」

数多くいる妖怪の中でも人間に一等馴染みのある怪は、河童なのかもしれぬ。河童と相撲《すもう》を取った話や、河童の子を産んだ女の話、河童に子を産ませた男の話など、全国津々浦々に伝わっていたが、そんなことが現実に、身近に起こるとは、喜蔵はもちろん思っていない。腹が膨れただけで河童の仕業だとなぜ分かると言いたげな喜蔵に、

「川原で正体をなくし、にわかに腹に子どもが出来たといえば、俺には河童しか浮かばない。娘のところに行ったら案の定河童の臭いがしたし、娘の居眠りした川は神無川だと深雪は言った」

神無川には河童の知己がいるからな、とニンマリとした小春は、弥々子に向き直って、よろしくと片手を上げた。弥々子は呆れたように一寸黙り込み、そんなことは知らないよとそっぽを向いた。

「知らない？　じゃあ、手下の奴らに訊いてみてくれよ。お前、この辺りの河童の棟梁《とうりょう》だろ？　弥々子様ならお茶の子さいさいだ」

小春は両手を揉みながら、媚《こ》びた笑みを浮かべた。

「その面気味が悪いねぇ……大体何で人間がいるのさ。その娘の相手かなんかかい？」

「……無関係なのに、こう、無理やり連れてこられたのだ」

喜蔵はむすりとした表情のまま、ぶっきら棒に手招きをしてみせた。

「あんた……相変わらず無茶苦茶してんだね。一寸は妖怪の道理というものをわきまえな。大体、あんた何でこんなところにいるんだい？　てっきり夜行にいるのかと思っていたが、さては下ろされたね？」

「違《ちげ》ぇよ！　ここにいるのはまぁ色々あってだな……それより娘の腹！　もうすぐ河童の子が生まれそうなんだ。どうにかしてくれよ」

「何でそんなことしなきゃならないのさ？　あたしら河童だよ？　人間化かして尻子玉取ったり、子をなしていくのが仕事さ」

尻子玉というのは、人間の魂のようなものだ。それが丸々取られれば死に、欠片《かけら》でも奪われれば正気を失くす。河童は尻子玉が好物で、川に近づいた人間を引き入れては溺れさせ、それを抜き取るのが身上だ。

「でも弥々子は取らねぇじゃん」

小春が言った言葉に、喜蔵は一寸だけ眉根を上げた。

「……あたしはね」

他の奴らは取るよと面白くなさそうな声で答える弥々子に、

「なぜ取らぬ？」

と喜蔵は問うた。大きな口の下にくっと皺を寄せた河童に代わり、

「弥々子は昔、人間の男に助けられてな。爾来《じらい》取らなくなったのさ」

意外とろまんちすとなんだと小春は、わけの分からぬことをわけ知り顔で言った。さも意外という顔で見てくる喜蔵から目を逸らし、

「――どうしてあんたはそうお喋《しゃべ》りなんだぃ」

弥々子はびしゃりと水掻きで掬《すく》った水を小春に浴びせた。本当のことなのだから話しても構わぬだろと、びちょびちょに顔を濡らした小春は顔を左右に振って飛沫《しぶき》を飛ばす。

「それに、弥々子が一言発せば鶴の一声だろ？」

それが嫌なんだよ、と弥々子はフンと鼻を鳴らした。

「あたしは勝手に取らぬと決めたが、それを咎《とが》める奴はいない。その代わり、あたしも尻子玉取る奴らを咎めたりしないんだ――取り過ぎたら言うがね。娘孕ませた奴がいたって、それが一度くらいならあたしは何も言わないよ」

「弥々子の言い分はもっともだけれどさ、こっちも困っているんだ」

「じゃあますます嫌だ」

「弥々子ぉ」

水臭いけれど本当に水臭いぞと言って、小春はまた弥々子に水をかけられる。運悪く鼻に入ったらしい小春は、フンガッとしばらく鼻をひくつかせていた。喜蔵は仁王立ちの厳

しい顔のまま、呆れた目で小春の無様な姿を眺めている。川岸に腰掛け、二人の様子を確かめるように見つめていた弥々子は、一寸考えるように唇を嚙んで、喜蔵に問うた。

「……兄さんはその娘に恩義があるのかぃ？」

ないなと喜蔵は即答したが、少し間をおいてつけ足した。

「だが……その娘を心配する友の娘を、少々不憫《ふびん》に思う」

お前不憫だと言ったが、という言葉の意味知っているのか、と小春が目を丸くしたのも無理はなかった。不憫だと言ったが、喜蔵の顔色はまるで変わらず、表情も恐ろしげなままである。弥々子は腕組みをして喜蔵を睨みつけるように見つめていたが、一寸待ってなと言い、川へ踵を返した。

「やってくれるのか⁉」

「小春坊の頼みなら素直に聞きたくはないがね……兄さんの頼みならば仕方ない」

弥々子はこういう閻魔《えんま》顔《がお》が好みなのか、と小春は珍しいものを見る目で喜蔵の怖い顔を眺めた。馬鹿言うなと怒りつつ、少しばかり似過ぎているのさと弥々子は呟く。

「小春坊が言った……昔あたしを助けてくれた兄さんに、一寸ね」

喜蔵はまた片眉を上げ、小春は一寸真顔になって破顔した。

「へぇ……こんな仏頂面だったのか。でもよかったな、こんな悪人面でも役に立って！」

まるで嬉しくないのだが、と喜蔵はいつもの嫌そうな顔をした。

「尻子玉、寄越セェ」

その言葉以外は、ダウダウとかダアダアとか、不明瞭な声しか聞き取れぬ。

「この馬鹿がさつきを孕ませたのか？」

弥々子は河童の耳を引っ摑んで岸まで上がってきた。摑まれた河童は、小春より頭一つ分小さい弥々子の肩くらいまでしかない低身長で、枯れ木のように細い手足は弥々子と同じ緑色だった。親指を口で吸いながら、いやいやと首を振り、ダアダアと喚き散らす様は、小春の悪口を悪口とも非難し難い様子をしていたが、黄色の目玉はとぼけた真ん丸の形で、見ようによっては可愛らしくも見えた。

「確かにこいつは馬鹿だし、その娘を化かそうとしたらしいが、孕ませたりなんかしていない。こいつはまだ、ほんの子どもだからね」

子どもだって男なんだぞ、と深雪に言われた言葉を思い出して小春は言った。

「あんたみたいに頭でっかちじゃないんだよ。こいつは本当に子どもさ。人間の娘孕ませるなんて芸当出来やしないよ」

「じゃあ、そいつじゃない奴が娘を孕ませた？」

そうじゃないねと弥々子は短い首を振る。

「河童じゃないよ、相手は。大体相手なんていないんだ」

「だって腹が膨らんで――」

膨らんでいるだけだろ？　と弥々子は鼻を鳴らし、

「その娘は人間の尻子玉を飲み込んだらしいよ。飲ませたのはこいつだけれどね」

ダウダウ言ってばかりでうるさい河童の頭をパシンと叩いた。

「……尻子玉は取るものなのではないのか？」

訊いたのは喜蔵で、小春はぽっかりと口を開けただけだった。

「取るもんさ。しかしこいつはね、娘のそれを取ろうとして、もう片方の手に持っていた他の奴の尻子玉を、誤って娘の口の中に落としちまったんだとさ」

喜蔵はちらりと小春を見下ろし、よかったなと言った。

「間抜けがお前だけではなくて」

「俺はそこまで抜けてねぇよっ。そんな馬鹿なことするものか」

小春は腰に手をやり、不満げに頬を膨らませた。嘲笑を浮かべた喜蔵は、ハタと気がついたように眉根を小さく寄せる。

「しかし、娘はどうなる？　尻子玉が身体を取り戻したと勘違いして大きくなったのか、これは占めた——と乗っ取ろうとしたのか分からぬが」

河童であろうと人間であろうと、娘の腹の中では生き物が、こうしているうちにも成長しているのである。深雪によると、もう生まれそうな程——ということだった。

「……このままでは、腹を突き破るのではないか？」

喜蔵と小春が顔を見合わせた時、弥々子はふうと息を吐いた。

「八百屋の娘の腹の中の尻子玉はこちらのものだ……面倒だが取ってやるしかないだろ」

小春は一瞬目を見開いて弥々子を見つめたが、すぐに、

「……弥々子！」

と破顔した。そうと決まればさっさとやろうと、思い立ったらすぐ動き出すせっかちな妖怪は、弥々子の肩を摑んで回れ右をさせ、町へ向かおうとした。

「そう急かすんじゃないよっ」

身動ぎをして嫌がる弥々子の背中を押し、小春は早口で言う。

「何を言っている河童の棟梁、善は急げ！　急がば回れ！」

馬鹿だねと弥々子は呆れた表情をした。

「あたし達は夜が朝だ。こんな陽があるうちに歩き回ったら、こちらの世はどうなる？」

妖怪らしさが微塵《みじん》もない妖怪は、昼夜の区別さえもないらしい。そういやまだ陽も暮れていなかったなと空を見上げ、ぽつぽつと降りだしていた雨にもようやく気がついた程だった。

「でも、お前人間に化けられるだろ？」

「わざわざ無駄な力を使いたくない。こんな小雨じゃ皿も乾く」

河童の姿で歩いていても目立たぬ夜ならばいいだろう、と弥々子は言った。

「子《ね》の刻に迎えに来な。夜になればお誂《あつら》え向きに、もっと雨が降っているだろうしね」

夜半過ぎ、小春は真っ暗な店の中で妖怪達と何やら話をしていたが、そろそろ頃合いか

と言って、神無川へ歩いていった。昼下がりに降り出した雨は土砂降りに変わっていたが、土手に佇《たたず》んでいる弥々子は昼間と同じ河童の姿のままだった。弥々子を八百屋まで案内すると、弥々子が尻子玉を持って出てくるまで待たず、小春はとっとと家に戻った。

「終わったのか？」

すでに床に入っていた喜蔵だが、寝てはいなかった。もそもそと暗闇の中を動く小さな影の姿が見える程には、目が慣れている。もう終わっているはずだと小春は喜蔵の合羽《かっぱ》を脱ぎながら答えた。

「最後まで見ていないのか？」

「弥々子だったらすぐに仕事終わらせるよ。俺は雨が嫌いだから早く帰りたかったんだ」

「そうではなくて――娘の尻子玉も取るとは思わぬのか？」

娘のは取らぬと弥々子は言ったが、ただの口約束である。濡れた合羽をどこに干そうかとウロウロしていた小春はくるりと振り返り、弥々子は取らねぇよとさらりと言った。

「俺達と約束したから取らぬというわけじゃないぞ。言ってたろ？　自分で勝手に取らぬと決めたって。あいつは頑固だから、一度決めたことは絶対に破らないんだよ」

だから心配すんなと言う小春に、喜蔵はふいっと視線を外した。

「心配などしていない――疑っただけだ」

「娘の命と、娘の友の心が心配だったと素直に言やぁいいのに」

ぼそりと呟いた小春の言葉は、布団を被り直した音に消されて、喜蔵にはきっと届かなかった。

それから三日経ったある日、八百屋の前を「たまたま」通りかかった喜蔵の目には、元気なさつきの姿が映った。腹も膨れていないし、隣に河童もいない。弥々子はちゃんと約束を守ったのである。

（……妙な妖怪がまだいた）

喜蔵は口元を手で覆って、こっそりと微苦笑を漏らした――その日の夕方のことだった。

「さっちゃんを助けてくれてありがとう」

小春と喜蔵が河童の助けを得てさつきを助けたとは知らぬはずの深雪がそう言ったので、喜蔵と小春は互いに顔を見合わせた。汁粉屋でさつきの話を聞いて以来、深雪とは会っていなかった。「自分たちが河童に頼んで尻子玉を抜いてもらったから、さつきはもう大丈夫だ」などと、深雪に言えるはずもない。解決したのだし、それで万々歳だ。二人が黙っていれば、「俺らが何とかしてやるよ」などと小春に言われたことなど、深雪は忘れてしまうだろう――そう考えていた矢先、深雪は風呂敷包みを胸に抱え、喜蔵の店に何の約束もなしにやってきたのだ。ここ数年、店の客以外にほとんど誰も訪ねてきたことのない家であったから、喜蔵は寸の間ぼうっとしてしまった。その横でいつも通りの小春は、深雪の手元の風呂敷包みに鼻を近づけ、

「それくれんの？」

甘いもんだろとくんくんと嗅《か》いだ後、嬉しそうな顔をした。

「図々しい」

叩く喜蔵と叩かれて不満そうな顔をする小春の二人を見やって、深雪はころころと笑った。立ち話も何だからと言ったのは小春で、妖怪で居候のお前が言うなと思った喜蔵だが、確かに立ち話は何であるので、黙って小春の言葉に従った。ぎっしりと売り物が並ぶ店の中とは反対に、招き入れた部屋の中には仏壇と行李《こうり》に布団と小机、炬燵《こたつ》に行灯といった最低限の身の回りの物しかない。しかし深雪は、存外楽しそうに殺風景な部屋の中を眺めて、あ、と声を上げると喜蔵にくるりと振り向いた。

「手を合わせてもいいですか？」

うっすら頷く喜蔵にぺこりとお辞儀を返し、深雪は仏壇の前に座って一心に手を合わせる。何も言わずにジッと深雪の横顔を見ていた喜蔵とは反対に、ぴょこんと深雪の後ろから仏壇を覗き込んだ小春は、中の位牌《いはい》をじいっと見つめて首を傾げた。

「……手を合わせた後に食うとか？」

仏壇には、炊いた米粒が小さな入れ物にこんもり供えられている。喜蔵の侮蔑の眼差《まなざ》しに、冗談冗談と小春は言った。手を合わせ終えた深雪は、喜蔵に向き直りながら微笑んだ。

「とても大事に想《おも》っていらっしゃるんですね。綺麗に磨かれているわ。あたしも毎日、朝一番に父と母の位牌を磨いてあげるんです。おはようおっとさん、おっかさんって」

「そういやこいつも、いつも朝一でピッカピカ――って何で殴るんだよッ」

子どもの非難に耳を塞いで、茶を淹《い》れてくると喜蔵は部屋からそそくさと出ていった。どうぞ、お構いなく——と遠く背中に言われても、茶を淹れるくらいしか構いようもない。流しで一人溜息をつく喜蔵をよそに、居間にいる深雪と小春はすっかりと打ち解けた様子で、談笑していた。喜蔵が戻ってみると風呂敷は解かれており、重箱が姿を覗かせていた。深雪は箱の蓋《ふた》を開けて差し出し、

「あたしが作ったんですけれど……どうぞ召し上がって下さい」

少し照れたように笑った。重箱の中身は少々いびつな形をした、小豆色のおはぎだった。

「……なぜだ？」

喜蔵はとても嫌そうな表情で動きを止めた。

「なぜって……おはぎ、お好きでしょう？」

深雪は自信満々に答えた。眉を訝しむ形に変えた喜蔵は、盆に載せた茶を摑んで乱暴に差し出す。

「……手製のおはぎを拵《こしら》えて突然家を訪ねてきたのは、一体なぜだと訊いている」

言い方が怖い、怖過ぎる、という小春の呟きに笑いながら喜蔵の手から茶を受け取った深雪は、お礼の気持ちですと答えた。喜蔵と小春は再び顔を見合わせる。

「喜蔵さん、小春ちゃん。さっちゃんを助けて下さって、どうもありがとうございます」

深雪は深々と頭を下げた。下げた頭のてっぺんの髪には、あの山茶花の簪が挿さっている。

「こちらは何もしていない」

余計なことは言うな――という目線と当たった小春は、

「……俺もなんにもしてないよ」

降参したように両の手を上げて喜蔵の言に同意したが、深雪は微笑んだまま、「そんなことないわ」とキッパリと返してくる。わけが分からずに小春は喜蔵を見上げたが、喜蔵はむっつりと黙したまま何も言わぬ。役に立ったというなら河童なのにと口にしそうになった小春は、自らの口を封じるためにも重箱に手を伸ばした。

「こちらは何もしていないから、礼を受ける謂《いわ》れはない」

喜蔵に手を叩かれ食べ損ねた小春は、堅いこと言うなよと唇を尖らせた。

「そうですよ。大したものじゃないですし……おはぎお好きでしょう？」

深雪は重箱をもう一度差し出しながら、喜蔵を上目遣いで見据えた。

「昔、母から教わったんです。だから美味《おい》しいはずなんです」

甘い物は好かぬと目を逸らした喜蔵に、

「お前この前の汁粉、美味そうに食っていたじゃねぇか」

何嘘ついてんだと小春は首を傾げる。喜蔵はチッと舌打ちをした。

「あれは嫌々だ。謂れのない礼をもらっても返せぬし――おはぎなど嫌いだ」

「でも、このおはぎは――」

「いらぬ」

頑なに拒否する喜蔵に、深雪は膝で拳をキュッと握り締め、長い睫《まつげ》を伏せた。気づまりのする沈黙が続いた後、あ〜も〜とブンブンと斑頭を振った小春は、

「……かたい、かたい！　そんでもって素直じゃない！」

俺はもらうぞっとひゅっと風を切って手を伸ばした。あまりの素早い動きに今度は制する間もなく、おはぎは見事小春の小さな口へと吸い込まれてしまった。

（妖怪ではなく犬なのではないか？）

内心で唸った喜蔵は、驚いて顔を上げた深雪と目が合い、また唸る羽目になった。

「うまい」

お前も食べろよと小春は重箱を差し出してきたが、喜蔵は首を振って立ち上がり、

「俺は所用がある」

店番はお前がしていろと小春に言い捨て、裏へと踵を返した。

「――お忙しいところに突然お邪魔してごめんなさい」

深く頭を下げる深雪にちらりと一瞥をくれて、喜蔵は無言で外へと出ていった。去っていく喜蔵の背中を見送って、

「いやあ、何であんなに怖いかね？」

小春は深雪に水を向けた。そうねと同意しつつ、深雪の目はあの喜蔵の姿を描いているとは思えぬ程温かい色をしている。二つ目のおはぎを食べ終えた小春は、

「怖いよ。怖い怖い。まるで妖怪みたいだ」

早速次に手を伸ばしながら肩をすくめた。ひどいわと苦笑し、深雪もそっと手を伸ばす。

「……何？」

伸ばした手の先には、小春の頭があった。優しく撫でてくる手に小春は居心地が悪そうに身動ぎしたが、そのうち気持ちよさそうに目を細め、その手を払うことはしなかった。

「喜蔵さんは優しい人よね」

「……優しい？」

喜蔵にはもっとも似つかわしくないと唸る小春に、深雪は俯《うつむ》き加減でぽつりと漏らす。

「顔は……確かに一寸怖いけれど」


二人に噂されているなど露知らず、喜蔵はもやもやとしたまま遠く先祖の墓のある高輪《たかなわ》の菩提寺《ぼだいじ》へと歩いていった。深雪がしたように手を合わせることもなく、ただジッと墓を見つめていたので、参りに来ていた他の檀家《だんか》の人々にことごとく怯えられていたのを喜蔵はまたしても知る由もない。喜蔵は何かある度、墓に参って考えごとをするのが癖だった。祖父に連れられてよく来たせいか、目の前の墓の中に埋まっているせいか、ここへ来ると祖父が隣にいるような気がするのだ。

（なぜわざわざおはぎなど……母に教わったから何だと言うのだ……）

しばらくそこで悶々《もんもん》とし、やっと心が落ち着いた喜蔵が家へと戻ったのは、深雪の訪問から三刻も経った頃だった。持っていた灯りで手元を照らしながら裏戸を開けると、

「……お早いお帰りで」

こんな刻限までどこほっつき歩いていたと言わんばかりのしかめ面が、裏戸を入ってすぐのところで喜蔵を出迎えた。

「お前の腹にはいつも泣かされているのでな。少しくらい鳴かせてやってもいいだろう」

「上手い！……こと言ってごまかすな！」

飯だ飯！　と小春は土間にひっくり返ってじたばたした。放っておいて部屋に戻ると、小春は起き上がって幽鬼のような恨めしい顔で喜蔵の後についてくる。

「土産《みやげ》をすべて食ったのだろ？　腹はそこそこ満たされているだろうに」

「馬鹿言え」

ぴゅうっと走って土間へ戻った小春は、かまどの横の小棚からパッと何かを摑んで居間へ戻ってきた。ほらよ、と小春が突き出したのは、夕方に見た重箱だった。手の上に載せられた重みを不思議に思った喜蔵は、蓋を開けた。ちょうど半分中身が残っている。

「不味かったのか？」

「……本っ当に可愛くないッ」

食べてやりゃあよかったと小春はぎりぎりと歯軋《はぎし》りをして地団太を踏んだ。本気で悔しがっている小春を見て、喜蔵は妙な心地になる。

(まさか俺を気遣ったわけでもあるまいが……)

大方深雪が、喜蔵さんの分も残しておいてね――とでも釘《くぎ》を刺したのだろう。食ってみなと小春は盛んに勧めてきたが、甘い物は好かぬと喜蔵は口にしない。

「嘘をつけ」

「嘘では――」

ない――と言いかけた喜蔵の口に、またいつの間にか掴んでいたおはぎを小春は無理やり突っ込んだ。危うく丸ごと飲み込みかけて、喜蔵は何とか咀嚼した。

「うまいだろ?」

ニッと邪気のない顔で笑った小春は、得意そうに胸を張る。

「きっとな、深雪ちゃんが拵えてくれたから特別うまいんだぜっ」

一体どこで覚えて来たのか知らぬが、妖怪がまるで人間のようなことを言うので、文句を言うのも殴るのも忘れ、喜蔵は珍しく一寸だけ笑ってしまった。

四、思い出

馬鹿だねという呟きに、男はますますにこりと笑う。陽を見たわけでもないのに、弥々子は眩《まぶ》しくて目が潰れそうになった。

＊

「馬鹿だね」

弥々子はせせら笑う。

「まだ夜行に戻れていないなんてね。そもそも本当に夜行にいたのかぃ？」

嘘をついて見栄を張っているんじゃないかと弥々子は相変わらず小春につれない。

「あんたが選ばれるくらいだから夜行も落ちぶれたものさ。あたしが夜行した時は、あんたみたいな小童妖怪なぞいなかった」

「小童じゃねぇよ」

「騙す相手の人間におまんま食わしてもらっているんだ、小童じゃなくって何なのさ」

弥々子はこうして小春の一等痛いところを突いてくるので、

(昔からこいつの口には勝てた例《ためし》がない)

河原《かわら》に群生する雑草をぶちぶちと引っこ抜きながら、小春は心の中で溜息をついた。

弥々子と小春が出会ったのは、三十年も四十年も前の話だ。まだまだ新米鬼だった小春は、神無川の土手——今とちょうど同じ場所で弥々子と遭遇した。河童は幾度となく見かけたことはあったが、河童の中の親玉に、しかも女河童に会うのは初めてのことで、一寸驚いたのを覚えている。

「何だぃ、妖怪か。あの人の匂い——人間かと思って出てきちゃったじゃないか」

人間に毛の生えたような妖怪だねと、弥々子はその当時から口が悪かった。嫌われたと分からぬ内は河童につてが出来たと喜び、それから幾度も弥々子の元に通ったが、

(……こいつ俺のこと気に入らねぇのか?)

少しも経たぬうちに小春は気がついてしまった。弥々子の口の悪さは他に対してもそうだったが、取り分け小春には冷たかった。特段何もした覚えがない小春は困惑し、何とか機嫌を直してもらおうと気を回したが——いくら胡瓜をやろうとも、普段使わぬ世辞を言おうとも、弥々子の態度は変わらなかった。

「ああ、嫌だ。あたしの嫌いな坊が来た」

変わらぬまま、小春を嫌い抜いたのである。

どうせ何をやっても変わらぬならば、何もしない方がいい。何もしないよりはいっそしてやろうと、嫌がる弥々子を面倒事に巻き込むことにしたのだから、小春という妖怪も転んでもただでは起きぬ。いつも何かと面倒事を抱えている小春は、川の長である弥々子の強い力を得て百人力だったが、弥々子の方はと言えば、迷惑以外の何ものでもなかった。

「何であたしが、あんたの丁稚《でっち》のような真似をしなきゃならないのさ」

弥々子は毎度愚痴《ぐち》ったが、結局引き受けてしまうのは昔の記憶――懐かしい思い出のせいかもしれぬ。

＊

――しまった。

そう思う時には、しまったどころではすまぬ場合が多い――今から数十年の昔も正にそうだった。小春と出会うよりもずっと以前で、弥々子がこの地に来て五年が経った頃である。

（次に着いた場所には動かずにいよう）

弥々子がそう決めて辿り着いたのがこの地だった。土も空気も悪くない。江戸の隅っこで、周りの土地を田んぼがほとんど占めるせいか、水質もまずまず綺麗だった。川沿いの道を通るのは野良仕事をする人間が大半で、多過ぎず少な過ぎず人通りがあるのも魅力的だが、神無川――神のいない川。何より気に入ったのは、その川の名だった。

弥々子の生まれは北の寒沢《かんざわ》という地方で、その名に違《たが》わず寒さの厳しい土地だ。その土地の人間は総じて短命だったが、それは河童も同じだった。寒さに耐え切れず死ぬ者も多く、雨が少ないため、川の水が底を尽き、自身も干からびて死ぬ者も少なくなかった。河童は頭に水を蓄える皿を持っていて、しばらくはその水で生きていける。人間よりはよほど丈夫に出来ているが、頭の皿の水がなくなれば、人間と同じように死ぬしかない。それでも、生まれた故郷を捨てるのをためらう河童は多かった。

例年よりも更に旱魃《かんばつ》のひどい年の冬、あっさりと身の安全を取った弥々子は、仲間と新天地を目指す旅に出た。その中に親兄弟がいたかどうか弥々子は覚えていない。生き延びることに必死で、よそごとを考えている余裕などなかったのだ。初めは十数人いた仲間も次第に一人二人と、己の新天地を見つけた者から旅を抜けた。誰がどこの川に残ったのか、それもよく覚えていない。

そうして気がつけば、気ままな一人旅になっていた。本来、河童は集団で暮らすものだ。どこへ行ってもその土地の集団に入らなければならなかった。妖怪は力関係が明確で、一族の長には従順だ。河童も棟梁には決して逆らわぬ。

気に入らぬ者に従うのはごめんだと思ったが、誰かの上に立つのも嫌だった。上に立てば下の尻拭《しりぬぐ》いばかりであるし、そこから一歩も動けなくなる。好き勝手出来ぬのならば、最初から引き受けぬ方がよい。どこの川でも河童の長になれる程の力をつけた弥々子だったが、引く手数多《あまた》の誘いを全て袖にしてきた。

流れに流れて、放浪の旅は百年近くも続いた。その旅が弥々子を強くしたのだが、同じ程に空《むな》しくもさせた。誰かの下について大人しくしていられる自信などまるでなかったが、旅をして一生を終えるのではあまりにも儚《はかな》い。弥々子の取れる道は、棟梁になるという道しか結局なかったのだ。

「人や馬を引き入れ肉を喰らうのも、尻子玉を奪うのも勝手にしろ。人間に相撲を申し込んでもいい。何をやってもいいが、面倒事は起こすんじゃないよ」

それが、棟梁になった弥々子が言った唯一取り決めらしいことだった。ごちゃごちゃとうるさく言わぬ棟梁は評判となり、上流から下流から支流から、弥々子の元に河童が日々集《つど》ってきて、あっという間にそこらで一等大所帯の河童の群れとなった。

その頃の弥々子は、まだ他の河童のように熱心に人を化かしていた。太平の時代の人間は、どうにも腑抜《ふぬ》けで、あっさりと化かされ騙される。釣りを楽しむ者を川の中に引っ張り込むなど、片手で出来てしまった。河童は総じて無類の相撲好きだが、その昔は河童と人間が相撲を取ると五分か、人間が勝つことが多かった。戦乱の中にあった人間には、河童が身を縮ませる程の気概もあったが、弥々子がこの地に居ついた頃になると、てんで駄目である。相撲も弱けりゃ、気概などもっての外《ほか》だった。

「つまらないねぇ」

弥々子はよくそう言って、人間を嘲っていた。弥々子の敵は河童の天敵の犬くらいで、しかし大抵の犬には勝ってしまう弥々子は、つまり敵がいなかったのだ。怖いものなど何もないと弥々子は思っていた。その慢心と油断が、幸せな日々を至極あっさりと崩壊させたのである――。

始まりは、些細《ささい》なことだった。よそ者を快く思わぬ古参の河童が、新参の河童に悪さを働き出したのだ。一寸《ちょっと》した悪戯だったそれは、段々と目に余るものとなっていった。新参の河童は逆らいたくとも逆らえず、腹いせに、それまで程々にやっていた人間狩りを頻繁に、みだりに行うようになった。大人も子どもも馬も鳥も猫も、岸に近づく者誰彼構わず引き入れ、なぶり殺した。それは古参の河童にも伝染し、川の色は澱んだ。弥々子は程々に、と忠告はした。しかしやめろとは言わなかった。古参新参の河童達が、他の川の妖怪をも巻き込んで争いをするようになってからも、注意はするも強くは止めぬ。

（子どもでもあるまいし……いつまでも馬鹿はしないさ。そのうち頭も冷えるだろ）

うるさく言うのは嫌だった。それが嫌だから棟梁をやっているのだ。放っておいてもどうにか決着はつくと高を括っていた弥々子は地蔵のように動かず、

「この川の河童はひどい悪さをする」

人間達の間で噂になっていることにも興味がなかった。弱い人間の話を聞く耳など、弥々子は持っていなかったのだ。河童同士の争いはやむことなく続き、人間を引き込むのもやまず、それどころかますます勢いは増したのである。

そして――ある日、河童狩りが行われた。

「この化け物ッ‼」

川に堤を築いて流れを止め、河童の洗い出しが行われた。三十と少しの人間達が、網や鍬《くわ》や刀を携えて川の中を探ったのだ。中にはまだあどけない少女の姿もあった。その娘は泣きそうな目で、唇をぎゅっと噛み締めながら両の手でしっかりと鎌《かま》を握っていた。争いの最中にあった河童達は危険を察知することが出来ず、囚《とら》われ殺された。怪我《けが》をした者や怪我をする前に逃げた者がほとんどであったが、四分五裂《しぶんごれつ》に別れてしまったためか、騒動が鎮静化してからも、戻ってこない者が大勢だった。傷つき川に残った者も、傷が癒《い》えたらいつの間にかどこかへ行ってしまった。

弥々子はどこへも行かなかった。争いには参加せず、狩られもしなかった弥々子は、逃げることとさえもしなかったのである。河童狩りはそう長くは続かなかったが、全てが終わってみれば弥々子一人になっていた。新天地を探しに出た、あの旅の時と同じである。

そして、弥々子は一人普段通りの暮らしを始めた。人間を引き込むことは流石にしばらくは控えたが、人々が忘れた頃に時折また引き込んだ。そのうち、一人二人と段々帰ってくるだろうと高を括っていたが、ひと月経ってもふた月経っても仲間は戻ってこなかった。旅好きの川辺の妖怪ひょうすべから聞いた話では、散らばった河童は何人かずつ寄り集まって、新しい土地で暮らし始めたらしい。

「そうか……無事なら何よりだね」

落胆する様子も見せぬ弥々子を気遣って、ひょうすべは何かと声をかけてくれた。

「上手くやっているわけじゃない。皆仕方なくだ。……迎えに行かなくていいのかい？」

ひょうすべの問いには、弥々子はいつも否と答えていた。戻る気があれば戻るだろうし、戻らぬ気ならばそれでいい。

「でも、姐《ねえ》さん独りきりじゃないか」

「別段構いやしないよ」

それは本音だったが、だからこそひょうすべは呆れと非難の目で弥々子を見た。

「あんた……一応ここらの河童の総大将だろう？　それなのに何も言わず、何もしない――いちいちうるさく言わぬのは一見よくも思えるが、その結果どうなった？　あんたのせいで河童が狩られたとは言わぬが、あんたにだってその責の一端はあるだろう？」

それをまるで他人事のようにするなどおかしいと、ひょうすべは怒りを孕んだ目で弥々子を睨んだ。

「――ああ、その通りだね」

弥々子の答えに、ひょうすべは怒って帰ってしまったが、弥々子が頷いたのは答えるのが面倒だったからではない。河童の棟梁のくせに、従う者も守るべき者も、一人もいない。それは確かにおかしい話である。

弥々子はまだ陽のあるうちに一人川辺に佇み、珍しく居ついた愛着のある景色を眺めていた。田んぼに畑に農家に土手に川に高い空――それ以外には何もない。その中に河童も人間も、誰一人映らぬことが不思議でならぬ。

――あんた……一応ここらの河童の総大将だろう？

ひょうすべの叱咤の声が、じんわりと耳に響いた。

（迎えに――行くかね）

行って駄目なら、またどこかに流れればいい。やっと辿り着いて得た地は離れ難かったが、誰もいないところで独り棟梁をやっていくのは無理だった。河童は群れるものである。そこに情があろうとなかろうと、寄り集まって生きる怪なのだ。独りになって、考えていたことはずっと同じだった。

（棟梁というのは、面倒なものさ。面倒なことをしなけりゃ、棟梁なんて呼ばれるべきじゃない。面倒なんてやりたかないが、あたしは――）

「一応」棟梁だ――弥々子はニヤッと笑った。駄目元で行ってみるかと川の方へ一歩足を踏み出した、ちょうどその時――。

「この――人殺しッッ」

考え込んで気を散じていた弥々子に、凶刃が振り下ろされた。辛うじてかわした弥々子が振り返ると、ぼろぼろと涙を零したまだ歳若い青年が、ふるふると震えながら刀を構えていた。

「お前らは俺の家族を二人も殺したっ……女房と腹の中にいた赤ん坊を」

お前らは取って喰いやがったと嗚咽《おえつ》を漏らしながら、男はまた弥々子に斬《き》りかかってくる。その刀の動きは鈍く、避けるのはたやすかったが、弥々子は一寸だけ動きを止めてしまい——足をザクリと斬られた。弥々子を斬りつけて血が飛び散った瞬間、男の顔はひどく歪んだ。

(その表情は——)

痛みでハッと我に返った弥々子は、急いで川の中に潜った。男は追いかけてこなかった。水の中からちらりと様子を窺うと、地面に突っ伏して泣いている男の姿がそこにあった。男は半刻近く地面と対峙《たいじ》していたが、刀をそこに置きっ放しにし、夢を見ているかのようにふらふらと町と反対の方へ歩いていった。それから四半刻が経った頃、弥々子はようやく水から上がった。

「ひどいねぇ……」

空も足も赤かった。川はあの時からずっと澱んだままである。弥々子が気に入って居ついたあの澄んだ川とは、まるで違う物のように思えた。とっくに止まっているかと思った血は、だらだらと止めどなく流れている。さほど深くはなく、妖怪の治癒能力からすれば死ぬような傷ではない。だが、男は殺すつもりだったのだ。斬り込んだその瞬間まで、殺気がみなぎっていた。憎い憎い殺してやる、という気が伝わって、肌がぴりぴりとした。弥々子が人間を殺す時——あれ程必死になったことはない。

(血の色——あの表情——)

思い出すと苦みばかりがした。

——助けてくれ、棟——

傍観者を気取っていた自分に、それでも救いを求めて散った仲間の顔が脳裏に浮かぶ。あの時の仲間の顔に浮かんでいた絶望と憤りと、それ以上に深い哀しみの色が男の顔にも浮かんでいた。それが弥々子の目に映って、ぴったりと張りついたまま離れぬのだ。

（しくじったね……）

足の傷ではなく、斬られたことでもない。弥々子は苦笑を漏らし、ふううと深い息を吐いた。そうして、しばらく茜《あかね》の空に見惚《みほ》れていた。背後から近づいてくる人間に気がついてはいたが、振り向かず逃げもしなかったのは、自責の念からばかりではない。

（自分の馬鹿さ加減に呆れているんだ）

ガサリとすぐ隣で音がし、ああ今度こそ——弥々子はそう覚悟した。

「——大丈夫か？」

しかし、降ってきたのは、予想とは正反対の温かい気遣いの声だった。

「足から血を流しているではないか——これは……刀傷だな？　むごいことを」

凶刃ではなく、優しい手が弥々子の肩に置かれ、驚きのままその手の主を振り仰ぐと、優しい声音とは反対に、恐ろしい顔がそこにあった。ビクッと肩をそびやかし、怯えた様子をした弥々子に、その恐ろしい顔は間近まで迫って眉尻を下げた。

「恐ろしい思いをしたのだな？　今手当てしてやるからな……大丈夫、もう安心だ」

顔は怖い——が、台詞と声音はやはり優しい。弥々子に声をかけたのは、くたびれてみすぼらしい長着とよれよれの袴《はかま》を着けた三十過ぎくらいの男で、怖い目つきに怖い得物を腰に帯びていた。外見とは反対に、どうにも気の抜けたような優しい声音をしていたが、河童を見ても少しも驚いた様子がない。どう判断していいのか分からず、男のちぐはぐな様子に呆気に取られた弥々子を尻目に、男は懐から出した手拭《てぬぐい》を裂き、ぐるぐると手際よく弥々子の足に巻きつけると、最後にぽんと上から優しく触った。

「思ったより傷が浅くて幸いだったな。死なずにすんでよかった」

「——いいわけあるか」

男の柔和な笑みに、弥々子は低い呻きを絞り出した。嘲ることしかなかった人間に助けられてしまったのだ。弥々子の言葉に、男はようやく驚いた表情をした。

「まだ何か不都合があるのか？」

どれ、見てやろうと長身瘦軀《そうく》の男は屈む。今度は大人しくされるがままにせず、弥々子は男の手を払った。

「人間に助けられたなど——恥ずかしくて、死にたいくらいだ」

弥々子の意地のこもった顔を見て、男はぱちぱちと鋭い目を瞬《しばた》かせた後、破顔した。

「馬鹿だな、死んだら終わりだぞ？　生きているから恥ずかしくもなる」

「……羞恥《しゅうち》と屈辱でいっぱいだ」

今でさえ耐えがたいのに、仲間を迎えに行って邪険にされ、誰一人帰ってこない時など、これ以上の辛酸を味わうだろう。それは嫌だ、御免だと弥々子は思った。思いつめたような弥々子の顔を覗き込み、

「世の中恥ずかしいことばかりだが、それを耐え忍んで生きることが肝要なのだぞ?」

と諭すように男は言う。

「そんな思いをしてまで生きたかないね。嫌なことをするくらいなら死んだ方がマシだ」

男は一寸黙って、弥々子を見据えた。

「お主——己でその足を斬りつけたのか?」

「——そんなわけがあるかっ! 人間に斬られたんだ……散々殺したあたしへの仇討《あだう》ちさ」

弥々子はドキリとした。男の言うことはてんで的外れなようで、どこか的の真ん中を射ているような気もしたからだ。怒声を聞いた男は、ならばよかったとほっと息を吐いた。

弥々子は思わず目を白黒させ、わけが分からぬまま男の生真面目な顔を見上げた。

「自ら命を絶とうとしていたならば、どうしようかと思ったのだ。仇をなされてのことならば仕方がない。したことの報いを受けるのは当然だ。殺せば殺されることも覚悟しなければならぬ」

「確かにね……あたしは死んでも当然だ」

そう申してはおらぬと男は慌てたように弥々子の肩を摑んで揺すった。

「殺されるかもしれぬ業を背負ったなら、それに報いるようなことをすればいい。殺し合うのでは何も生まれぬし、その繰り返しなど空しいだけだ。仇であるからといって、命を簡単に投げ出すものではない。悔いる心があるならば、生きて報いることが肝要なのだぞ！」

ぜぃぜぃと、どうやら慣れぬ熱弁を振るった男は、呼吸が整ってから顔を赤くした。

「いや――偉そうなことを申してすまぬ。そういう己はどうなのだと言われたら、私には答えることは出来ぬのだからな」

「……お侍のくせに妙な考え方をするね」

男の腰には脇差が一本差してある。侍ではない、しがない浪人だと苦笑いをした男は、弥々子が訊いてもいないのに、つらつらと身の上を語り出した。幕府御家人の家に嫡男として生まれ、幼い頃から武士の子として生きてきたこと。家族仲は他人が羨《うらや》む程に良好だったが、両親も姉も、男を遺して逝《い》ってしまったこと。

「天涯孤独なのかぃ？」

「いや……私には、幼年の頃から共に育ってきた、家族と同じ程親しい友がいたのだ」

そう思っていたのはこちらだけだったのだが、と男はますます苦笑いを濃くした。

「私は愚かだった……友に裏切られ、先祖の名誉も傷つけ、二本差しという身分を奪われた私に生きている意味などないと思ってしまった。今のお主もそのような心地がするのだろう？」

弥々子の答えは聞かず、

「生きていればそれでいい……生きていることにこそ意味があるのだ」

男はじっくりと目をつむった。それ程歳でもなさそうなのに、男の目元には深い皺が刻まれている。黒い髪の中に交じった白い毛も、男の苦労を物語るものだった。

「生きていることに何の意味があるのさ?」

男は、スッと前方を指差した。男の指した先には弥々子しかいない。意味のあるものがこの身のどこにあるのか、緑の身体をじっくりと見回して考えてみたが、弥々子には何も見つけられなかった。

「……あんたの言うことは、何だかさっぱり分からない」

「分からぬか?　よく言われるのだ」

あははと男は快活な笑いを零した。そうすると怖い顔に明るい笑い皺が出て、途端に優しい表情になる。ここまで人相が変わるものかと驚いた弥々子は、しばらくその顔を眺め、

「……生きていれば――それで取り戻せるものもあるのかね?」

あたしにはどうも分からないよと俯いて零した。男が伸ばしてきた手に、何かされるのかと弥々子は身構えたが、ぽんぽんとあやすように優しく頭を撫でてくるだけだった。節くれだった痩《や》せた手は、心地好いものではない。

「生きていれば、楽しいことも嬉しいこともたくさんある」

たとえば何だと弥々子に問われ、

「たとえば……こうしてお主と出会えたこともそうだ」

と男は笑った。馬鹿だねという呟きに、男はますますにこりと笑う。陽を見たわけでもないのに、弥々子は眩しくて目が潰れそうになった。

「生きていれば取り戻せる――それに新たに築くことも出来る」

陽も落ちかかった空だというのに、弥々子はやはり眩しくて、ジンと痛んだ目を水掻きのついた緑の手で擦《こす》った。


それから半月後――傷の癒えた弥々子は、仲間を迎えに旅立った。その旅は、百年かかった旅の何十分の一かの短さであるのに、何十倍も苦労した。居所を突き止め再会を果たしても、戻ることに難色を示す者も多かった。弥々子のことが信じきれなかったのだ。それでも弥々子は挫《くじ》けず何度も迎えにいき、仲間が帰ってくるのを辛抱強く待った。弥々子が迎えにくるのを信じて待ってくれていた者がいたことが、力となったのだ。

「ほら、私の申した通りだ」

男はにこにこと、本当に嬉しそうに笑っていた。男はそれからも数度川に来たが、弥々子に会いにきたというだけでもなさそうだった。男はいつも捜し物をしていた。鬱蒼《うっそう》と茂る雑草の間や深い川の奥まで覗き込んでは、重たい溜息を飲み込んでいた。何を捜しているんだいと弥々子が訊くと、大事な友だと男は答えた。

「友？　人はこんなところに落ちてないよ」

人ではないがもっともだなと男は笑う。男は会う度ににこにこと笑みを絶やさなかったが、いつも独りで寂しそうだった。

「そんなに大事な友なのかい？」

気になって訊くと、男は哀しみを一層濃くして笑った。

「ああ、私のたった一人の――」

＊

――子。

――弥々子。

「――弥々子！　聞いているか？」

「え」

聞いていなかっただろうと小春は頬を膨らませた。小春の後ろの空は、記憶の中とは違い、青く高い。目の前にいる者も、背丈から顔つきからまるで正反対である。俺ずっと話していたのに、と小春は弥々子の間近までズイッと顔を近づけて睨む。

「まるで上の空だったぞ……麗しい思い出でも振り返っていたのか？」

そんなチンケな物を持っているのは人間だけだ、と小春から顔を逸らしながら弥々子は言った。空を映し出す水面も、赤く澱んではいない。

「昔を振り返って感慨に浸ってりゃあ、立派な思い出さ」

「あんたじゃあるまいし、そんな人間のするような真似はしないさ」

妖怪も人間もそれ程変わらねぇじゃねぇかとふてくされた幼い声が、弥々子を苛立たせる。

（憎らしい奴だね……）

妖怪にあるまじき邪気のなさを見せつけられる度、弥々子はそう思わずにはいられなかった。露骨に嫌う弥々子の態度をあまり気にせぬ様子の小春だが、だからこそよく分からぬのだ。嫌われたら嫌である。少なくともいい気はしない。嫌われたら嫌いになってしまうし、なるべくならば会いたくないと思うものだ。そういうところは、妖怪も人間も変わらぬものだと弥々子も認めている。小春は何も感じないのだろうか。何でも顔と口に出る小春だが、それが真意なのかどうか怪しいものだと弥々子は思っていた。

（それこそ邪推だがね……）

弥々子がそんなことに引っかかっているのは、小春の中に非を与えたいからである。弥々子自身もそれに気がついているが、それでも別段構わぬと考えていた。妖怪は、憎んだり怨《うら》んだり、羨んだりするのが当たり前だ。思い出に耽《ふけ》るよりは、ずっと妖怪らしくていい。

「なぁ、それでさ……」

言い難そうに口にした小春に、弥々子は怪訝《けげん》な顔を向ける。

「あのさ……その……弥々子の恩人の男ってどんな男だったんだ？」

「……なぜそんな事急に訊くんだぃ？」

スッと体温の下がった表情をした弥々子に、小春は何でもないと慌てて首を振ったが、静かな視線に負けて、結局話し出した。

「いや、弥々子からそれ程想われる人間ってどんな奴なのかなって……前から気になっていたけれど、何となく訊きそびれていたから……一寸訊いてみただけ」

深い意味はないと小春は言ったが、弥々子は内心で苦笑した。小春の顔はいつになく強張って、「一寸」という気軽さなどまるで見受けられぬ、緊張した様子だった。

「……だからね、あの兄さんに似ていたんだよ。もっとも、あそこまで人相は悪くないし、口も悪くなかったがね」

語り出した弥々子に、小春はパッと顔を向けた。

「一応刀は差してはいたが脇差だけだったし、貧乏そうだった。袴なんていつもよれよれで、下駄《げた》の歯も大分すり減っていたよ。すごく痩せていたから、魚を恵んでやったこともある」

貧乏は辛いよなあ、と小春はどこか遠い声音を出した。

「貧乏が辛いなんて一言も言わなかったけれどね。それより——」

友を捜しているって言ってたよと弥々子は口元を歪めた。

「ずっと共にいたのに、急にいなくなっちまったんだとさ。それが何より辛いと言っていたよ」

風がさわさわそよいで、弥々子のまっすぐな硬い髪と小春の尖った柔らかい髪を撫でた。

「憎らしいね、いなくなっちまったなんて。あたしなら絶対に離れやしないのに、そんな薄情な奴を捜しているなんてね」

スッと鋭い目を細めた弥々子に、

「お——そいつだって、本当は離れる気なんてなかったのかもしれない」

それでも離れなければならなかったのだろうと小春は小さな声で言った。弥々子は猫に似た口元をきゅっと締め、立ち上がって小春に背を向けると、ぽちゃんぽちゃんと音を立てて水の中へ入っていった。

「……理由などあってもなくても癪に障るんだよ。あの人にあんな哀しい顔させて、死ぬ程さみしい思いをさせた奴に——その友という奴に、未だに腹が立って仕方がないんだ。だからこうして嫌い抜いているのさ」

ゆっくりと川の底に沈んだ弥々子の姿が見えなくなって、小春は苦笑した。

「——女河童という奴は、焼餅焼きでいけねぇや」

川面に映った笑みがあまりに白々しいので、小春はそれをすぐに引っ込めた。

「ばっかだなぁ……水嫌いなのに、川底になんて隠れるわけないじゃん」

本当に抜けている——独りごちた言葉は誰にも拾われなかった。


「置いてこなかった？」

「というか、持っていくの忘れた」

何しに行ったんだお前は、と帰ってきて早々鬼顔に怒られた小春は、その鬼顔の前にズイッと包みを差し出して、小言を押し止めた。

「お前一寸川へ行ってきてくれよ。俺はこれから大事な用があるから行けねぇの。家にはいるから店番はしてやってもいい――いや、させて頂きますんで、どうか行って下さい」

なぜ俺が妖怪の使いなど、そんな真似は真っ平御免と返してくるかと小春は身構えたが、喜蔵は口を曲げたまま微《かす》かに顎を引くだけだった。満足そうに頷いた小春は、弥々子によろしくな、と手払いをした。

喜蔵が河童の住む川へやってきたのは、小春が川から去って半刻も経たぬうちのことだった。赤に染まる前の黄を帯びた夕刻近くの空が、川原の上一面に広がっている。

「……今度は兄さんが来たのかぃ。一体何の用だ？」

水面から身体半分を覗かせ、ぶくぶくと口から水息を出す弥々子に、喜蔵は持ってきた包みを放り投げた。この前の礼だ、と弥々子に渡した包みを喜蔵は指差す。中身は開けずとも弥々子にはすぐに分かった。小春が礼にと持ってくるのは、決まってこの野菜なのだ。

馬鹿の一つ覚えだ、と弥々子は口の中で小さく呟く。

目だけきょろきょろとさせ川原を見回していた喜蔵は、尻子玉を入れられてしまった娘が座った件《くだん》の石を見つけ、そこに腰を下ろした。確かに座り心地はよいなと呟く喜蔵に、弥々子は変な顔をして、そのまま口を噤《つぐ》んだ。弥々子の方は見ず、どこか遠くばかり眺めている喜蔵は、何を考えているのかまるで分からぬ顔をしている。似ているようで似ていない。似ていないようで似ている。輪郭がぼやけて見えるのは、思い出などという感傷的な人間の持ち物を持ってはいないせいだろう。

そう、持ってなどいないのだ——弥々子はまた口の中で呟いた。

「——なあ兄さん」

視線だけが、ちらりと弥々子に向けられる。弥々子は川の中で不敵な笑みを浮かべていた。

「あれは経立《ふったち》だよ」

「ふったち？」

「小春は経立だ——本来生きるべき生を外れて怪になった、本物の化け物さ。あんな風に可愛いなりをしているけれど、本当の姿は兄さんでも腰を抜かす程のおぞましさだ。見た目に騙されて気を許すと大変な目に遭うよ——あんたきっと祟られる」

ニヤリと口角を上げた弥々子から視線を外して、喜蔵はフンと鼻を鳴らした。

「……何がおかしいんだい？　まさか兄さん、あいつを信じているとでも言うのかい？」

信じるとは何だ？　と喜蔵は訊く。

「それにあれのどこが可愛いのだ？　こちらは元々誰も信じてはおらぬし、あんな餓鬼に祟られたところで何ともあるまい。精々、腹を下すとかその程度だろう」

馬鹿馬鹿しいと一蹴《いっしゅう》する喜蔵に、弥々子はそれ以上に馬鹿にしたような声音で笑った。

「舐めたらいけないよ。小春はああ見えてあたしよりもよほど力のある妖怪だ。この辺りの河童を統括するあたしより、あんな小さい人間の子どものような小春の方が、ずっと強いんだ。だから他の奴らも従っている。あいつに力がなけりゃあ、あたしだって手伝ったりしなかったさ」

目に見えている姿が真実とは限らないのだと言い募る弥々子に、余計な世話だと喜蔵は小さく頭《かぶり》を振った。面白くなさそうに鼻に皺を寄せて、弥々子は低い声音を出す。

「忠告をしてやっているだけだ。夜行から落ちたなんて言っているが、それもどうだか分からないよ。人間を喰いに降りてきただけかもしれない」

「……あの馬鹿妖怪の真実の姿とやらは、人喰い鬼なのか？　まぁ、どうでもいいが」

馬鹿は馬鹿だと思うぞと喜蔵は、呆れたような顔で鬢《びん》を撫でた。

「お前に嫌われているから自分が行ったら嫌だろう、俺がお前の恩人に似ているというから、俺に行かせる方がいいだろう――昨夜、妖怪のお仲間にぼそぼそと話しているのが聞こえた。礼を渡すのを忘れたふりをしようと思うとな」

聞きたくはなかったが聞いてしまったものは仕方がない、と嫌そうに言う喜蔵の視線の先を弥々子も追った。大分傾いてきた陽が、よく熟れた柿《かき》のような綺麗な色に変わり始めていた。

（嫌われたら、嫌いになっちまうはずだろ？　それなのに、嫌いにならないなんて――）

「……馬鹿だね」

ぽつりと零した弥々子の独り言に、馬鹿妖怪だと喜蔵は同意の言葉をよこした。それに笑って、弥々子はこれありがとよと包みを振った。ずしりと重い包みの中には、河童の好物の胡瓜が入っている。弥々子の一等大好きな物だ。

「礼を言われる筋合いはないが、あの馬鹿鬼ならば泣いて喜ぶかもしれぬぞ」

「泣かれたらうっとうしいから、坊《ぼう》には礼など言わないよ」

包みを大事そうに握り締めながら弥々子が苦笑いすると、喜蔵は立ち上がり、裾を直した。ぴっしりと折り目のついた袴は、弥々子の記憶の中の男とはまるで正反対である。踵を返しかけた喜蔵に、弥々子はふと声を投げた。

「兄さんは死んで楽になるより――辛くとも生きている方がいいと思うかぃ？」

愚かな問いだ、と喜蔵は怒っているような哀しんでいるような、何かを懐かしむような複雑な表情で振り向いて――もしかしたら笑ったのかもしれぬ。

「死んだらそれまでだ。楽になどなれぬ。生きているからこそ辛くもなるが、その逆もある――らしいぞ」

――怯えた面なんて生きている時にしか見られぬものだし、生かしておけばまたその情けない面も見られるってもんだ。

そういえばあの馬鹿鬼も似たようなことを言っていたな、と言った後で思い出して、喜蔵は一寸顔をしかめた。

「兄さんはちっともその逆の気がなさそうだが」

「それも余計な世話だ――大体、今のは死んだ祖父さんが言っていたことで、俺の言葉ではない」

歩き出した喜蔵の後ろ姿に、

「――あんたやっぱり似ているよ」

弥々子は大きな声で呼びかけた。

「だから少しも嬉しくないと言っておろう」

喜蔵は一度も振り返らなかったが、弥々子はその面影のある後ろ姿が見えなくなるまで、ずっと見ていた。

＊

「生きていれば辛いこともある。だが楽しいことも嬉しいこともあるのだぞ」

男はそればかり言う。もう何度も聞いた、耳にタコだと弥々子はうんざりして、傷を負った足を摩りながら、その手当てをしてくれた傍らの妙な人間をじっと観察していた。助けてくれたはいいが、どちらかと言えば助けを求めていそうな情けない風体である。長身を小さく折り畳んで川原に座り込む姿は、侍であったなどとはとても思えぬ。身分の高い者特有の風格や尊大な態度が少しも見当たらず、男が話す身の上話も人間であれば涙を禁じ得ぬような悲惨なものだった――。

男の不幸は、友がある諍《いさか》いを起こしてから始まった。相手は博徒で、賭場《とば》の席で友が粗相をしたことが諍いの原因だった。困窮する友には穏便にすませる術《すべ》――金がなかった。

泣いてすがってきた友の命を救うため、男は御家人の株を売った。江戸も後半になると、本来売り買いしない武家の証明である株が、半ば公然と売買されていたのだ。御家人株は博徒の物になり、男は武士の身分のまま隠居して暮らすはずだった。しかし、気がついた時には、屋敷も家財も大刀《たち》も、男の友の物になっていた。騙されたと知った時には、男の知らぬところで男を貶《おとし》める工作をしていたのである。友と博徒は繋がっていて、友は手に入れた男の財を売り払い、姿を消していた。親友に裏切られた男は、脇差以外の持ち物をすべてなくし、独りぼっちになってしまったのである。

「あの時はいっそ死のうかと思った。いや……実は何度も死のうとした。そんな私を救ってくれたのは友だった。私を裏切った友ではなく……死のうとする私を救ってくれた、たった一人の友だ」

「たった一人の友ねぇ……」

興味のなさそうな弥々子に、男は首を傾げて問いかける。

「お主にはそういう友はおらぬのか？」

「さぁね……今は誰一人そばにいないから分からないよ」

なぜいないのだと問う男に、弥々子はそれまでのことを話した。

（なぜあたしは人間相手にこんなことをしているのだろう？）

ジッと耳を傾け、何度も深く頷く男の、真摯《しんし》な目がそうさせたのか——弥々子は結局すっかりすべてを語ってしまった。空は茜から濃い群青に変わりつつあった。

「私には分かるぞ」

話し終わった弥々子に、男は言った。

「お主が迎えにきてくれるのを皆待っている――共に生きたいと願っている」

絶対だと男は自信満々に胸を張る。そんなこと分かるわけがないと呆れる弥々子に、

「分かる。待っていないはずがない」

必死の顔で、男は弥々子を見つめた。

「馬鹿だね……人間なんてすぐ死んじまうくせに偉そうに。こちとら、あんたの人生何個分か分からない程生きているんだよ。あんたが死んでも、その先もずっと生きている」

それはいい、と男が手を叩いて喜ぶので、弥々子は驚いたように目をパチパチとさせた。

「私の子どもや孫やひ孫までもが、お主に会えるということだな」

「……本当に、馬鹿だね」

これではもう、二度と人は襲えぬじゃないかと弥々子は溜息をつく。

(それに……あんたじゃなければ意味がないだろうに)

その考えはずっと変わらなかったが、

「……存外嬉しいものだね」

女河童は、猫のような目を細めて笑った。

五、泣き蟲

「どんっどんっどんっ、どっどんっどん！　どんっどんっ、どっどんっどん！」

「ひゅるりっひゅるりっ～」

「ひゅるりるりるり～ひゅるりるりるり～」

真昼間からお囃子《はやし》が鳴り響く中、喜蔵は耳を塞ぎながらいつも以上の早足で人々の脇をすり抜けていく。今日は近くの天満宮《てんまんぐう》の祭りの中日で、山車《だし》や神輿《みこし》が朝から何基も出ていた。家の中にいても聞こえてくる程の大音声で、このような日にわざわざ外に出るのは馬鹿者だと嘲笑していた喜蔵だが、なぜかこうして天満宮の前を通る羽目になっていた。

「猫も杓子《しやくし》もこぞって祭り祭り……いくら江戸っ子とはいえ、大仰過ぎやしないか？」

喜蔵のすぐ後ろを小走りについてくる小春は、老若男女の群集を指差し呆れた顔をした。喜蔵を無理やり手招いてまで寄ったくせに、見て早々身を引いている。娯楽の少ない江戸っ子が祭りで盛り上がるのは分かるが、江戸の世はとうに過ぎ去った。永久に続くかと思われていた幕府があっさりと瓦解《がかい》し、お祭り騒ぎも下火になったかと思いきや、小春の記憶によると、以前にも増しての盛況ぶりであるようだ。太鼓や笛の音だけでなく、手拍子や歓声に、悲鳴や叫び声もところどころで湧き上がって、耳を劈《つんざ》く程である。その中でも一際大きな歓声は、踊台の上で見たこともない奇妙な踊りをする一人の子どもに向けられていた。

「お上が代わり、初めは何かと取り決めが厳しかった。山車はいかん、花火を打ち上げるなと口うるさく言っていたからな。それがやっと解けたとなると――」

勢いが増してしかるべしということかと二の句を継ぎ、しかつめらしい顔で頷く小春を喜蔵は横目でジロリと見る。なりも言動も幼く見えるが、その実随分と年寄りなのではないかと最近では思っていた。その喜蔵にしたって、実年齢よりもよほど上に見られるのが常である。妖怪に祭りはないのか？　と問う喜蔵に、夜行だって祭りのようなもんだ、選ばれた妖怪様のな、と小春はつりそうな程顎を持ち上げた。

「そうか。祭りで浮かれて迷ったのだな」

「ちーがーう。俺は人間の世を見に、一寸《ちよつと》だけ下界に立ち寄っただけだもの」

フンッとそっぽを向いた小春は、格子の甚平姿で、髪を後ろで一つに縛っている。仕方なく喜蔵が誂《あつら》えたものだ。初めの奇妙な格好よりは幾分人間らしく見えたが、それでもまだまだ浮いている。すすきや赤茶や黒の斑頭は、黒頭の波の中でぽっかりと穴が開いたように見えるのだ。祭りに群がる人々の半分くらいはちらりと小春を振り返り、そして一歩前を行く喜蔵を認め、慌てて目を逸らす。斑頭よりも目立っているのは、実は喜蔵の閻魔顔だった。


「あ、昼飯が歩いている！」

にわかに叫んだ小春の指差す先には、山車を引く四頭の牛がいた。

「あれは飯ではない。天満宮では、牛は神の神聖な使いなのだ」

この日の昼飯は牛鍋だった。牛鍋と妖怪という組み合わせは二度とない——最初に小春を連れていった時に喜蔵はそう誓ったが、その二度目である。牛鍋牛鍋牛鍋牛鍋と一昨日《おととい》から呪いのように唱え続ける小鬼の食い意地に喜蔵が根負けしたのだ。粗食で享楽にふけぬ喜蔵の唯一の贅沢は、月に二度のくま坂での食事くらいなものだったが、空から鬼が降ってきて以来、これまでの堅実な生活が水泡に帰しそうな浪費ぶりである。妖怪など迷惑なだけだと決まり文句のように呟く喜蔵に、小春はジトリと恨めしげな目を向ける。

「妖怪妖怪っていうがな、人間の方がよほど妖怪だ。化けの皮をかぶったり剝《は》がしたりするのは人間の方だろ？」

それは——と言い澱んだ喜蔵に、

「お、見ろよ」

小春は大声を上げた。小春の指した山車を見て、喜蔵は固まる。踊台の上に乗って滅茶《めちゃ》苦茶《くちゃ》な踊りを踊っている子どもは、よく見ると見覚えのある顔だ。このところ、長屋の厠によくうずくまっている三つ目が不気味な妖怪の子である。誰も気がつかねぇのな鈍い鈍い、と小春はケタケタと笑い出し、こちらに気がついた三つ目の妖怪もニタリと笑い返してくる。

（……帰って早く寝てしまおう）

喜蔵はその晩、決意通りに早寝をしたが、健やかな眠りにはならなかった。

＊

「貴方《あなた》の未来を教えて差し上げよう」

蠟燭《ろうそく》の小さな灯りが四方にある狭い部屋で、喜蔵は一人正座をしていた。きょろきょろと辺りを見回しても、誰もいない。きょろきょろとしたのは闇の中の己の鋭い目ばかりで、目目連のようにたくさん目があるわけでもないのに、部屋の中すべてがぐるりと一周見回せた。そこには何もなく、誰もいない。いるのは喜蔵一人きりであるようだった。

「貴方の未来を教えて差し上げよう」

再び同じ言葉が発せられ、どうやらそれが自分に言われているのだと気がついた喜蔵は、少し迷って、そんなもの聞きたくはないと答えた。

「なぜです？」

興味がないからだと首を振ろうとしたが、出来なかった。首が固まったまま動かぬのだ。首だけでなく、手も足も身体中どこも動かなかった。身体の感覚がなく、妙にふわふわとしていて気味が悪い。

「おはぎのことも？」

ギクリと心が揺れ、寸の間黙り込んだ喜蔵を笑って、闇の声はささやく。

「では、小春のことをお教えしましょう」

そんなものには興味がないと今度はすんなりと口にした喜蔵に、

「……では、近い未来――明日のことを少しだけ」

シキマライホウ、ムシニチュウイ――影は声に嘲りを乗せつつ、ゆっくりと言った。

＊

（シキマライホウ、ムシニチュウイ……何だそれは）

祭りから一夜明けた喜蔵の寝覚めは最悪だった。居心地の悪い妙な夢を見たせいか、朝目覚めた途端に頭がずきずきと痛みだしたのだ。臥《ふ》せっている程ではなかったが、一日中痛みが取れぬような鈍い嫌な痛みだった。それでも喜蔵はいつもと同じ刻限に目を覚まし、仏壇を掃除した。朝飯もいつも通り作ったが、箸は進まなかった。起きて早々「たらふく」以上に食べていた小春は、いつもと様子の異なる喜蔵に首を傾げた。

「どうしたんだ？　顔がおかしいぞ」

「顔ではなく顔色だ。一寸調子が優れぬ」

鬼の霍乱《かくらん》だ、と間の抜けた声音で呟く小春に、鬼はお前だろうと喜蔵は返す。小春は一寸何とも言えぬ顔をし、それをごまかすようにふにゃっと笑って食器を片づけだした。

「……では店は閉めたままか。どうせ客も来ないしな」

「馬鹿妖怪。開けるに決まっているだろう」

休んだって誰も困らぬのにとひどい言い草の妖怪を横目で睨み、喜蔵はいつも通り店を開ける仕度をした。仕度と言っても、することなどあまりない。店の中の掃除をし、戸を開けるだけのことである。曾祖父の代から変わらぬ、ぎしぎしと鳴る建てつけの悪い戸を優しく開けかけた喜蔵は、すぐにバタンッと乱暴に閉めた。

「——今日はやはりやめる」

喜蔵は青い顔を黒くして言った。目が据わっていて怖いぞと小春は心中で零す。

どんどんどん——。

何で閉めるんだっ。喜蔵！　開けてくれよ、喜蔵……あとえーと、小春？　小春！

「……けたたましい音と、どでかい声がする。心なしか馬鹿に呼ばれた気もしたが」

色魔という名の化け物だと額の端に青筋を浮かべて憮然《ぶぜん》と言う喜蔵は、自分の背で戸が開くのを防いでいた。ああなる程、と小春はぽんと一つ手を打って合点をする。

「お前、その手でアレを追っ払え」

手払いをしろと言われ、小春はニコリと可愛らしく笑んだ。

お前が何の鬼か分かったとムスリとした顔で喜蔵は言った。

「天邪鬼《あまのじゃく》だろう。手払いをしろと言っただろうに」

大層ご立腹の様子だが、頭が痛むせいかいつもの迫力はない。それでも充分に悪い目つきの男に、お前の心の裏を読んだんだと小春は澄ました表情をした。何が心の裏を読んだだへボ妖怪と小春を睨みつけた喜蔵は、目の前に座る、鼻を少し赤くした男に目線を移した。喜蔵の幼馴染――彦次である。

小春のおかげで喜蔵の家の中へ入れた彦次だったが、戸が閉まったまま手招きされたおかげで、思い切り何度も戸にぶつかった。壊されては敵わぬと渋々喜蔵が開けなければ、そのまま戸を突き破るところだった。

「……すまん！　お前が怒っているのは分かっているんだ。金は絶対返すから……今日は慌てて持ってくるの忘れたけれど、今度必ず返す！　今日のところは話を聞いてくれ！」

戸が開けられた途端、彦次は頭を下げて拝み倒した。彦次の言う金とは、喜蔵の祖父が喜蔵のために遺した金のことである。彦次の失策で、喜蔵の親戚に一度は盗られてしまったが、今はそのほとんどを取り戻して彦次が持っている。未だに喜蔵に返されていないのは、喜蔵が受け取らぬからだ。幾度となく入れられた詫びにも、喜蔵は聞く耳さえ持たぬ。

「……許さぬ。お前の話など聞きたくない」

いつものように喜蔵はにべもなく突っぱね、彦次もいつものように尻尾《しっぽ》を巻いて引き下がるかと思ったが、この日は違った。喜蔵の裾を必死に掴んでしつこく縋《すが》りつき、逃げ出そうとしなかったのだ。何の騒ぎだと店の前に遠巻きに人が集まってきているのを確認しなければ、喜蔵も諦めて彦次を居間へ通すこともなかった。

居間へ入ってからずっと彦次を睨み続ける喜蔵に便乗して、小春もぴったりと彦次の後ろに張りついていた。小春が動く度、びくっとする彦次が面白くてたまらぬらしい。小春から距離を取ろうと、彦次は一歩前へ一歩前へと進むのだが、その度小春もついてくる。おまけに段々と顔の怖い幼馴染に近づいていくため、前に行っても地獄、後ろに下がっても地獄――たかだか二人に挟まれただけなのに、彦次は四面楚歌《しめんそか》のような心地がした。彦次の泣きそうな顔に小春は笑いが止まらぬ様子だが、喜蔵はいつにも増しての仏頂面だ。

「で、何しにきた？　そんな情けない面下げて」

小春が笑って彦次に訊くと、本当にそんな情けない面でよく来られたものだなと目の前で腕組みをする喜蔵も同調し、彦次はますます泣きたくなったが、妖怪と妖怪のような人間を相手にしてはこんなものだろうと腹をくくり、「頼みがある」と率直に切りだした。

まさか俺にか、いやいやまさかお前じゃあるまいと彦次を挟んで言い合う二人の顔をそれぞれ見やって、彦次は続ける。

「誰にって、お前ら二人にだよ」

「なんで？」

「なぜだ？」

二人の声が重なり、彦次は変な顔をした。

「だって……お前ら、妖怪関係の面倒事を解決してくれるんだろ？」

頼むから俺の話も聞いてくれと拝む彦次に、

「……はぁ⁉」

喜蔵と小春の二人は、同時に素《す》っ頓狂《とんきょう》な声を上げた。

「誰に聞いたんだそんな馬鹿な話」

呆れと怒りで口も利けぬ喜蔵の代わりに小春が訊くと、彦次は一寸黙って答えた。

「……茅野《かやの》。お前と同じ妖怪だ」

小春に驚かされて以来、彦次の前には妖怪がうようよと現れだしたのだという。俺と同じだと喜蔵は小春をジトリと見たが、彦次のは俺のせいではないぞと小春は唇を尖らせた。

「こいつは元々そういう性質なんだ。俺のせいじゃない」

ちらりと喜蔵を見て、これ以外にもたくさん出るのだろう？　と彦次は後ろを振り向かずに指だけ差した。不服そうに喜蔵は頷き、これとは何だと小春は彦次にまた一歩近づく。

「よく平気だな……俺は毎日大変だった」

今度は横にずれながら、彦次は溜息をつく。小春の言うように、そもそも彦次は元々そういうものに好かれやすい性質で、これまで何度も気配は感じていたらしい。感じるだけでも恐ろしくて堪らなかったから、耳目も心も塞いで見ぬように聞かぬようにとやり過ごしてきた。ところが小春に化かされて以来、これまで見ぬふり聞かぬふりをしていたものが無視できぬ程大勢彦次の元に押し寄せてきて、見たくなくとも聞きたくなくとも彦次は身体中で見て聞いて、おまけに驚かされる羽目になってしまったのだ。

「お前に化かされてから数日間はひっきりなしに化かされたんだ……今はもういないが」

飽きられたんだなと小春は笑ったが、そういうわけじゃないと彦次は心外そうに言う。

「奴らはそりゃあしつこくてな……茅野が助けてくれなけりゃあ、俺はもう駄目だったかも分からねぇ」

だからその茅野というのは誰だよと小春は問い、どうせ女だろうと喜蔵はまるで汚らわしいものでも見るような目で彦次を一瞥した。何だよその目はと彦次はたじろいだが、身に覚えがあり過ぎるのか目を逸らした。

「大方女怪に誑かされて――という話だろう？　女で職を失い、妓楼《ぎろう》で手打ちになりそうになってもまだ懲りず、人外の者にまで手を出すとはな。女好きもそこまでくると――」

「誑かされてなどいねぇよ！　そんなんじゃねぇ……あいつは気の優しい奴なんだっ」

ひどいこと言わないでくれと目を赤くした彦次に、喜蔵はむっつりと口を噤んだ。

「……こいつはどうも、御執心だ」

参ったねという風に小春は大仰に額を叩き、パチンとよい音をさせた。

喜蔵と小春の来訪から昼夜問わず七日間――彦次は騙され続けたのだという。家にいるから騙されるのだと外へ出てみても、行った先々で化かされた。

「お前に憑いていったんだろ？　お前の恐がり方面白いもの」

小春は笑ったが、彦次はもちろん笑わず、両腕をぎゅっと抱き締めてガタガタと震えた。

「厠から飲み屋から湯屋から、果ては妓のところまでだぞ？　敵娼《あいかた》がいきなり毛むくじゃらで、一本足のおっさんに変わってみろ。俺ぁもう、ちびりそうに……」

女好きにはいい薬じゃねぇかとケタケタと笑う小春をねめつけ、

「馬鹿言え。敵娼と言っても、商売相手だ。これでもそこそこ売れっ子の絵師なんだぞ」

えらそうに腕組みをする彦次に、小春は意外そうに目を瞬いた。彦次は今でこそ春画や遊郭絵で家計を得ているが、五年前までは役者絵や名所絵など真面目な絵を描いて身を立てていた。だが、弟子のくせに師匠の娘と出来て破門されてからは、開き直ったように筆も己の欲望に忠実になったのである。

「へぇ……そういや長屋に筆やら絵具やら散らばっていたっけ。お前、商売道具ならもっと丁重に扱えよ」

「誰が散らかしたんだ、誰が」

四日目の夕暮れになって、彦次は知る。なぜこれ程熱心に我先にと競って化かしてくるのかと不審に思っていたが、答えは明瞭なものだった。最も彦次を驚かせた者が一等妖怪として、皆に一つ命令が出来るという「遊び」をしていたのだ。妖怪にとっては遊びでも、彦次にとってはこの上ない災厄である。やめてくれと頼んだところで、

「わしらは人間を化かすのが仕事だ。人間の言うことなど聞いていられるか」

返ってくるのはにべもない返事と、嘲笑だけだった。それはいつまで続くのだと悲鳴を上げても、さてな気のすむまでかなと笑われる。いっそ家を出ようかと思ったが、

「……家を出てもわしらは憑いていくぞ」

考えを読まれてぐうの音も出なくなった。

いかんともし難いと家の中で頭からすっぽりと布団を被って震えていると、にわかに静かになったのが七日目のこと。音も気配も何一つしなくなったので、恐る恐る布団から顔だけ出してみると、狭い長屋の中に所狭しといた妖怪達がいなくなっていた――たった一人を除いて。

（まだいる……！）

姿も見ぬうちに気配を感じ取った彦次は、慌てて布団の中に潜った。

（くわばらくわばらくわばら……！）

布団の上からそっと触れられるような感覚がして、心の臓が止まりかけたが、

「彦次どの、もう心配は無用にございます。他の者は去りました」

私の名は茅野と申します、と一人残った妖怪は静かに言った。慇懃《いんぎん》な口上に負け、そっと布団を剝がすと、そこにはやはり誰もいない。目の前に手を伸ばしてみても手応《てごた》えなどありはしないのだが、確かにいる――見えるのも恐いが、見えぬのも恐い。そこにいるのは分かっていて、まるで姿は見えぬのだ。それでも、なぜか嫌な感じはしなかった。だから彦次は、恐々訊いてみることにしたのである。

「ほ、他の者は……？」

「去りました。勝負に負けた者は、勝者の言うことを何でも一つ聞かねばなりませぬ故」

「……お前はその勝負に勝って、皆に去れと命じたのか？」

「はい」

「な、なぜだ？　何でも命じられるならば、もっと他にも――」

しかし困っていらしたでしょう？　と茅野は不思議そうな声を出す。

「そりゃあもちろん……だが、俺は助かってもお前には何の得もあるまい。得どころか損をするのではないか？」

せっかくの賭けごとなのにと考えてしまう辺りが、彦次の軽躁《けいそう》さを表すところである。

そんなことはありませぬと茅野は軽やかに笑った。

「彦次どののお役に立ちたかった。それが叶《かな》い、とても嬉しく思います」

彦次はぱくぱくと口を開け閉めするだけで、何も言えなかった。なぜ自分の役に立って嬉しいのか、そもそもどうやって勝負に勝ったのか。何か企んでいるのではないのか。訊きたいことは山程あるのに、何も訊けなかったのだという。

「何で？　惚れた？」

「姿も見えぬのに、惚れたり腫れたり出来るものか？」

「いやいや、その茅野という奴は鈴の音のような美しい声をしていたのかもしれぬぞ」

「色好きも過ぎると、そこまでくるか」

小春と喜蔵はニヤニヤと性質《たち》悪く笑ったが、彦次は笑わず唇を噛んだままだった。腫れたのでも惚れたのでもねぇよと呟いたのは、しばらく経ってからのことである。

「——茅野を生き返らせてくれ」

死にそうなのだと彦次は真摯な目を二人に向けた。頓狂な頼みに喜蔵はほんのわずか小春を見やったが、小春は頬を掻きながら彦次の背中をじっと見ていた。

「俺は延命や反魂の法など知らんぞ。大体死にそうというなら、まだ死んでいないのだろ？　それなのに生き返らすというのはどういうわけだ？」

彦次は俯いて、口にしたくない言葉を口にするように微かに言った。

「ずっと死んだままなんだ、あいつは……」

妙な話になってきたと喜蔵は目を一寸見開いたが、小春はなぜか渋面を広げるだけだった。

化かし合戦の後——茅野と名乗る目には見えぬ妖怪は、彦次の元に住み着いた。妖怪と住まいを共にするなど真っ平ごめんだったが、茅野は別だった。化かすことも騙すこともない。それどころか荒らされた家の掃除をし、絵筆も整えてくれた。金貸しが取り立てにやってきた時には、小春の手払いのように追っ払ってくれもした。何も頼まずとも彦次に手を貸してくれる茅野は、相変わらず声はするのに姿は見えぬ。初めのうちは気味が悪かったが、次第に慣れてしまった。一旦慣れると現金なもので、彦次から用を頼むことも増えたが、茅野は何一つ嫌だとは言わず、喜んで引き受けた。

なぜ言うことを聞く？　彦次はたびたび茅野に訊ねたが、茅野はただ彦次の役に立つのが嬉しいと答えるばかりである。とんだ純忠の妖怪がいるものだと彦次は改めて驚いたが、もしや自分に惚れたのではないか、とも考えたらしい。

「うわぁぃ。厚かましい」

小春は肩をすくめた。人間の美醜と妖怪のそれは、必ずしも一致するものではないが、

(でも、確かにこいつの好いところと言ったら、面くらいなものだろうし)

と妖怪にまで思われてしまう彦次は、やはり少々情けない色男であった。

その情けない色男が、茅野はどのような妖怪なのだと訊ねたのは、九日目のことだ。茅野は言葉を濁しながら、座敷童子のような者だと言った。歳はいくつなのかと訊くと、数えで十九になる彦次と同じ歳だと茅野はか細い声音で答えた。

「彦次は十九か……喜蔵のいくつ下になるんだ？　十くらいか？」

小春が問うと、喜蔵は思い切りしかめ面をし、彦次は下を向いて笑いを嚙み殺した。

「――同年生まれだ」

「……うっそ！　有り得ねぇ！　えぇ⁉　どう見ても三十路《みそじ》近くだろその面じゃ――」

ぼかりと頭を殴られ、小春はううと呻く。

「……そんで？　茅野がどうしたって？」

頭を撫でながら小春は先を促す。彦次は咳払いをして、うんと頷いた。茅野の姿は結局、今の今に至るまで一度も見たことがないのだという。姿を現せばいいと言っても、それは出来ぬと茅野の答えはいつも同じだった。

「お前馬鹿だね……ものっそい面と図体《ずうたい》した奴だったらどうするつもりだったんだよ？」

それは、と返事に窮した彦次に、喜蔵は片頬を歪める。

「こんなに優しい者が恐ろしい見た目であるはずがない――とでも思ったのだろうよ」

馬鹿も大概だなと小春は呆れた。彦次は俯いて、不承不承に答える。

「でも……たとえそうでもいいと思ったんだ。最初は変なモノに懐かれちまったなと気味が悪かったし、おっかなかったよ。しかしあいつは、俺が何を言っても『はい、畏《かしこ》まりました』と言って、嫌がらずにやるんだ。何だ、役に立つじゃないかとこき使っても、文句一つ言わない。文句どころか、ひどく嬉しそうな声でさ……」

彦次は更に下を向いて頬を掻いた。

「ほだされたというか……悪い気がしてきてな。何の義理もない俺にそんなことしなくていいんだ、顔を見せてみろよと言ったんだ」

しかし、茅野は決して姿を現さなかった。それだけは駄目だと頑なに拒否し続けたのだ。

「じゃあ、すっごい恐ろしい姿か、案外美妓《びぎ》のようななりをしていたかだな」

小春の言葉に、前者なら分かるが後者は？　と彦次は首を傾げる。

「女狂いに惚れられたら困るからだろう？」

あったりぃ、と小春はすんなりと答えを言った喜蔵にニッと笑った。いくら俺でも妖怪相手に変な気は起こさねぇよと彦次は呆れたが、茅野の声は確かに鈴の音のような声だったかもしれんと苦笑した。

「俺は、段々と茅野のことが妹のように思えてきてな、姿を見せてくれずともいいと思うようになったんだ。昔話でもよくあるだろ？　約束を違えて姿を見た途端にいなくなるとか……だから何もしなかった。声しか聞こえぬが、それでもいいかと思ったんだ」

　でもな――彦次は顔をぐしゃりと歪めた。日が経つにつれ、茅野は段々と口数が少なくなっていき、そのうち黙り込んで何も言わなくなった。その代わり、辛い辛いと泣き出したのだ。このままじゃ死んでしまう、死んでしまう。哀しい声で、消えいるような声で、さめざめと茅野は泣いた。不穏当な泣き言に、彦次は慌てて問い質《ただ》した。

　どうして死ぬんだ、何か病にでもかかったのか？　誰かに何かされたのか？　俺に出来ることはあるか？　何でも言ってくれ、俺が何とかしてやるから――。

　そう言うと茅野はますます泣いて、死んでしまう、なぜ私がこんなことを――ヒドイヒドイと嗚咽を漏らした。

「お、おいおい！　そんなに泣くな……お前は死なねぇし、死なせねぇよ」

「……私は初めから死んでいるような者です。ここに在るのは生かされているだけ――」

「そう――なのか？……だからと言って、むざむざ死なすわけにはいかねぇよ！」

　どこを見て話せばいいのか分からぬ彦次は、とりあえず声がする自分の後ろの方を見て言った。焦っていたせいか、彦次の背中は掻いた覚えのない汗でびしょびしょだった。

「茅野、お前は優しい奴だよ。俺みたいなろくでもねぇ奴を助けてくれて、優しくしてくれた。一人住まいの寂しさなどすっかり忘れさせてくれたし、俺は……茅野がいるおかげで毎日楽しいんだ。だから決してお前は死なせねぇ」

茅野は黙って泣くばかりだった。それでも根気よく、何か手立てはないのかと問い続ける彦次に、そこまで仰《おつしや》るのならば、とようやく口を開いたのが昨夜遅くのことである。

「喜蔵と小春の元へ連れていって下さいませ……あの者達は、妖怪の懸念を解くことを生《な》業《わい》にしております」


「――それでここへ来たというわけか」

いつからそんなの生業にしたっけ？　と小春は首を捻った。喜蔵の身にも覚えなどないが、小春のお節介ぶりを見ていれば、そんな風評が伝わってしまうのにも得心がいく。

（だが……そんなものは）

知らぬ、と喜蔵は頭《かぶり》を振った。俺も俺も、と小春は笑って同調する。彦次は俯いて、ほろりと一粒涙を零した。

「助けてくれよ……あれから茅野は何一つ話さなくなったんだ。気配がするから死んだとは思わねぇが……死にそうなのかもしれん」

自分ではない舌打ちに喜蔵がのそりと顔を上げると、舌打ちをした小春はまだ彦次の背中を注視していて、珍しく澱んだ目をしていた。

「あんまりな、人じゃねぇもんに情をかけるのはよくないぞ」

「……そう言われても、すでにかけちまったよ」

そうだよなぁと小春は仰《の》け反って、ぴょんと蛙のように起き上がると中腰になった。喜蔵をチラリと見やった小春は、口元に人差し指を当て、(何も喋るな) という仕草をした——そのすぐ後のことである。

ドンッ——!

小春は両の手で思い切り、彦次の背中を叩いた。押された彦次はバッと前に倒れ込み、ぶつかる距離にいた喜蔵は、素早くサッと避《よ》けた。

「——げほっっ」

な、なにを——するッとむせ返った彦次は、四つんばいのまま苦しそうに咳《せ》き込む。悪い悪い勢いあまっちまった、と小春は笑った。

「俺、実はこいつと——じゃねぇ、そいつと! 茅野と知り合いだったんだ。いやぁ、急に思い出した。俺がいっちょ話をつけてやるよ」

「ほ、本当かッ⁉」

彦次の後ろから顔だけ覗き込んだ小春は、任せとけ、とじっくり頷いた。両の手を後ろで不自然に握り込んでいる小春を見た喜蔵は一寸怪訝な顔をしたが、何も言わなかった。

「今日は帰って、明日また来な。俺も会わせろ、なんて贅沢言わねぇよな?」

会わせてくれと言いかけた彦次を制して、小春はにんまりと口角を持ち上げた。

「ともかく明日!」

その頃には片がついているからと胸を張る妖怪を信用したのか、彦次は素直に帰っていった——しょぼしょぼと背を丸め、何度も何度も振り返りながらではあったが。

台風の目がいなくなり、再び静寂が訪れた頃、

「――それは何だ？」

小春の握り込んだものを指差して喜蔵は問うた。

「蟲《むし》だよ」

と言いながら開いた小春の手の中には、ぐるぐるととぐろを巻き、真っ黒に焦げ縮んだ物体があった。一応手と足のようなものが生えている――それがピクリと微かに動いた。生きているのである。

「こいつが茅野だ」

「これが？」

虫というより山椒魚《さんしょううお》や蜥蜴《とかげ》に似ていて、不気味な魚といった形をしていた。いつも見ている妖怪とは異なる種類の気味の悪さに喜蔵は珍しく一寸たじろいだが、小春は気がつかなかった。

「そっ。彦次の背中の上に張りついていたんだ」

なっと小春がその黒い物体を指で突くと、パチリと細い目らしきものが開く。その目の下の、薄く筋の入った口が開きかけ、何も言わずに閉じようとする前に小春は問うた。

「一つ訊きたいんだが、お前はなぜ彦次を助けたんだ？」

助けた？　と喜蔵は首を傾げたが、茅野は一寸間を置いて、意を決したように話し出した。

「……私はこの通り醜い容貌をしております。主人から散々罵倒《ばとう》され続けて参りましたし、陰湿な性質と力を表す容貌だと私も自分を恐ろしく思っていたのです。それなのにあの方は——こんな私にまるで花にでも対するかのように接して下さいました。『お前の声音は鶯《うぐいす》のようだ。声音は心を表す。きっと姿形も声音と心と同じ程美しいんだろうな』などと言って……」

この姿を見たらそうは言って下さらなかったでしょうが、と茅野は哀しげに零した。

「いや。あいつは女だったら何でもいいし、別段気にもしないだろ」

何せ色魔だから、と小春が笑うと、茅野は細い目を横に引いた。隙間からぽろぽろと零れ落ちたのは、人間の流すものとまったく同じで、掬い取って舐めてみれば、きっとしょっぱい。必死の彦次が自身の汗だと勘違いをしたそれは、か弱き妖怪の流した涙だった。濁った眼から流れた清き涙は、小春の手を伝って畳を濡らす。

「なぜ彦次どのを助けたのかとお訊きになられましたが、その問いは間違っておられます。助けられたのは私の方……」

ありがとうございます——。

そう言った茅野の声は姿とは違い、確かに鈴の音のように美しかった。

「死ぬのは茅野に取り憑かれた彦次の方だったんだよ」

茅野が彦次に二度と近づかぬと約束し、小春と共にどこかへ消えてから数刻経った後のことだ。喜蔵はしばらく道具の修理などをしていたが、頭痛のせいでほとんどはかどらず、諦めて寝転んだところで小春が一人帰ってきて、ことの顚末《てんまつ》を聞いた。あまりにあっさりと逃がすものだから、大した話ではないのだと思っていた喜蔵も、彦次が死ぬはずだったと聞くと流石に少しばかりはギョッとした。

「あのまま憑いていたら茅野の言う通り、近いうち彦次は間違いなくおっ死《ち》んでいたな」

珍しく店を閉めたままだらりと横になっている喜蔵の横で、小春はどこでもらってきたのか、大きな握り飯をあぐら姿でむしゃむしゃと食べている。食うか？　と差し出してきたが、喜蔵は眉をひそめ、手で押しやった。

「いつから気がついていた？」

「ま、そりゃ最初っから」

意地が悪い、と喜蔵はますます眉間に皺を寄せる。

「だって、背中にべったり張りついているから。彦次の後ろに回った時、バッチリ見えちゃったもん。あの細い目と目が合っちゃったし。まぁ、その前から彦次からぷんぷん妖気と死臭がして、おかしいなと思っていたんだけれど」

だから言えなかったんだ、と小春は握り飯を頰張りながら器用に話す。

「彦次は茅野に御執心のようだけれど、実際蟲に取り殺されようとしていたなんて知ったら、あいつきっとピーピー泣くだろう？　あれ以上泣かれては面倒だし、聞けば茅野も彦次を助けたがっているようだ。こりゃあ、さっさと茅野を引っ剝《ば》がして、彦次を帰しちまった方が得策だと思ったんだよ」

「彦次を取り殺そうとした者が、なぜ助けるような真似をした?」

「蟲は自ら憑く者じゃない。主人の命がなければ動けぬ不自由な怪だ。最初は茅野も取り殺す気だったが、だんだんとほだされたんだろうよ……彦次と同じようにな」

握り飯を食い終わった小春は、ぺろりと指先を舐めてごろりと横になった。立てた肘に乗せた頭が、いかにも眠そうに揺れている。その様子を薄目で見ながら、しかし分からぬなと喜蔵は呟く。

「茅野が誰かに命じられてやったというならば、一体どこの誰が命じたのだ? いくらあ奴が色魔でも、呪い殺される程ではないだろうに。なぜそれを問い質さなかった?」

「使い魔は命を握られているんだ。主人の正体がバレるようなヘマをすると……」

タダじゃすまぬかも——言い難そうに小春は小声で答えた。

「……甘っちょろい」

うるせぇなぁと小春は頭を預けていない方の手でぺろりと顔を撫でる。

「殺されるかもしれぬのに、茅野は俺らのことを彦次に話したんだ。覚悟はしていたんだろうよ。わざわざ殺されにくるような奴を殺してしまうのは、少々後味が悪いからな」

「後味が悪くないような極悪非道な妖怪だったら、どうしていた?」

喜蔵の問いに、小春は黙ってニヤリとするどい八重歯を見せた。

「……明日また来いと勝手なことを申していたな」

「いいじゃん、どうせ客なんて来ないのだし。お前だって彦次が無事か気になるだろ？」

そんなわけがあるか馬鹿者と吐き捨てると、喜蔵はふと目を閉じた。また嫌な夢を見そうで、そのまま寝てしまうのは御免だと思ったが、にわかに襲ってきた睡魔には勝てなかったのだ。

「喜蔵？」

半身を起こして覗き込んでくる小春の顔を見ないまま、喜蔵は眠りに落ちた。

「寝ちゃったよ……」

畳の上にごろ寝する喜蔵を見下ろすと、つんとした鋭利な鼻が微かな寝息を立てている。いつぞやの礼だと小春はそれをつまもうとしてついとやめ、上から布団をかけてやった。

「今日は特別に恩を売っといてやる。うまい飯で返せよ。しかしまぁ……意外と警戒心が薄いんだよな」

信用はしないくせに抜けていると小春が呆れた溜息を吐いた時、

「蟲を逃がしてよかったのか？　また彦次とかいう男を狙うやもしれぬぞ」

硯の精がのそりと顔を覗かせた。

「ま、そこまで彦次に義理はないからさ」

小春は笑ったが、硯の精は笑わず、くすんだ灰の目で寝入る喜蔵を見た。

「……茅野の主《あるじ》の狙いは、彦次だったのかね？」

小さな呟きは聞かなかったふりをして、小春は喜蔵の横に背を向けて転がった。

*

「貴方の未来を教えて差し上げよう」

（まだ――）

聞き覚えのある声に目を開けた喜蔵は、それが夢なのだとすぐに気がついた。喜蔵が一人で正座をしているのは、蠟燭の小さな灯りが四方にある狭い部屋だ。昨晩の夢と一分も違わぬ夢である。目を閉じたことを少し後悔しながら、喜蔵はぽつりと答えた。

（そんなもの聞きたくはない）

「なぜです？」

興味がないからだと喜蔵は動かぬ首を振る。聞こえてくる声も問いも、それに返す己の言葉も、昨晩の夢の中と同じだった。

「おはぎのことも？」

相手がどこにもいないと知りながら、喜蔵はギロリと睨みで返す。

「では、小春のことをお教えしましょう」

喜蔵が同じ答えを口にする前に、

「それは嘘だ――他人の素性と、己の未来を知りたくない人間などおりませんよ」

舌なめずりをするような声音で影は言う。他人の心など分かるまいと喜蔵は嘲笑で返したが、恐らく出来ていなかった。身体は相変わらず固まったままピクリとも動かぬ。喜蔵は座っているのに、傍目《はため》から座っている自分を見ていて、妙な心地がした。手を伸ばせば摑めそうなのに、その手が伸ばせぬのだ。

「分かりはしないが、見えはします。貴方の過去が見え、貴方の未来も読める。現に当たっていたでしょう？　『色魔来訪、蟲に注意』」

（……馬鹿馬鹿しい）

こんな夢早く覚めてしまえと喜蔵は自由の利かぬ身体に力を込めたが、まるで動く気配がしない。夢を見ている喜蔵が焦りを感じても、夢の中の喜蔵は呼吸一つ乱さず落ち着き払い、正座も崩さぬままだった。身動きの取れぬ喜蔵に、影は勝手に話しかける。

「例えば貴方の過去――彦次さんとのこと。貴方は彼を嫌い、疎んでいる。この先もずっと許すつもりなどないと思っているのに、実際に困っている姿を見ると放っておけぬのでしょう？　過去の裏切りを許してしまいそうになるから避けている」

（あ奴が困ろうが何をしようが、俺には関わりのないこと）

ただ単に会いたくないだけだ、と喜蔵はますます身体に力を込めながら言った。

「貴方を捨てた母は憎くてたまらない。けれど、その母から生まれた子どものことは？　母の面影がたっぷりあるその子のことが、恋しくてたまらないのではないですか？」

喜蔵の拳がぴくりと動き、影は低い笑い声を立てた。

「未来を知るのが怖いのですね？　過去を振り返り、本当の己を知ってしまうことが

──」

膝の上にあった拳を喜蔵は勢いよく前に振った。ぐにゃりと何かに当たった手ごたえを感じると小さな呻きが近くで上がり、フッと蠟燭の儚い明かりが消えて、辺りは真っ暗闇になった。

グッと下がった視線で、自分が寝ていることに喜蔵は気がつく。恐る恐る動かした身体は、喜蔵の思う通りに動き、心臓が早鐘のように鳴りだした──夢から現《うつつ》へ戻ってきたのだ。ズキズキと痛んでいた頭はぼんやりとして、雲がつまっているかのようにおぼろげだった。畳の上でごろりと寝返った喜蔵は、身体にかけられた布団に気がついて傍らを見た。ぐうぐうと寝ていても騒がしい妖怪に気が抜けて息をつくと、今度は深い眠りに落ちた。

＊

白々とようやく夜が明けだすかという頃、寝起きのよい喜蔵は戸を叩く音ですっかり目が冴え、昨日のような近所迷惑の種になる前に仕方なくそれを回収した。寝起きのすこぶる悪い小春はいくら呼んでも起きぬので、二人に頰を叩かれる羽目になった。

「んだよも～……寝ている妖怪をなぶるなっ。大体俺はもうすっかり起きている！」

騒ぎながら小春はすくりと立ち上がったが、それからもずっと目は閉じたままだった。

「居ても立ってもいられなかったんだよっ。昨晩からまるで気配もなくなっちまって……」

彦次はそう言うと、下を向いて唇を嚙んだ。目を閉じたままの小春は溜息を吐き、おもむろに話を始めた。

「心配いらねぇよ。茅野は親の面倒みるために郷里へ帰っただけだから」

妖怪にも郷里があるのかと目を見開く彦次の素直さと、小春のでっち上げた設定に喜蔵は肩の力がずるりと抜けそうになったが、何とか堪えた。

「ほら、あいつは座敷童子ならぬ座敷娘だから、一回住み着いた家から離れることは出来なかった。でもそうこうしているうちに、病の親が死んじまうかもしれないだろ？　だからどうしようかと困って泣いていたんだ」

「そういや、座敷童子が来ると家が栄え、いなくなると廃れると聞いたことがある……」

うんうん、と小春は調子よく相槌《あいづち》を打っていたが、彦次の次の言葉に固まる。

「しかし、それじゃあ……俺の家はアレ以上廃れるのか」

彦次の家は元々ぼろぼろである。小春が妖怪達に命じて好き勝手暴れさせたせいで、もっと悪化した——小春は慌てだした。

「え、いやぁ大丈夫だって——その、」

「その？」

まだ寝惚《ねぼ》けまなこの小春は、段々と覚醒《かくせい》しだしてしどろもどろになる。

「そのう……あのう――ほら、何とか」

「何とかって何だ⁉　あの優しい茅野が、危篤の親がいるのに帰るのを躊躇するくらいだぞ……」

相当に危ないのではないかと彦次は一寸顔を白くさせた。

「いや、ないって！　大体むし――座敷童子はそんなに力強くねぇから」

「本当か……？」

「ううん。いや、うんっ」

「どっちだよ！」

騒ぎだした二人の様子に溜息をついた喜蔵は店の方へ出ていき、すぐに居間へ戻ってくると、小春に向かって何かを放り投げた。小春は見事に空中でそれを摑んだものの、喜蔵の意図が読めず黙り込んでいたが、手の中の浅葱《あさぎ》色の守り袋を見つめているうち、ある考えが浮かんできて、ぽつりぽつりと話しだした。

「これは……自分がいなくなっても、お前に火の粉が降りかからぬように……とのお守りらしい……昨夜――そう、茅野が置いていったんだ」

小春の手からそれを受け取り、恐々と握り締めた彦次は小さく訊ねた。

「茅野は……無事なのだろうか？　茅野の親も……」

ううんと唸る小春の馬鹿正直さに舌打ちをして、代わりに答えたのは喜蔵だった。

「そうは言っていたが、知らぬ。妖怪の言葉など俺は信じられぬがな」

「……俺は信じるよ」

　顔を上げて泣き笑いをする彦次に喜蔵はそっぽを向いて、フンと皮肉笑いを浮かべた。

二人のやり取りを呆気に取られて見ていた小春は、我に返ってパンッと手を叩く。

「取り敢《あ》えず一件落着っ」

「そうだな……ありがとよ、小春」

　世話になったなと彦次は頭を下げ、小春はおうよ、と片手を挙げた。

「喜蔵も……俺はさ、お前が助けてくれたのが何より嬉しい」

　彦次の素直な感謝に喜蔵は片眉を動かすだけだったが、

「……これからはせいぜい女に気をつけるんだな」

　そのうち刺されるぞと素っ気なく返した。

「お前は本当……一言二言、全部余計だよっ」

　わははと彦次は笑った。その目はまだ赤く、目の下は黒く腫れている。つくづく男前を台なしにする男だと、彦次をほんの一寸だけ好ましく思った――などとは、彦次には決して言ってやらぬと喜蔵と小春の二人は、心の中で同じことを思っていた。

　彦次が帰って、いつもは起きて真っ先にする掃除をようやくしだした喜蔵の後ろ姿に、頭の後ろで手を組んだ小春は、ふうんと感心したように息をついた。

「いい奴だな」

「ただの馬鹿だ。あのぼろ袋は売り物にならず、処分しようと思っていた品だぞ」

喜蔵は心底馬鹿にしたように鼻を鳴らし、仏壇から位牌を取り出して丁寧に磨く。

「まあ、馬鹿だけれどいい奴だな――お前も」

「……何だ？」

喜蔵は嫌そうな顔でちらりと振り返ったが、嫌らしい笑いをする小春を見てすぐに前を向いた。小春が袋の中身を訊ねると、空だ、と喜蔵はシレッと答えた。

「せめて情が入っているとか言えねぇのかな？」

恨みつらみならば入っているかもなと喜蔵は返す。素直じゃねぇなぁと妖怪に呆れられても仕方がない程、喜蔵の意地の張り方は年季の入った厄介なものである。フッと息で仏壇の上の埃《ほこり》を払った喜蔵は、思い出したように小春に振り向いて言った。

「ああ――どうせならば、鬼の粉末でも入れればよかったか」

「な、」

喜蔵の冗談とも思えぬ冗談と、ぎらりと光る凶悪な面にギョッとし、小春は泣きそうな顔をする。喜蔵は意地の悪い表情をして、位牌を仏壇の中に戻しながら言った。

「泣き虫め」

六、ふったち小春

――小春にしよう。

(何だその名は。気の抜けた名だな。まったく俺に似合っていないじゃないか)

＊

その夢を見たのは久方ぶりのことだった。数日前に川辺で聞いた、弥々子の恩人との話に影響されたのだろうかと小春は口の悪い女河童を恨めしく思ったが、

(――いや、むしろ)

六畳の居間で不自然に四畳以上の間隔を空けて寝る、人嫌い妖怪嫌いの男の顔を睨んだ。寝ている時はひくりとも動かぬ男であったが、ここ数日時折小さな呻き声を上げることに小春は気がついていた。具合が悪いのかと近寄って眺めてみても、特段変わった様子はない。それはこの夜も同じで、ほうっと息を吐きかけて、小春は一人顔をしかめた。人間が

弱っている姿を見るのが楽しいはずなのに、近頃はその逆を思ってしまう自分がいる。

（ああ――くそっ）

小春は布団の上に身体を叩きつけるようにして横になった。その布団は、喜蔵の住まう表店の、ちょうど真裏に位置する裏長屋の綾子《あやこ》――小春が喜蔵の庭に落っこちてきた時に喜蔵の元に訪ねてきた女――から貸し出してもらったものである。今ではすっかり馴染みになった綾子との出会いは九日前――小春がここへ来て十日が過ぎた頃のことだ。

隣近所とまったく付き合いのない喜蔵のおかげでそれまで一度も話したことはなかったが、視線を感じて振り返るとその女らしき影があった。しかし、何か用かと声をかける前にその影はそそくさといなくなってしまう。小春は不思議に思っていたが、追いかけてまで問い質すことはしなかった。その日も、裏店と表店を繋ぐ細い道を抜けている途中にいつもと同じ視線を感じたが、どうせ話しかけてはこないのだとそのまま歩いていると、喜蔵の店の数歩手前で後ろから走ってきた女に呼び止められたのだ。

声に振り返って見ると、そこにいるのは目が覚める程に美しい女だったので、小春は驚いて口を開けた。女は喜蔵の長屋を指差しながら、坊やの家はここなの？　と訊ねてきた。自分の家というわけではないが、居候しているのは確かである。うんとも否《いな》とも答えぬ小春にサアッと顔色を悪くした女は、それから小春と喜蔵との関係をあれこれと問うてきた。嫌々使いをさせられて帰ってきたばかりの小春は、鬱憤晴らしにぺらぺらと喋った。

「ここだけの話だけれど、あいつは妖怪なんだ。あんなおっかないなりをしているけれど、中身もそうなの。逆らったら喰われるから、俺はあいつの言うことを聞いている。睨まれただけで魂を抜かれそうになるんだ。おお、怖い。姉ちゃんみたいなべっぴんは、目が合っただけでぺろりと取って喰われるかもしれぬから気をつけな～」

小春の言に笑うか呆れるかするると思っていた女は、やっぱり――と呟いてキッと顔を上げると、小春を置いてずかずかと喜蔵の店の中に上がり込んだ。店に出ていた喜蔵の怪訝な顔に当たってますます顔を青くした女は、それでも意を決したように声を張り上げた。

「人攫いの妖怪‼　いくら寂しいからって、かどわかしは駄目です！」

喜蔵の目も小春の目も揃《そろ》って点にさせたこの台詞は、言った女――綾子の『人生の中で一等恥ずかしかったこと』に今ではなっているらしい。

後から聞いて分かったことだが、綾子は二年前に越してきた当初から喜蔵を恐れていたのだという。引っ越しの挨拶の品を持って訪ねた時、喜蔵はその品どころか挨拶さえもろくに受けつけず、店の奥に引っ込んでしまったのだ。顔を合わせれば会釈程度はしたが、綾子が話しかけようとするとさらりと身をかわし、早足でいなくなってしまう。嫌われているのかと気を落としかけたが、そういう態度をされるのは綾子だけではないと知ると、今度は何かと気になりだした。若い男が天涯孤独で友もおらず、遊びもせずにひっそりと暮らしている――元来お節介性の綾子は喜蔵が気になって仕方がなかったが、

「あそこの若旦那は駄目だ。余計な世話を焼いたらかえって迷惑がられるよ」

「喜蔵さん？……馬鹿を言っちゃいけねぇ！　放っておいてやんのが、あの人とあんたの

ためだよ！」

と、同じ長屋の住人たちには手を引いて止められる。それでも気になって、諦め切れぬような思いでいたが、ある時裏の家を訪ねてきた様子の良い男が店の中にも入れてもらえず、例の店主に足蹴にされているところを綾子は目撃してしまう。爾来《じらい》、お節介の種よりも怯えの芽が出てきてしまい、喜蔵のことが一寸《ちょっと》怖くなった。

「お前の前の古道具屋は、代々妖怪がやっているんだぞ」

と大家にからかわれたのを真に受けたのは、それが冗談とは思えぬほどの、喜蔵の目つきの悪さと無愛想さ、それ以上に素直過ぎる綾子の性格のせいである。

そんな中、表の家の鬼の元に可愛い子どもが降って湧く。あの晩――小春が喜蔵の庭に落ちてきた夜、綾子はすぐに家の中には戻らず、垣根のところで喜蔵の家の様子を窺っていたのだ。しばらくは子どもと喜蔵の言い争うような声が続いて、それがピタリと止んで二人が家の中に入るまで、綾子は一人聞き耳を立てていた。たまさか拾った声が、

「何という妖怪なのかと訊いているんだ――人に化けて暮らしているのだろう？」

というものだったのが、綾子の勘違いをより深くさせた。小春が落ちてきた頃、浅草・上野《うえの》界隈で子どもが攫われる事件が数件起こっていた。その犯人の風評はまさに、

「鬼のような顔に、鋭い目つき。いや、あれは本当に鬼か天狗なのかもしれん」

というものだった。年端もいかぬ可愛い子どもばかりを攫う妖怪――話を聞いた綾子は笑い飛ばせなかった。ごく身近に「妖怪」がいる――。

思い込んだらそちらに考えを持っていってしまう癖のある綾子は、それから数日表店の様子を窺っていた。耳を澄ましていると、「妖怪」「鬼」「閻魔」、と不穏な言葉がよく聞こえてくる。そんなことがあるはずがないと思おうにも、一度浮かんだ考えはなかなか頭から離れぬ。もやもやとしたものが心の中に居座り続け、小春が一人でいるのを見かけた綾子は、ついに堪えきれなくなって声をかけてしまったのだ。小春の返答で喜蔵が小春を攫った妖怪だという疑いをにわかに確信に変えた綾子は、喜蔵に向かって「人攫いの妖怪‼」と叫んだというわけである。

今ではすっかり笑い話だが、綾子の中では違うらしい。喜蔵の顔を見る度顔を真っ赤にして謝ってばかりいた。喜蔵も年上の美しい女に謝り倒されるのはいい気がしないらしく、そこはかとなく参っている様子をそばから見て、小春はいつも大笑いをしていた。「親戚の子」という喜蔵の真っ赤な嘘を小春の屈託ない笑顔で信じた綾子は、少しずつ緊張を解いていったようで、夕飯のお裾分けをくれたり、小春に着物を仕立てたりと、持ち前の気性を発揮するようになった。綾子は三年前に夫を亡くし、欲しかった子どもも出来ず、一人ぼっちだ。小春を見るとつい世話を焼きたくなるらしい。布団のことも、話すとすぐに裏長屋に走って戻り、

「古いし使っていない布団だから、小春ちゃんにあげる」

と息を切らしながら、小綺麗な布団を差し出してくれた。苦笑しながら礼を述べて、小春はこそばゆい思いに駆られた。せっかくの厚意ではあるが、自分が帰ったら邪魔になる

だけだと思い、借りるだけにしておいた。

(俺が夜行に帰ったら、あの姉ちゃんは泣くかな)

借りると遠慮しただけで泣きそうな表情をする綾子の綺麗な顔を思い浮かべ、小春はまた苦笑した。

(帰ったら――)

帰れるのだろうか。

普段は腹にしかかけぬ布団を、小春は頭からすっぽりと被った。そんな馬鹿なことはないと押しよせてくる不安に負けぬよう、無理やり眠りに就いた。


「……何だこれは」

喜蔵は起きて早々頭の下に敷いていた枕を摑み、勢いよく上に投げつけた。珍しく喜蔵よりも早く起きていた小春は、布団の上で膝を抱え込んで呆れた声を出す。

「いやぁ、お前って本当動じないのな。目覚めた瞬間に老婆の顔が鼻先にあっても、声一つ上げないんだもの……ここまでくると感心するわ」

喜蔵の投げた枕は、見事に老婆の顔に命中した。天井から垂れ下がってきていた老婆は鼻を赤くし、恨めしげに喜蔵を見やりながら天井裏へと帰っていったが、喜蔵は追及の手を緩めず、外から竹箒《たけぼうき》を持ってきて、柄の方で天井を突く。

「お前ってさ……怖いとか恐ろしいとか、そういう感情はねぇの?」

考えごとをしていて眠れなかった自分が馬鹿のように思え、小春は溜息をついた。

「つまらぬ男だ。化かし甲斐がないわなぁ」

天井裏からしわがれた声が言うと、みしみしと床下も同調するように軋《きし》む。懲りずに天井から様子を窺っている天井下がりに箒を構えながら、ほら叩くぞと喜蔵は一応忠告した。しかし、箒の柄で天井を打ったのと声をかけたのが同時であったため、天井下がりは少々額を打ちつけたようだった。

「……わしが本気を出せばお前など一捻りだぞ」

ううと悔しそうな声に、全然懲りていない、きっとまたやるなと小春は笑った。喜蔵は笑わぬが、微かに片頬が上がったような気がしないでもない。

(初めよりはまぁ……ちっとは人間らしくなったか)

そう思ったそばから、喜蔵はまた箒で天井を突くので、小春はすぐに考えを打ち消した。喜蔵という男は、土台人間らしくない男なのだ。閻魔より閻魔らしい——閻魔になどお目にかかったことのない小春はそう思う。閻魔は怖くて当たり前だが、人間というのは怖くないはずである。だから余計に怖く見えてしまうのだろう。綾子が誤解してしまったのも、綾子がただ単に抜けたところがある女だったというだけではないはずだ。

(だって素面《そめん》がおっかな過ぎる)

可哀相になと言うと、そう思うならさっさと天井から出ていけばいいのだと、小春の同情を違うものと受け取った喜蔵は、ヘンッと鼻を鳴らした。

朝のうちにそれ程怒っていた喜蔵だが、小春のいつもの強請に負け、昼はくま坂で食べることになった。月に二度の牛鍋屋通いは、小春が来てからは半月に三度になってしまっている。この頃の明治人が牛鍋屋へ行く頻度は、多くて月に一度程度。喜蔵も小春もなかなかのお得意になりつつあった。

喜蔵と小春がくま坂へ出かけたのは、常の昼飯より半刻《はんとき》程遅い頃だ。昼時を少し過ぎても、くま坂は繁盛していた。しかし、いつもの賑やかさはない。妙な雰囲気に二人は首を傾げながら席に着いたが、すぐに小春はパッと立ち上がった。

「深雪ちゃんどうした⁉」

深雪が店奥から現れた途端にざわめき出した店内の客達は、見てはいけないものを見るような目で深雪を盗み見ている。喜蔵は座ったままだったが、珍しく動揺している様が瞳に映し出されていた。一人だけ平素に戻った小春は、深雪の周りをぐるりと回ってへぇと息を吐いた。

「うーん……文明開化？」

開化以来、異国の文化であった断髪が行われるようになったが、それは主に男のものだった。女で行う者も現れたが、世間からははしたない、見苦しいものだと疎まれ、蔑《さげす》まれた。東京府からは「女子断髪禁止令」なるものも出ており、断髪は男のやるものだと相場が決まっていたのである。そんな頃に深雪の髪は、肩の一寸上で切り揃えられた見事なおかっぱ頭だ。たおやかに結い上げられた長い髪は跡形もなく消えていた。

「まるでかむろのようだなあ」

とうが立ち過ぎているけれどと言うと、笑顔の深雪に小春はぺしりと額を弾《はじ》かれた。

「――なぜそのような髪に？」

重々しい口調で喜蔵が訊くと、深雪は困った表情で短い髪を撫でた。

「それが――分からないんです。知らないうちに誰かに切られてしまったようで……気がついた時には、もうこの頭でした」

しかもあたしだけではないんです、と深雪は周りを気にして声を潜めた。聞き耳を立てている客達を喜蔵がギロリと一瞥すると、不自然にいつも通りの賑やかな様子になったが、食事もそこそこに店を出ていく者もいた。

「ほら、前に助けて下さった八百屋のさっちゃんもそうなんです」

河童に尻子玉を入れられ、その次は髪を切られてしまう薄幸の娘である。

「もうお腹は何ともないのだけれど、治ったそばから今度は髪を切られちゃって……ああ――でも先っちょだけだったから、髪は結えるの」

だからよかったと言う深雪の髪は、とてもではないが結い上げられる程の長さはない。

「よくはないだろ。あんたは結えないいんだから」

「でも、さっちゃんがあたし程切られなくてよかったでしょ？　そんな不幸続きだったら、さっちゃん参っちゃうもの」

年頃の娘にとって髪は大事な宝物のはずであるが、宝物を失くした深雪は平然としていて、あちこちから飛んでくる目線にも怯《ひる》むことなくニコリと笑みを返している。髪以外は常と何ら変わらぬ深雪に周りの方が圧倒されて、余計な口を挟めるような空気ではなかった。何が起こっても顔色一つ変えない喜蔵が、心なしか表情を硬くし、時折ちらりと深雪の様子を窺うだけで黙りこくっている。深雪と同じくらい常と同じ顔色の小春は、他にも誰か切られたのか？　と深雪に訊ねた。

「ここに勤めている娘で、今日は気分が悪いってお休みなのだけれど……」

その娘も一寸だけ切られたようなのと深雪は眉根をよせた。娘の名はマツという。喜蔵も小春も見知っている、大人しいが、よく気のつく娘だ。

「深雪ちゃんもおマツちゃんも、誰に切られたかまるで分からないのか？　心当たりとか……ほら、深雪ちゃんに岡惚れしている連中が深雪ちゃんにつきまとっているとか」

そんなものないわ、と深雪は一寸驚いたように瞬きをする。

「自慢にもならないけれど……まるでそんな話がないの。十五にもなるというのにね」

「大丈夫。もう少し経たなきゃ行き遅れじゃねぇよ」

もう少し？　行き遅れ？　と深雪は可愛い顔をしかめた。

「それに深雪ちゃんが嫁に行っちまったら、ものすご～く寂しい奴がいるもの。な？」

向かいであぐらをかいている人相の鋭い男に、小春はニヤッと笑いかけた。喜蔵は不機嫌そうに片眉を上げるだけで何も言わず、お盆を抱えた深雪は複雑な表情で喜蔵を見つめていた。口元は笑っているのに、目元が怖い。奥へ戻った深雪が、もう一度小春達の席へ戻ってくることはなかった。そんなに素っ気ない深雪は初めてで、小春は少し驚いた。喜蔵は一言も喋らず、顔を上げずに鍋を食べている。小春は例によって鍋が冷めるのを待ちながら、目の前の仏頂面を眺めていたが、そのうち、（こんな面眺めるもんじゃない）と慌てて鍋に視線を戻した。喜蔵の面は、他人から見れば平素と何ら変わらぬ無表情だ。何事にも動じず、何事にも関心がない――それが揺らいで見えた。深雪と喜蔵の常とは違う表情に、小春は以前から抱いていた確信をより深めた。

何となく気づまりなままくま坂を出ると、二人は往来でバッタリと彦次に出会った。彦次はなぜか、頭がすっぽりと隠れるほっかむりをしていて、おまけにこちらに気がつくと（しまった！）という顔をして逃げ出そうとした。喜蔵と小春は合図もなしに左右に分かれて彦次を挟み撃ちにし、瞬時に退路を塞いだ。こういうところではぴったりと息の合う二人である。彦次は右と左に視線を泳がせ、抜け道を探したが無駄だった。

「ああ～俺ぁ、その、一寸所用が――」

「それ、どうした」

彦次の言葉を遮って喜蔵が指を差した先は、当然のごとく彦次の頭である。

「洒落たなりをしているのに、頭だけ妙だな」

「いや、これはだな……」

彦次が言いわけをしだすと同時に、小春は軽々と上に飛んだ。彦次は慌てて頭を隠したが――遅かった。

「……なんじゃっそりゃ！」

彦次の頭からもぎ取ったほっかむりを握り締めながら、がっはっはと小春は大笑いをした。喜蔵もドンドンと膝を叩き、笑いを懸命に堪えている。露《あらわ》になった彦次の頭は、お月様のような――丸坊主だった。鬢つけ油で粋に結い上げていた髷《まげ》は見る影もなく、髪型のせいで人相まで変わって見えるのだから面白い。錦絵の中の伊達男は、今ではただの生臭坊主である。ひとしきり笑った小春は、目尻に溜まった涙を拭《ぬぐ》いながら、

「思い切ったなぁ」

でもそっちの方が嫌みがなくて似合うぞとニヤニヤとした。

「軽薄な雰囲気が少しは抑えられるな」

喜蔵もニヤリと頬を歪めたが、彦次はまるで嬉しそうではない。恨めしげに二人を睨みながら両手で頭を抱えているが、隙間からも存分に坊主頭が拝めてしまう間抜けさだった。

「……軽薄の方がいい――誰が好き好んで坊主の仲間入りなどするかよっ」

刈られたのだと嘆く彦次に、小春はピクリと耳を動かした。

「せっかく茅野がくれたというのに、このお守り効きやしねぇ」

似非《えせ》お守り袋を紐《ひも》で括って首からぶら下げ、それを大事そうに両手で握りしめている彦次を見て、二人は一寸だけ笑いを引っ込めた。

「本当に……後生大事にしそうな勢いだぞ」

「仕方あるまい。あれはあれで」

まぁ彦次だしなと小声で言い合っている二人に気がつきもせず、彦次は綺麗な形の頭をざらりと撫でる。

「ああ――これじゃあ女に嫌われる」

それはどうでもいいがと喜蔵はスラリと無視して訊いた。

「誰に刈られた？」

どうでもよくない、一大事だと言いながら、彦次は顎に手を当てて思い出す表情をした。

「昨夜のことだ。ふと頭を触ったら、毛が一寸程も残っていなかった……他は分からん」

厠に行って戻ってくる短い時の中で起きたことのようだが、それも定かではないという。誰の姿も見ていないと答えておきながら、ううんと唸って、彦次は確かめるようにちらりと小春を見た。

「……小春？」

「はぁ⁉　俺がそんなことするかっ」

小春はむくれ、腕組みをしながらプイッとそっぽを向く。

「いや、そうじゃないそうじゃない。頭触って、髪がねぇと分かった時……後ろから聞こえたような気がしたんだよ。『小春――』ってさ」

「こいつがやったのならば、自分の名など名乗らぬだろう……いくら何でも、そこまで馬鹿ではあるまい」

喜蔵が言うと、そうだよなと彦次も頷く。

「いや、俺だってお前がやったなんて思ってねぇよ。喜蔵の家に招いてくれたし、茅野のことも助けてくれた。口は悪いが、ひどいことはしないし……お前はこんなことしねぇよ」

最初に化かされたことなどすっかり忘れてしまったのか、彦次は小春に好意のこもった笑みを向けたが、小春の顔を見て、彦次はまた（しまった）という顔をした。さっきまで笑っていた小春の顔に、笑みがなかったからだ。小春の、むっと黙り込んだ顔からはひたひたと怒気がにじみ出ていて、前方を見据える目はいつもより赤みを帯びている。

「お、怒らねぇでくれよ。疑ったわけじゃねぇからさ」

彦次が慌てると、小春は小さく頭を振った。

「いや——そうじゃない」

一寸——と言ったきり、小春は黙って一人で歩きだした。いつもは軽快な足音も、まったく聞こえてこぬ。残された喜蔵と彦次は顔を見合わせ、

「……気ぃ悪くさせたかな？」

彦次は情けない声を出して、毛のない頭を撫でた。喜蔵は横を向いて、さあなと素っ気なく答える。家とは反対方向へ歩いていく小春の後ろ姿からは、（誰も追ってくるな）という意志が伝わってきたが、喜蔵は斑模様の小さな頭を無意識に目で追っていた。

それから半刻程経って、喜蔵は家に帰った。途中までついてきた彦次を足蹴にし、家の近所で綾子らしき人影を見かけた喜蔵は、見つからぬように身を隠しながら一つ手前の表通りから裏へ回り、音を立てぬようにこっそり家の中へ入ってきたのである。久方ぶりに我が家に帰ったような心地がした喜蔵は、息を吐きかけて止めた。

「――何だ、戻っていたのか」

薄暗い部屋の中には、ぽつんと青く浮き上がる小さな背中があった。綾子から借りている布団が置かれた居間の左隅っこ――いつの間にか定位置になっている場所に、小さな鬼はあぐらをかいて座っていた。縁に腰かけて草履を脱ぎながら、喜蔵は文句を垂れる。

「彦次の馬鹿が、お前にもう一度謝るとうるさかった。すぐそこまでついてきたのだぞ。お前がふらりといなくなったせいだ……まったく、妖怪は勝手が過ぎる」

その後いつものような嫌みを並べても、小春は黙ったままだった。不審に思った喜蔵が振り返ると、小春は壁の方を向いたまま、微動だにしていない。衣擦れの音も、微かな息遣いも聞こえてはこず、人形のように固まっていた。あの夢の中の自分と似ているようで嫌な気がした喜蔵は、畳に上がりながら小春に声をかけた。

「おい、そこの妖怪……迷子の鬼」

座ったまま寝ているのかもしれぬ――そう思い直しながら、喜蔵は小春の顔を覗き込む。

（……！）

喜蔵がハッと息を飲み込んだのは、最初に会った晩のように小春の目が青く光っていたからだ。ぱっちりと見開かれているのに、その目は何も映していないように空虚で、吸い込まれそうな妖しい色を帯びていた。あの時はただ驚いただけだったが、今は恐ろしくなり、喜蔵は小春から一歩身を引いた。ぬらぬらと青い炎が薄暗い家の中を照らしていく中で、小春は死んだように動かぬままだった。

（魂は――どこか遠くへ行っているのだ）

心の中の声音に、何だそれはと喜蔵は自分でおかしく思った。

ふっと青い灯りが消え去り、溜息をついてごろりと横になった小春は、喜蔵に背を向けたまま問うた。

「どうして深雪やさつき、彦次の馬鹿の髪が切られたと思う？」

さあな、と答えながら畳の上に座る喜蔵をちらりと振り返って、小春は言った。

「――綾子も切られた。次にやられるのは、魚屋のおっさん辺りかもしれん」

ほんのわずかに揺れた喜蔵の目を見て、小春は足を抱え込んで膝に顔を埋《うず》めた。

「深雪程じゃないけれどな……さっき会ったら髪を結わずに結んでいるだけで驚いた」

遠目で正面の顔しか見えなかったが、後ろは大変なことになっていたらしい。身を隠してまで会おうとしなかったことに、喜蔵は少しだけ後ろめたいような心地になった。

「綾子の場合、寝ている時だったみたいだ。起きたらばっさり、な。目を凝らして見たけれど、犯人らしき奴はどこにもいない。……やはりちと気になるから、魚屋へ行ってくる。

しばらく戻ってこないからな」

小春はパッと起き上がり、喜蔵の脇をするりと抜け、足音も立てずに外へ出ていった。ちらりと見た小春の目は、元通りの鳶色《とび》だった。

さあな、と答えた喜蔵だったが、本当のことを言えば見当がついていた。さつきやマツとはほとんど話したこともないが、妖怪と人間の縁を考えれば深い方である。深雪や彦次は小春と親しい。綾子とは、小春が来るまではろくに口を利いたこともなかったが、小春のおかげで今では唯一少しだけ親しいご近所だ。魚屋の店主も小春を気に入っていて、よくまけてくれるらしい。これでそこの店主が狙われれば、小春の知己ばかりが狙われていることになる。

(俺の知己かもしれぬが)

考えて、それはないと喜蔵は小さく頭を振った。小春と違い、知己と呼べる程親しい人間を持っていない。交友関係のなさが幸いしたと喜ぶ程意地も悪くないが、そうかと言って小春の後を追いかけていくような一途《いちず》さもない。くま坂で感じた気まずさと似た思いに駆られた喜蔵は、

(……とりあえず飯の仕度か)

それを忘れるためににわかに立ち上がった。

その時――はらり、と細い線が、目の前を通り過ぎていくのを喜蔵は見た。視線を落とすと、黒く長い物が自分の足元に数本散らばって落ちている。

（なんだ？）

拾おうと腰を屈めかけたその時、

「――っ」

喜蔵は鈍い衝撃に襲われた。後ろに倒れそうになったものの、何とか堪えられたのは石頭のせいかもしれぬ。撃たれたかと思って額を押さえたが、からんからんからんと音を立てて畳に落ちたのは、西洋銃の弾丸ではなく、円《まる》い板だった。

「――何をする」

この、と目を潤《うる》ませて前を睨むと、出ていったはずの小春が、力一杯何か――鍋のふたを投げ飛ばした後の姿勢で、尖った八重歯を見せたところだった。

「お前に当たったのはたまたまだ。そいつに当たって跳ね返っちまっただけだからな」

だからワザとじゃないと小春は喜蔵の足元を指した。喜蔵は涙のにじんだ目で足元を見たが、そこには鍋のふたと数本の髪が散らばっている他には何もない。喜蔵はそのままジロリと小春に目を向けたが、小春は不思議そうな顔をして、見えぬのか？　と訊いてくる。

「見えぬ――が、何かいるのか？」

「いるよ、いる。お前の髪をちょろっと切った、辻斬《つじぎ》りならぬ髪切虫が」

鍋のふたの下においでだと小春は猫のように笑った。目を凝らしてみても、喜蔵の足元にはやはり何もない。しかし、鍋のふたと畳の間に何かがあるような隙間はある。小春は喜蔵の横まで歩み寄って膝をつき、その空間の何かを両手で摑むような仕草をした。

「……その半髪ちょん切って……ザンギリどころか丸坊主にしてやる」

小春ではない、湿っぽい陰気な声が聞こえてきて、喜蔵は額をさすりながら眉間に皺をよせた。

「あの男のように……丸坊主が嫌ならば、首を切るでも……」

うう、と唸る声が聞こえたのは、小春がぎゅっと握る力を強めたからのようだった。

「あまり大きな口を叩くなよ。お前は今、文字通り俺に命を握られているのだからな」

ひひひと意地悪く笑う小春に喜蔵は問うた。

「その――姿は見えぬが、そいつがやったのか？」

「そうだ。さっき犯人らしき奴はどこにもいないと言ったろ？　ありゃあ、半分真で半分嘘だ。姿は見えなかったが、この家の中にいるのは分かったから」

「――俺を囮《おとり》にしたのだな？」

小春はさもおかしそうな笑声で頷いたが、目はまるで笑っていない。どうやら腹を立てているらしいと喜蔵が気がついたのは、髪切虫を握り締める小春の両の手が微かに震えていたからだ。髪切虫がうううと呻き声を出すと、小春は歪んだ笑みを浮かべた。口角の上がった唇が酷薄な色を帯びるにつれ、小春は段々と握りを小さくしていく。髪切虫は呻き続けていたが、そのうち苦しそうな息遣いをしだした。

（……このままでは潰れるのではなかろうか？）

気がつくと、喜蔵は傍らに落ちていた鍋のふたを拾って、バコンと小春の頭を叩いていた。

「――なにすんだっ」

叩かれた拍子に髪切虫を手から放してしまったらしい小春は、非難めいた顔で喜蔵を見上げたが、先程のお返しだと言われると、唇を尖らすだけで何も言わなかった。喜蔵の顔から天井に視線を移した小春は、

「――おい、髪切！　お前はなぜ俺の周りばかりを狙った？」

答えなければまたお見舞いするぞと喜蔵の手から奪った鍋のふたを上に構えた。当たるものかと言う声と同時に、小春はまたそれを投げつけた。天井に当たる手前で跳ね返ってきた鍋のふたは、ガランゴロンと音を立てて、また畳に転がった。なかなかの素早さだと喜蔵は素直に感心したが、相手の方が鈍いだけなのかもしれぬ。足元から聞こえてくる呻き声に近づいていった小春は、しゃがみ込んでまた何かを摑む。

「お前らは女の髪しか切らぬはず。彦次も喜蔵も襲ったということは、自らやったわけじゃないな？」

まさかこれが女に見えたわけでもあるまいし、と小春は斜め後ろの喜蔵を指差す。

「……馬鹿を言うな。そのように恐ろしい女子《おなご》がいるものか」

髪切虫は嫌そうな声を出した。苦しげだが、まだ充分に生きているらしい。

「宗旨替えしたわけでもあるまい。お前はなぜ男も女も構わず、俺の周りを狙った？」

答えろと冷たい声音を出す小春に、髪切虫は渋々言葉を紡いだ。

「……喜蔵という人間を化かすか祟るかすれば……立派な妖怪になれる……と聞いた」

「喜蔵を化かせば立派に……なんじゃそりゃ？」

　小春は喜蔵を振り仰いだが、喜蔵もそんな話は初耳である。喜蔵の仏頂面から答えを得た小春は、再び下に睨みを利かせた。

「どうやらその話は眉唾《まゆつば》であるようだ。喜蔵はこう見えても人間だし、何とまだ十九であるというし、こんな小物化かして祟ったところで何にもなるまい。喰ったところで滋養にもならないぞ。こんな骨ばっている奴絶対に不味いし、間違って喰ったら腹を壊す」

「……庇《かば》っているようでまるで庇っていない、侮辱の言葉ばかりが聞こえてくる」

　喜蔵は仏頂面を、更に憮然とさせた。それでも髪切虫は、そんなはずはないと言い返す。

「……確かにこの耳で聞いた……最近小春と共に妖怪世間を脅かしている邪悪な輩共……特に喜蔵という男を化かせば力が増すのだと……そ奴らをこれ以上いい気にさせては、我らの面目は丸つぶれだと……」

　誰がそんな阿呆《あほう》な法螺を、と喜蔵は嘲笑したが、小春は更に顔をしかめて、その話は誰から聞いた？　と厳しい声で髪切虫を問いつめた。行灯の油などを舐める油坊主という妖怪の名を髪切虫は挙げたが、小春には知り合った記憶がない。

「そいつが言い始めたのか？」

「……油坊主は火車《かしゃ》から聞いたと言っていた……火車は――誰かから聞いたと」

　そうか、と小春は難しい顔のまま黙り込んだ。その沈黙の間に隙を認め、髪切虫は再び逃げ出そうとしたが、考え込んでいたはずの小春に空中で鷲摑《わしづか》みにされ、またもや拘束されてしまう。居丈高で往生際が悪いわりに、どんくさい妖怪であるようだ。

「おい――切った髪は元に戻せるか？」

そんなことは出来ぬと答えた髪切虫を、小春はしばらく睨んでいたが、満身創痍《そうい》である髪切虫は呻き声しか漏らさぬ。小春は諦めて手を放し、立ち上がって喜蔵の方を向いた。

「知己に知らせろ。喜蔵やその他の人間に力などない。襲っても無駄だ。もし何かしたその時は――」

小春の鳶色の目が赤く光り、口角の上がった口がグググッと耳の辺りまで裂け、頭のてっぺんから、二つの尖った角が出てきた。喜蔵はごくりと喉を鳴らした。瘤《こぶ》などではない。まぼろしでもなく、夢でもなかった。小春は正真正銘の鬼だった。

「――――!!!」

声にならぬ長い悲鳴が聞こえた後、色々なところにバシバシとぶつかる音がし、店の壁に立てかけていた箒がどさりと倒れ――その後は何の音もしなくなった。喜蔵が店の方から小春の方へと視線を戻すと、口は赤くも裂けてもいなかった。いつもの人間の子どもの姿である。先程の怒りはどこへ行ったのか、小春の顔は能面のように何も映していない。喜蔵は初めて、かける言葉を考えてしまい、黙り込んだ。考えた挙句、

「――飯にするぞ」

毎日三度は言っている言葉しか吐けずにその日を終え、喜蔵はまた件の夢を見た。

＊

「今日は大変でしたね」

（お前が差配したのか？）

喜蔵の問いに、まさかと闇の声は笑う。この夢を見るのは何度目だろうか。夢の中の情景は最初から一つも変わっていない。薄暗い闇に一人きりなのも、相手が喜蔵の過去や未来を言い当てるのも、ずっと同じだった。どんなに力を込めようとしても、強い意志で撥《は》ね除《の》けようとしても駄目なのだ。逃れられぬのだと悟って、喜蔵は無駄な足掻《あが》きをやめた。ひたすらジッとして、相手の言葉になど答えなければいいと喜蔵は心の目をつむる。

「小春が来てからというもの、貴方の周りでは災難続きだ。誰のせいなのか、賢明な貴方ならば気がついているのでしょう？」

しかし、相手は心を読んだように喜蔵の思いを当ててくる。まるで覚《さとり》のようだ、と喜蔵は思った。

「私は覚ではありませんよ」

（……他人の心が読めるではないか）

覚という他人の心の読める妖怪の話は、昔祖父から聞いて喜蔵はよく覚えていた。祖父は曾祖父から聞いたという怪談話を喜蔵に言って聞かせるのが好きだったのだ。人間の心が読める妖怪がいると聞いて、幼い喜蔵は感心するやら、空しくなるやらで、とても妙な心地になった。皆が覚ならば、言葉などいらないではないかと喜蔵は思ったのだ。

（そんなことはない。覚だとて言葉がなければ困るのだ。覚にも読めぬ心があるからな）

一体誰の？　と訊くと、祖父は珍しくにこりと笑って喜蔵の胸を、とんっと優しく叩いてきた。

（それは、自分の——）

ドン——。

祖父の言った台詞をすべて思い出す前に、誰かが喜蔵の胸を強く叩いて、正気に戻させた。

「貴方の未来を教えて差し上げよう」と毎夜夢を見せてくる者の白い手を、喜蔵はその時初めて見た。

「……夢の中で思い出に耽るなど、貴方らしくもない」

つまらなそうに闇の声は言った。まったくらしくない、と喜蔵も夢の中の白昼夢《はくちゅうむ》を悔いた。

＊

髪切り事件の翌日から三日間、小春は裏店やくま坂や八百屋へ通った。謝るのは筋違いであるし、妖怪らしくない。しかし、そのまま知らぬふりをするというのも妖怪らしくない。その折衷案で、あれこれと手伝いをすることに決めたらしい。喜蔵にとっては大食らいで生意気でうるさくやかましいだけだが、他の人間にはなかなか評判のよいらしい小春は、手伝いに行ったというのに行った先々で歓待され——つまりは飯をたらふく食べさせてもらっていたようだ。後から深雪や綾子に聞いて、喜蔵は呆れた。

三日目の午後、八百屋から帰ってきた小春は、

「これから彦次のところへ行こう——お前も一緒に」

にんまりと子どもらしく笑って喜蔵を誘った。はっきりと固辞したにもかかわらず、喜蔵は小春の手招きのおかげで、花街の外れの侘《わび》しい彦次の長屋まで、ズルズルと引きずられるように歩く羽目になってしまった。小春がこうして喜蔵と彦次を引き合わせたがるのは、仏頂面極まれりの喜蔵とオドオドとして気まずそうな彦次を見て、楽しんでいるからだ。ただ、この日は小春にとって面白くない対面となった。

彦次のぼろ長屋の数歩手前で、

「何やってんだ？」

小春はにわかに厳しい声を出した。長屋の前で屈み込んだ彦次は、ビクッと肩を震わせ恐々と振り返る。彦次の腕の中には小さな黒猫がいて、猫から流れ出たものが彦次の足元に赤い小さな水溜まりを作っていた。

「お前がやったのか？」

「こ、こんなことするわけないだろっ」

こんなひどいこと――彦次は唇を噛む。彦次に抱きかかえられた猫は、鋭利な刃物で尻尾を短く切られていた。誰かの憂さ晴らしに使われたのかもしれぬ、と彦次が言った言葉に顔をしかめたのは喜蔵である。人間自体あまり好きではないが、中でも弱い者をいたぶる者が喜蔵は一等嫌いだった。彦次の腕の中で、猫はふうふうと息を吐き、ぐったりとしている。

「自分がやったのでもないのに、なぜ助ける？」

キッと彦次を睨みつけた小春は、なぜか彦次を非難した。驚いた彦次は、凜々しい眉をひそめて言う。

「そんなの……当たり前だろ？　痛そうだし、可哀相だし、弱っているし……」

ひでぇじゃねぇかと小声で呟く彦次を見て、

(そういえば……こいつは昔から犬猫の類が好きだったな)

喜蔵はふと思い出す。彦次の白目は少し赤くなりかけていた。

「こんなに弱い者を傷つけるなど、俺は絶対許さねぇ……見ろ、この傷。可哀相に……」

子猫の背を優しく撫でた彦次は、懐から出した手拭で猫の止血をし始めた。手先の器用な彦次は手当ても手際よい。しかし、その手を摑んで止めたのは小春だった。

「――そのくらいにしておいた方がいいぞ」

姿も声も小春には違いないというのに、彦次にも喜蔵にもそれが小春だとは思えず、二人して一瞬動きを止めた。

「猫は化けるからな。なまじ情をかけぬ方がいい」

色の見えぬ瞳が彦次を困惑させたが、気圧《けお》されながらも猫を介抱する手は止めなかった。

「優しさが仇となることもある」

「そりゃあ――いや、情からやっているわけじゃない。ここらでのたれ死にされたら可哀
……そう、掃除が大変だし、胸がいた……胸糞《むなくそ》悪いから手当てしてやっているだけだ」

自分は情からやっているのではないからいいのだと言い返してくる彦次に、冷たい目をしていた小春はフッと相好を崩す。

「優しいと褒めているのに、おかしな奴だな」

いつもの子どもらしい明るい顔に戻った小春は腰を折り曲げ、ひょいっと彦次の手から子猫を奪った。慌てて取り返そうとする彦次の伸ばした手をひらりと避け、小春はうふふと笑い声を立てる。

「俺が介抱してやる。信用出来ぬだろうが、悪いようにはしない」

彦次は目を瞬かせて、いや、と小さく頭を振った。

「お前のことは信用出来るよ」

その言葉に、小春はビクッと肩を震わせた。怒ったように顔を強張らせたものの、嘘のない彦次の顔を見て、小春は眉尻を下げた。

「……だからあんまり情をかけぬ方がいいって」

小春は力なく呟くと、子猫を抱えたまま来た道を足早に戻り、花街の方へ出る道を曲がって、あっという間に見えなくなった。

「おい……どうしたんだ？　この前も変だったが、今日はますますおかしいぜ」

彦次は顎で小春を指し示したが、喜蔵は何も言わず、小春の後を追って歩き出した。二人に置いてきぼりを食らって途方に暮れた彦次は、ありがとよ、と誰にともなく言った。

それから小春は家に帰るでもなく、猫を抱えてうろうろと花街の外れをさまよっていたが、声をかける機を逃した喜蔵は黙って小春の後をついていった。暮れ六つ時になった頃、人通りのない寂しい野原に辿り着いた小春はそっと子猫を腕から下ろし、辺りに誰もいないのを確認すると奇妙な行動を始めた。幾度も幾度も子猫をまたいだのである。右へ左へまた右へ――とまたぎ続ける妖怪を訝しみ、喜蔵はとっさに隠れた木の陰から身を乗り出しかけたが、小春は至って真剣な面持ちで、子猫も大人しくまたがれている。喜蔵は思い止まり、しばらくその奇妙な儀式を見守ることにした。

猫が回復をみたのは、完全に陽が沈んだ頃のことだった。小春が猫をまたぎ始めてから四半刻の半分も経っていなかったが、喜蔵には随分と長いように感じられた。にゃあと元気のよい鳴き声が、数十歩離れた場所にいる喜蔵の耳にも風に乗って届いた時には、思わずホッと息をついてしまった。やれやれと喜蔵が歩き出した時、小春は猫の傍らにスッとしゃがみ込んで、おい――と猫に語りかけた。

「お前、彦次には祟るなよ。あいつは馬鹿だし虐めて楽しい奴だが、悪い奴じゃない……善人だ。呪ってもつまらぬぞ」

猫はしばしジッと小春を注視して、なうと相槌を打つように鳴いた。

「……化けるなよ。化けてもいいことなんてあまりないからな」

立ち上がって踵を返す小春の動作はゆったりとしたものだったが、寂しげな声に気を取られ、喜蔵はらしからぬ一寸遅れた動作をした。おかげで、ばったりと顔を合わせる羽目になり、目つきも趣味も悪い奴だと小春は歪んだ顔で喜蔵を見上げた。喜蔵としては別段声をかけなかっただけで、覗き見をしていたわけではないから、後ろ暗くはない。ないのだが――、

「……化けてもよいことないのか？」

あんまりな、と歩き出した小春は言った。喜蔵も一歩遅れて歩きだす。

「妖怪は素晴らしいのだろう？」

「素晴らしいけれどさ」

「百鬼夜行はすごいと」

「そりゃあすごいはすごいよ」

だって大妖怪の集まりだものとスタスタといつもより大分早足の小春は言う。

「何だよ、お前。いつもはまるで興味がないくせに」

「興味はない――だが一寸気になる」

めっずらしと小春は驚いた目をして後ろの喜蔵を見たが、そこにあるのは他人を馬鹿にしたようなあの目ではなく、いつもは茶化す小春の口も閉じてしまう。顔を前に引き戻し、歩く速さを緩めることなく小春は語り出した。

「……百鬼夜行というのはな、俺たちにとっちゃ晴れ舞台なんだ。そこにいるのは力のある奴だけだからな。夜行に選ばれたってことは、そいつがなかなかの妖怪だと皆に知らしめることでもある」

百鬼夜行の姿は、これまで多くの絵師たちによって描かれてきた。物事の真贋《しんがん》を見抜く絵師には感覚の鋭い者が多く、彦次のように他の人間には見えぬ者の存在を感じ取れることが多かったのだ。

「まぁ、あんなに滑稽な夜行じゃないけれど、妖怪が連なって歩いているところなんかは合っている。だが、実際はもっともっとすごい——本当にすごい。初めて見た奴は相当びっくりして、度肝を抜かれる。そんでもってものすごくうらやましくなる」

「お前は今度初めて夜行に？」

いや、と小春は首を振る。

「初めてじゃないが……初めてのようなもんだ、堂々と闊歩出来たのはな。俺はちゃんと——鬼なんだって、立派な鬼に、立派な妖怪になったんだって胸を張れて——」

だから結構嬉しかったんだと小春はほろ苦く笑った。

「それなのに化けることはよくないのか？」

小春は微かに首を振ったように見えたが、何の答えもなかった。喜蔵の前を歩く小春の後ろ姿は、細っこく頼りない人の子だ。それでも時折感じる違和感を、小春に教えてやるべきかと考えて黙っていた喜蔵に、小春は独り言のようにぽつぽつと話す。

「……俺は化けるまでにはそれ程時間はかからなかったが、その後が長かった。ただ化けただけでは妖怪とは言えぬからな。妖怪というのは、人間から恐れられ続けなけりゃならないし、同じ妖怪からも怖がられ続けなけりゃならない。一度も立ち止まっちゃいけないんだ、何があっても。でも、何かがあるのが人生だろ？　妖怪だって、立ち止まりそうになる何かくらいはあるんだ。『こんなことなら化けなきゃよかった』と思うこともあった」

妖怪も因果なもんだと小春は肩をすくめる。

「人とは違う柵《しがらみ》に縛られている。そこからはみ出たら、あちらでは生きていけぬ。人間ならばやり直すことだってできるだろうが、妖怪は違う。化けた者は長い一生を化け続けなければならないからな……その柵から抜けたら、人でいうところの『地獄』が待っている」

蝙蝠《こうもり》の飛び交う田んぼを抜けると、繁華な商町へと通じる橋が見えた。彦次を化かしに行った帰り、小春が危うく川に落ちかけたあの橋だ。

「お前は化けたことを悔いているのか？」

辺りで鳴いている、涼やかな虫の声と同じような声音で喜蔵は訊いた。

「……悔いてはいない」

けれど――と小春が何かを言い終わらぬうちに、喜蔵は言った。

「化けてよいことがなくとも――帰りたいのだろう？」

小春は立ち止まって、こくりと頷く。

「帰りたい……」

絞り出すような声音で小春は言った。本心なのだろうと喜蔵は思った。

「……そのうち迎えでも来るのではないか？」

小春の三歩後ろで立ち止まっている喜蔵の目に、闇の中でも明るい頭が、今度ははっきりと左右に揺れたのが見えた。迎えが来なければ俺が困ると皮肉を言っても、小春は言い返してこない。喜蔵は不審に思い、三歩足を進めて隣の顔を覗き込んだが、そのまま呆れて物が言えなくなってしまった。

「迎えになんて来ない……俺がいなければいいと思っているのに……」

来るはずがないと呟く小春は、駄々をこねた子どもが今にも泣き出しそうな表情をしていた。なぜそう思うのかとようやく声を出した喜蔵を、小春はキッと睨み上げる。

「今度の一件を考えてみろよ。どう考えても、俺に嫌がらせをしているとしか思えぬだろ？　髪切も、猫も……今度だけじゃない、茅野の時もさつきの時もそうだ。この橋の欄干だって……あれは腐ってなんかなかった。川の怪の悪戯かと思って黙っていたけれど、誰かに引っ張られたんだよ」

小春の視線の先には、修繕され、そこだけ色の違う欄干があった。橋と、その向こうに広がる川を見渡す小春の横顔を見て、そうなのかもしれぬ――しかし、と喜蔵は思う。

「夜行の者とは無関係かもしれぬ。他の者が、たまたま見かけたお前に一寸嫌がらせをしているだけではないのか？」

お前が慰めるなんて雹《ひょう》でも降りそうだ、と小春は空に視線を移す。

「……どっちにしろ、嫌がらせを受けていることには変わりない」

俺は変わっているからなと小春は自嘲気味に笑った。

「どうも俺は妖怪らしくないらしい。夜行でも、夜行でなくとも一人浮いている……人が混じっているとよくからかわれるんだ。人を驚かすのも誑かすのも好きだが、呪い殺そうとまでは思わぬし、ましてや喰らってやろうとは思わない……」

一寸おかしいと自分でも思うと小春は先の地面を睨む。小さな影と大きな影が重なって、何かの妖怪のように見えた。

「それがいけぬと分かっていても、どうしようもない。分かっていても、殺してやろう喰らってやろうとはどうしても考えられん」

変だろ、と小春は喜蔵に振り向いて笑った。それは、初めて見る小春の弱々しい笑みだった。平素の生意気でこまっしゃくれた態度からはとても想像出来ぬ小春の表情に、喜蔵はなぜだか少し腹が立った。

「ま、だから迎えになんて来るはずがないんだよ。これが夜行の連中の仕業じゃないとしても、捜してもいないだろうよ。体のいい厄介払いが出来たと喜んでいるかも」

急に元の様子に戻っておどけた声を出す小春に、喜蔵は常のように他人を馬鹿にした表情を浮かべ、

「――餓鬼」

と鼻で笑うと、偉そうに腰に手を当てた。一寸黙り込んで、他人が落ち込んでいるというのにどこまでも遠慮のない奴だと小春は呆れながら、尖った声を出した。喜蔵は小春の頭のてっぺんを見下ろしながら、平淡な声音で言う。

「表面しか見ずに何もかも知った気でいるが、心の中など誰にも分からぬ話だ。他人の心など読めまい。俺の腹が読めるか？」

寸の間黙って、お前は読めないと小春は悔しそうに零す。

「お前変だもん……何考えているのかさっぱり分からん」

「相手が俺でなくとも、他人の心など読めぬものだ。俺もお前の心など分からぬし、彦次や深雪の心も分からぬ。知っているか？　他人の心が読める覚でも読めぬ心はあるのだ」

覚に読めぬ心などないと小声で呟く小春の胸に、喜蔵はスッと指を差した。

「『己の心』だ。己が分からなければ、他人も分からぬ。他人が分からなければ、己も分からぬ。だがそれでいい」

訝しむ顔をした小春に、喜蔵は続ける。

「読めぬからこそ他人がいるのだ。読めるならば自分だけいればいいことになる。悪意も

善意も分からぬが、分からぬからこそ己の信じたままに生きようと思うのだろう」

喜蔵の言葉を聞いた小春は、そのまま黙って歩きだした。橋の真ん中、ちょうど小春が落ちかかった辺りに来た時、ふと喚いた。

「御高説もっともだけれど……お前に言われるとものすご〜く納得がいかん！」

失礼な餓鬼だと言い返しつつ、それも確かに道理だと喜蔵は思った。小春の目の中の青い炎を見てから、どうも調子が狂っている。誰も信じぬ人間に言われても、得心がいくはずもない。ましてや相手は――喜蔵が苦笑しかけたところに、前を行く背中が止まった。

「……お前の方こそ失礼だ」

ちらりと振り返り、

「意地の悪い人間に勇気づけられるなど、大妖怪の名折れもいいところだ――業腹だなあ」

言葉とは裏腹に、小春はひどく嬉しそうに笑った。闇に生きる者であるというのに、小春の笑みは自分よりもよほど明るく邪気のないもので、喜蔵はなぜか哀しさを覚えた。

（哀しい？）

それはなぜだと喜蔵は不思議に思い、先程の小春のように天を見上げた。天に浮かぶ半月は白く、冴え冴えとしている。それが妙に哀しかったのだ――小春もきっとそうなのだろう。喜蔵はそう思い込むことにした。

七、件の事

じわじわと真夏の気配が近づいてきている――開いた戸から外の世を眺めて喜蔵は思った。店番をしながら外をぼんやりと眺めていると、これまで気にすることもなかった周りの情景が目に入ってくる。今も、向かいの櫛屋《くしや》の店主が店の前を箒で掃いているのが目に入り、向こうも喜蔵に気がついてにっと曖昧《あいまい》な笑みを送ってきた。喜蔵も仕方なしに、曖昧な会釈を返す。喜蔵の父と幼馴染である櫛屋の店主とは、父がいなくなって以来ほとんど口も利いていなかったが、このところ少しだけ昔のように話すようになっていた。

櫛屋の店主だけではなく、裏店の綾子や、魚屋や八百屋もそうだった。これまで喜蔵を恐れて近寄りもしなかったのに、最近では向こうから喜蔵の元へやってくる。近頃トゲがなくなったと近所で噂されていることなど、鈍い喜蔵はまるで知らぬ。ぼんやりとする喜蔵の後ろから、小春はひょいと手を出した。

「使いに行ってやろう」

喜蔵が命じ、まったくもって妖怪使いが荒いと文句を言いながら、渋々外に向かうのが常である。自分から言い出すということは、何かしら魂胆があるはずだと喜蔵は後ろをジトリとにらみ、魚はいらんぞと釘を刺す。

「魚がなけりゃあ夕餉じゃない」

歌うように言う小春に、魚は決して買うなと最低限の金を渡したそばから、魚がなけりゃあ――とまた歌い出すので、喜蔵はぱんっと小春の頭を叩いてやった。

（――角がある）

喜蔵は、なぜだか今でも一々確認してしまう。

「お前はどうにも楽しくなさそうな面しているんだから、夕餉くらい楽しい方がいいぞ」

大きなお世話だと言うしかめ面を笑い、わざとらしく手を振って、小春は店を後にする。喜蔵はもちろん手を振り返したりなどしないが、何とはなしに小春を見送るような顔をするのを小春は背中でひそりと感じていた。

「気持ち悪《わり》ぃなあ……」

歩きながら、小春は往来で一人零した。出会った当初から意地が悪くて変わった人間だったが、このところいつにも増しておかしいと、小春は最近の喜蔵の変化を少し気味悪がっていた。

（妙に考え込んでいたのは俺だけれど……何であいつが勇気づける？　変な喩《たと》え話までしやがって）

喜蔵には似合わぬと吹き出したくなる反面、それ程意外でもない気もする。喜蔵は顔も口も見た目も中身も冷たく恐ろしい。しかし、本当はそうではないのだと、出会ったその日から小春は薄々勘づいていた。怪しい子どもの話を訝しみながらも最後まで聞き、何だかんだと文句を言いつつも飯を食わせ、寝床まで提供してくれた。

（普通の奴ならその前の時点で追い出すか、逃げ出している）

ひどいことを言っても、嫌な顔をしても、それがそのままの気持ちであるとは限らぬ。喜蔵に言われるまでもなく、そのくらいは小春にも分かっていた。

魚屋に着くと、小春を認めて店主はオッという顔をした。

「よう、坊。お使いかい？」

うんと頷くと、魚屋の店主はよく日に焼けた顔でにこりと笑う。

「今日は何となく来ると思っていたんだ。当たったな」

すっかり馴染みになった魚屋に、自分の正体をバラしたらどんな顔をするだろうと小春は好奇心が疼《うず》いたが、それで魚を売ってくれなくなったら困るのでやめておく。でも面白そうだとにこにこしていると、いつもえらいねぇと魚屋の店主は小春を褒めた。使いくらい誰でもするだろうにと小春は首を傾げたが、えらいよえらいと魚屋が褒めるので、そういうものなのかと頷く。

「じゃあ、おまけして。今日はあまり金持たされてないんだ」

鰹《かつお》を指差しながら、小春は言った。

「はいよ」

またにこりと笑って、店主は気前よくいつも以上の値引きに応じてくれる。そんな男を見て、笑ってばかりいるし、損をしているというのに嬉しそうだと小春は不思議に思う。物怖《ものお》じせぬ態度と、嬉しそうに魚を眺める子どもらしさを微笑ましく思っているなど小春には考えも及ばぬ。小春は金を渡し、店主が手際よく紙で包んだ鰹を受け取った。

「じゃあまた来いよ、坊」

ニカリと白い歯を見せる店主に礼を言って、小春は店から出る。八百屋へ行き、大根とねぎを買い、来た道を引き返して歩いていると、

「――えらいねぇ」

近くで声が聞こえて、小春は辺りを見回した。人の疎らな往来には、知り合いの影さえ見あたらず、小春は不審に思って立ち止まる。

「えらいねぇ」

背筋にぞくりと悪寒が走った小春は、視線を感じた先を急いで見やった。少し離れた一膳飯屋の軒下に、温和な笑みを浮かべる男がいた。男は店の者と話し込んでいて、こちらを見ていない。しかし、こちらに向けられていないはずの視線はその男の方から突き刺すように小春へ向かっていた。

「飼い主のお使いなんて、まるで犬のようじゃないか」

身体中の毛が、逆立つような声だった。男は口も開いていない。ジッと見ている小春の

目線にも気がついていない様子だ。それどころか、妖怪特有の臭気——つまり妖気が見当たらぬのだ。人間でいうなら「肌が粟立《あわだ》つような感覚」に襲われているのに、そこにはただ人間がいるだけで、妖怪の気配などまるでないのである。小春は内心驚いていたが、

「——飼い犬とはご挨拶だな。大体、あんなおっかない男が犬を飼う慈悲など持っていると思うか？　犬の方だって願い下げだろうよ」

と平静を装った。男の周りの空気がじわじわと澱み、小春の耳元に、ククと籠った笑いが響く。小春はぴりぴりと肌に痛みを感じた。

「あぁ……おかしいね」

（おかしいのはお前だろ）

小春に寒気を及ぼす程の妖気を持ちながら、その妖気が把握出来ぬ妖怪など小春は知らぬ。おまけに相手は人間なのだ。小春は心の中で必死に答えを探したが一向に見当たらず、鼓動ばかりが大きくなっていく。

「立派な化け猫だったのに」

気味が悪いがゾッとする程美しい声で、姿の見えぬ怪は言った。男は相変わらず微笑んだまま、楽しげに話している。

「……誰だよお前」

低い声音を出しながら、小春は目を吊り上げた。手の握りを繰り返して、鋭い鬼の爪《つめ》を伸ばす。小春の威嚇など気にも留めていないのか、ゆったりとした口調で、

「また飼い猫に戻って、今度は飼い犬になったのかい？」

人に飼われるのが好きなのだね、と見ず知らずの妖声は、小春の真情を知っているかのような明瞭な口ぶりで断言した。馬鹿を言うなそんなわけがあるかと言い返そうにも、小春は一つも言葉が出てこなかった。

「野良猫飼い猫化け猫に鬼――そして、お前はまた人に飼われている。今度こそ首を取るためかい？　夜行から落ちたのも、帰る場所が分からぬのも、一体誰のせいだ？」

男の腕にぎょろりと無数の目が浮きでて、黙り込んだ小春を侮蔑の目で一斉に睨んだ。

「みっともない。せっかく化けたというのに――お前、妖怪失格だ」

暗く澱んだ小春の表情とは反対に、明るい笑みを零した男は一膳飯屋と別れ、小春の横を通って立ち去った。腕にあった無数の目は跡形もなく消えている。往来の真ん中で立ち尽くす小春に、通りすがりの行商人が端に寄れと注意をしたが、何の反応も示さぬので、怪訝な顔をしてそのまま行ってしまった。小春には何も聞こえていなかった。その場にしばらく立ち尽くしたままだった。


昼八つ頃に出ていった小春が帰ってきたのは、暮れ六つの頃だった。

「遅い」

台所で暇を持てあましていた喜蔵は、帰って早々の小春の頭を叩いた。しかし、小春はむっつりと黙したまま、買ってきた魚と野菜を喜蔵に手渡すと、ふらりと裏から外に消えた。鰹を手に持って喜蔵は一人腹を立てたが、次第に違う思いが心中を巡った。

(このまま戻ってはこぬかもしれぬ)

小春の顔はいつになく厳しかった。一寸《ちょっと》だけ妖怪らしく見えた程だ。深い闇に溺れたような瞳の色が、そんな風に思わせたのだろうか。それでも喜蔵は魚を焼いて、二人分の夕餉を用意した。すっかりと習慣になってしまっているのである。いつの間にか微温《ぬる》めにしてから出すようになった味噌汁の入った鍋を居間へ持っていくと、いつ戻ったのか、右手に箸を、左手に茶碗を持った小春が待ち構えていた。喜蔵は盛大に溜息をついた。つい先程の顔は何だったのか、何も言わぬのかと気にかかることは山程あったが、この日の小春はいつもと変わらず、よく話しよく笑いよく食べよく寝た。そのくせ何とも言い難い表情も時折覗かせるので、喜蔵は腹が立って仕方がなかった。ここ最近件の悪夢を見続けているせいで、ぐっすり寝た気もしない。小春の空元気が余計に癇《かん》に障って、喜蔵はこの日もよく眠れなかった。

その翌日――。

「俺、深雪のところに行ってくる」

小春は目を爛々《らんらん》と輝かせて言った。何も深雪が恋しくてそんな顔をしているわけではない。

「行くだけならばいいが、食うなよ。そんな金はない」

金はいらーんと小春は昨夜とは打って変わって実に機嫌がよろしい様子で、食い逃げか？　と呟いた喜蔵にも腹を立てずに、にこにこと答える。

「この前手伝いに行ったろ？　そしたらあそこの女将に何だかえらく気に入られちゃって。くま坂の半休の日に、手伝いの礼に馳走《ちそう》すると言われたんだよ」

うらやましかろうと妖怪は得意そうに顎を持ち上げた。礼を受けるのは筋違いだろうという喜蔵の指摘を、小春はぴゅうと口笛を吹いてごまかした。

「一緒に行くか？　お前の分はもちろん自腹だけれど」

けけけと楽しそうに笑う子どもを手で追い払い、行くならさっさと行けそのまま帰ってくるなと喜蔵はいつもの嫌みを言って小春を追い出した。

（……一体何なのだ）

ころころと表情を変える小春に戸惑い、喜蔵は首を傾げながら店番を続けた。


「小春ちゃんはとっても幸せそうに食べるから、見ているこっちまで嬉しくなるわ」

たくさん食べてねと深雪はにこにこと笑う。小春の前に出された皿は三枚――それも大盛りである。喜蔵と共に来た時には、喜蔵の真似をして鍋を作ったが、今日は深雪が小春の鍋を見てくれている。他の席を見ると、大抵は店の者に鍋の世話をしてもらっており、

「何で喜蔵はいつも一人で鍋を作ってんだ？　怖いから近寄らねぇの？」

という小春の疑問に、割下を足していた深雪はくすくすと笑いだした。

「違うの。喜蔵さんが一人がいいって……お店に来た二度目のことだったかしら？　『一

度見れば自分で出来る』と言って、膳の上げ下げしかさせてくれなくなったのよ」

「本当に面倒臭《くせ》ェ奴だな……しかし、俺がたくさん食べたらこの店潰れちまうぜ？　金がいるなら、狸か狐を呼んでこようか？」

小春の冗談に、おかっぱ頭もなかなか似合いの可憐な深雪は目を丸くし、

「木の葉をお金に変えるの？……でも駄目よ。葉じゃすぐに枯れちゃうでしょう？」

と真顔で答えた。深雪の少々切れ長の、それでもぱっちりとした美しい目元を見るにつけ、似ていないなぁと小春は思う。

「どうしたの、小春ちゃん。あたしの顔に何かついている？」

ぺたぺたと頓着なく自分の顔を触る、顔に似合わぬ思い切りのよさがこの娘の魅力でもある。浮いた話の一つもないと嘆いていたが、実のところ深雪目当てでこの店に通ってきている男も少なくない。深雪の後ろを覗いてみると、さささと視線を背ける男が今も二人いた。どう見ても開化の御仁といった風情ではない、未だに浪人のようななりをした男や、雨も降らぬのに番傘に帽子を持ち、一寸開化を追い過ぎたきらいのある異国かぶれの男が、ちらちらとこちらを見ては深雪を気にしている。

この日に限らず何度もそうした場面は見たことがあるし、それが勘違いではない程に深雪は可愛らしかった。しかし当人は何も分かっていない様子で、

「あたしはお嫁に行くことがあるのかしら……」

と本気で心配している。そんな心配はまるで無用なのにと女将やマツは笑っていたが、

（確かに無理かもなぁ）

と小春は思っていた。深雪は少々変わったところがあるが、気立ても愛想もいい。誰にでも好かれる娘だ。だが、人をひと睨みで殺してしまえそうな凶悪な顔をした――と小春は思っている――男が、深雪の周りをうろついているのである。その死神のような男を退けられる度胸の据わった男など、深雪目当てと思われる客の中には一人もいなかった。喜蔵の顔、立ち振る舞いは、ある意味悪い虫除けには最適だ。

（あいつはもしかして、分かっていてやっているのかな？）

会えば素っ気なくあしらうくせに、喜蔵の行動は矛盾している。そう考えるとおかしくて、小春はいひひと笑いを漏らした。

小春がようやくすべて食い終わった頃、半休の店内には、小春と深雪だけしかいなくなっていた。小春に茶を差し出した深雪は、隣にしゃがみ込んで頰杖《ほおづえ》をついた。

「ん？　なに？」

ジッと小春の目を覗き込む深雪の目は存外白目が大きく、三白眼《さんぱくがん》だ。それでも、喜蔵のように目つきが悪くは見えぬから不思議だと小春は思う。

「小春ちゃんは喜蔵さんの何なのかしら」

以前綾子にもされた問いを、まさか深雪にまでされるとは思っていなかった小春は、飲んでいた茶を一寸吹き出しそうになったが、何とか耐えた。

「いや……えーとほら、親戚」

喜蔵は確か、深雪にそう言っていたと記憶を探りながら小春は言った。

「嘘よ。親戚じゃなく、弟でもないんでしょ？」

「え？　ああ、似ていないからそう思った？　あいつはおっかない面してるからなあ」

小春は平静を装って、茶をぐびりと飲む。

「あら、二人は似ているわよ」

「やめてくれ」

それだけは勘弁ならんと小春は眉間に皺を寄せた。

「でも、赤の他人なのよね。だって小春ちゃんは――妖怪なんでしょ？」

小春は不運にも、残っていた茶を一気に飲み干そうとしていたところで――盛大に吹いた。


小春がくま坂へ出かけて間もない頃、喜蔵の店に客が訪ねてきた。

「御免下さい」

道具の修理をしていた喜蔵は、聞き覚えのある声に顔を上げる。しかし、戸の前に立っているのは、見覚えのない男だった。三十手前くらいのザンギリ頭で、狐のような顔をしている。なかなか品のよい様子で、妖怪などとは無縁に思えた。古道具屋へ来た正真正銘本物の客か、と安堵《あんど》して腰を上げた喜蔵に男は言った。

「一寸お話があるのですが――お邪魔してもよろしいでしょうか」

小春が来てからというもの、妖怪がうようよと家に勝手にやってくるが、人間もこうして勝手に訪れるので、喜蔵は辟易《へきえき》していた。深雪や彦次、綾子のみならず、妖怪に関する迷いごとを抱えた見ず知らずの人間がふらりと立ち寄ってくることが、このひと月近くの間に二件もあったのだ。

妖怪も人間も、どちらも遠ざけたい存在には変わりないが、人間の場合は妖怪のように邪険に出来ぬから余計に困りものである。稀《まれ》に訪れる正真正銘の客かもしれぬのだ。喜蔵にも商売をしているという自覚くらいはあるので、妖怪にするような手荒な真似で追い払うことはできず、店の入り口を塞ぐように仁王立ちしている御仁を、仕方なく住居の方へと引き入れた。

淹れた茶を男の前に置きつつ、一寸眉をひそめた喜蔵に、

「小春の知り合いの者ですよ」

と言いながら、男は細い目を余計に細めた。

「……あ奴の知り合いということは、そちらも同じ穴の狢《むじな》か？」

見えませんでしょうと男は笑ったが、確かに妖怪にはまるで見えなかった。小春がいなければ、信じられなかっただろうと喜蔵は思う。

「用向きは？　あ奴ならば今おらぬが」

小春に用はありませんと男は言う。

「私は――人助けに参りました」

――妖怪が人助けなんてするか！

そう言ってむくれていた、小春の幼く憎たらしい顔が喜蔵の脳裏にふっと浮かんだ。

「誰を助けに？」

それは無論と男は喜蔵を指差した。

「――夜行からの使者が、あ奴を夜行に連れ戻しにきたというわけか？」

喜蔵にとって一等の助けはこれ以上食費がかさまぬこと――つまりは大飯食らいの一掃である。しかし、喜蔵の言葉に男はふるりと首を振る。

「夜行に並ぶのは邪悪な力を持つ妖怪だけです。私のような人間もどきは到底選ばれぬし、まかり間違って選ばれたところで、恐ろしゅうて入り込めません」

――小春は経立《ふったち》だ――本来生きるべき生を外れて怪になった、本物の化け物さ。

――夜行から落ちたなんて言っているが、それもどうだか分からないよ。人間を喰いに降りてきただけかもしれない。

以前、川原で弥々子に言われた言葉を喜蔵はふと思い出した。しかし、どうにもしっくりこない。喜蔵の脳裏に浮かんだ小春の姿は、化け物でも人喰い鬼でもない。人懐っこく、幼い笑顔は、邪悪さなどとは無縁である。首を捻った喜蔵に、小春はああ見えて恐ろしい化け物なのですよと男は声を潜めた。

「小春は見た目こそ弱々しいが、立派な妖怪――邪《よこしま》な心の持ち主なのです。無邪気そうに振る舞っているようですが、貴方を取り殺そうと狙っているのですよ。いえ、貴方がそれに気がつかれぬのは至極当然のこと――そう、猫を被っていますからね」

言って、男はくすりと笑った。

「失礼――貴方は実に小春によくして下さった。それで殺されては不憫だとこうしてまかり越した次第――貴方に小春を追い出す気があるのならば、私がどうにかしてここから小春を連れ出しましょう」

頂きますと男は茶を一口上品にすすった。小春とは違い、行儀がいい。湯呑みを盆に戻すと、男は懐から黒ずんだ小瓶を取り出した。小瓶の中には赤黒い液体がなみなみと入っている。喜蔵の前に小瓶を差し出しながら、妖怪用の眠り薬だと男は説明した。

「これを今宵の夕餉に混ぜて、小春に飲ませてやって下さい。半刻もしないうちに深い眠りに落ちます。そこで私が小春を拾いにくる。小春とはそれでお別れです」

「……眠り薬ではなく、死に薬なのではないのか？」

喜蔵は小瓶を手に取り、微かに揺らした。中の液体は奇妙にふわふわとしている。

「そんなことは致しませんよ。殺生は出来ぬ性質なので」

瓶の中身は、先日の子猫の尾から流れた血のような色をしていた。もしかしたら人間の血から出来ているものなのかもしれぬと喜蔵は思った。生き血をする怪であるとしたら、小春は喜蔵の手には負えぬ。

（否、元々手に負えなかったではないか）

「せっかくの申し出だが――別段必要ない」

口から勝手に滑り落ちた言葉に、喜蔵は己で驚いた。妖怪の仕業かと、きょろきょろと周囲を見渡してしまった程である。逆のことを言うつもりだったのだ。邪魔だ邪魔だと思っていた。家計を圧迫するだけで、喜蔵だけではなく他人にまで迷惑をかけている、とんだ疫病神だと――。それなのに、

「どうせあれはそのうち出ていくだろうから、無理やり連れていかずともよい」

などと勝手に話し出し、小瓶も男の前に戻してしまっている自分を喜蔵は不安に思った。男は哀れむような目で喜蔵を眺め、諭すように優しく言う。

「早く遠ざけた方が貴方のためですよ。あれがそばにいれば、貴方がたを狙ってまた変事が起きるやもしれません。小春自身に取って喰われることもあるやも――」

「……あれがそれ程力を持っているとも、俺を取って喰おうとするとも思えぬが」

「喜蔵どの。そうやって見かけに騙されている時点で貴方はもう、小春の張った罠《わな》に囚われているのですよ。よく考えてもごらんなさい」

男は少々先の尖った耳に、解《ほつ》れてきた髪をかけながら力説した。

「百鬼夜行に並べる程の妖怪が、列からはみだして迷子になり、人間の世話になどなりますか？　何か裏があるか、はたまた言自体が嘘であったか、そのどちらかだ」

貴方もそう考えたことがあるでしょう？　と男は言った。それは事実だった。謀られているのではないか――喜蔵は何度もそう思ったことがある。目が光っても、角が生えても、無邪気に笑いかけられても、心の奥底ではどこか疑う気持ちも残っていた。

それでも、

（……きっと、嘘ではない）

喜蔵が心の中で思った時、目の前の男は顔色を変えた。能面のような硬い表情で見られ、喜蔵は思わず視線を逸らしてしまう。

「……貴方はどうやら、あれをすっかり信用しきっているようだ。ご忠告させて頂くが、信用なされぬ方がいい。いくら見た目が可愛らしいといえど」

あれはれっきとした妖怪です――男はすごみを利かせた。

「妖怪は信じるな、と」

そういうことかとちらりと顔を上げて喜蔵は問うた。そうです小春は――と言いかけた男は、

「ではお前の言うことも信じられぬということだな」

喜蔵の言にハッとした顔をして――しかめた。

「私は違う。長年人間に交じって生きてきた身です。人を取り殺すような気性ではないし、力があっても妖怪の中では下っ端の下っ端――恥ずかしながら人間とさほど変わりがない程です。だからこうして人間に紛れていても露顕せず、むしろ馴染んでいるとも言える」

間が空いて、それは真か？　と喜蔵は平淡な声で問うた。男は訝しむ顔をする。

「どこからどう見ても人間にしか見えぬでしょう？」

それはそうだと喜蔵も頷く。名のある店の番頭のような身なりのよさであるし、理知的

な雰囲気も漂っている。喜蔵が見てきた妖怪の中では一等人間らしく、ものの道理も分かっている様子で、耳が少々尖っている以外は、特段変わった様子もない。どこからどう見ても確かに人間だ。それなのに——喜蔵は首を捻る。

(人とは違う)

喜蔵を見て、男はひやりとするような冷笑を浮かべた。

「……私のことが信用出来ぬ御様子だが、小春はどうなのです？　それ程あの小童を信用なさっているのですか？」

信用などしていない——喜蔵がそう答える前に、男は頷く。

「そうだ、貴方は誰も信用していない。誰も信じぬと誓ったのですものね？　だが、貴方の口ぶりでは、どうもそうとは思えぬ。小春を——あの化け猫を信じきっているように思えてしまいます」

「化け猫？」

小春は、自分は鬼だと名乗った。百鬼夜行に欠かせぬ鬼だと、そう言っていた。それは半分真で半分は嘘なのですよ、と男は首を左右に振る。

(半分真で半分嘘……)

小春も先日使っていた言い回しだ。

「……事実というものは、真だけで出来ているものではない。その中には多分に嘘も混ざっている。真だけで事実が出来たら素晴らしいが、それだけではとても成り立つまい」

嘘も必要なのだと喜蔵は口にした。

「けれど、貴方はその嘘が許せぬのでしょう？」

男は哀しげに言ったが、目の奥が笑っている。喜蔵は薄ら寒くなった。

「嘘をつかれ、裏切られたことを忘れられずにいる。お母上も、お父上も、御親戚も、口では貴方を大事だと嘘をついて捨てたのですから。彦次さんもそうでしょう？　あの方も騙されていたとはいえ、その浅慮さ故に貴方を裏切ることになった」

男の言葉に、これまで起きた様々な出来事が喜蔵の心の中に蘇る――。

まだ四つという幼さで母に捨てられ、十の時に放蕩《ほうとう》癖のあった父についに逃げられた。十四の秋には唯一の肉親である祖父を失って、喜蔵はこの店を継いだ。祖父の遺した古道具屋をたった一人でやっていこうと決意したのは、親戚から店を守るためである。祖父の生前から金の無心ばかりして、葬式の時には顔も見せなかったどうしようもない連中だった。

「子ども一人じゃ生きていけないよ、店を売り払ってこっちにくればいい」

父の姉の子である女はそう言って何度も喜蔵の元に来たが、喜蔵は決して頷かなかった。しかし、血の繋がりに縁薄い喜蔵は、女のことをキッパリと切り捨てることも出来ずにいた。「鬼のようだ」と鬼から恐れられる喜蔵も、まだまだ子どもだったのだ。その子どもの甘さで痛い目を見た。女は結局、金のことにしか関心がなかったのである。女に利用された彦次は何の事情も知らぬが、だからと言って寛容に許してやれなかった。

親にも従姉《いとこ》にも幼馴染にまでも裏切られた――と思い込み、段々と人間不信に陥っていった喜蔵は、もう誰も信用などしまいと深く誓っていた。少しでも心を許したことが不味かったのだ。これからは誰にも心を許さぬ――そうすれば、心を砕かれることもない。思い出したくもない過去を振り返らされて喜蔵は内心ひどく怒っていたが、表情は変わらなかった。それなのに、私を恨むのは筋違いですよと男は笑う。

「お前は――心が読めるのか？」

男はぐいっと着物の前を開くと、うっすらと紫に染まった痣《あざ》を喜蔵に見せた。

「この痣は、貴方に見せた二度目の夢で貴方に殴られたもの……私には心は読めぬし、覚でもない。私が読めるのは未来だけ――未来を読むために、過去や心はただ見えるだけなのです」

――貴方の未来を教えて差し上げよう。

――未来を知るのが怖いのですね？

「あの夢――お前か」

聞き覚えのある声は夢の中の声だった。このところ、喜蔵を悩ませ続けている闇の中の声だ。

「未来を見ることが私――件《くだん》の身上故、夢の中で貴方に問いかけさせて頂きました」

襟元を正すと、男はにやりと笑って、ぐにゃりと崩れた。一度瞬きした間に、男はすっかり様変わりしていた。男――とはもう呼べぬ。人間に見えていたのが嘘であるような、牛の化け物の姿であった。肢体は牛で、顔は人間のそれに似せてあるが、目も口も鼻も牛のものだった。笑っても、まるで表情というものがない。薄っぺらい人間の仮面をつけた牛、妖怪というよりも奇妙な獣という風だった。

「……未来を読むと言ったが、俺は結構だ」

震えた両手をグッと握り締めながら、喜蔵は言った。

「なぜです？　怖いのですか？」

くくくっと笑う様が不気味だ。そのくせ不気味さ以外の何かを感じさせる表情でもある。

「未来のことになど興味はない。知ったところで何にもなるまい」

どうでもよいことなのだ。件の表情も、自分の未来も、小春の過去も素性も真意も――どれもこれも喜蔵にとってはどうでもよいことだった。件は四角張った小さい眼《め》で喜蔵を見る。その眼で何もかも見透かしているのだろうと喜蔵は思った。どうせすべてを知られているのならばと自棄《やけ》になったのか、喜蔵は思わず本音を漏らした。

「……俺に未来があるとは、考えたこともない」

未来を考えたことも、楽しみにしたこともない。ただ生きているだけなのだ。誰にも迷惑をかけず誰にも頼らず――誰も信じず生きる。それが今で、そして自分に未来があるというなら今と同じようなものだろう。何年もそう思って生きてきたのに、

（おかしなものだ）

言っていて何か変だと喜蔵は思った。件は喜蔵を見たまま、無感情に言った。

「寂しい人間だ、貴方は」

——寂しい奴だな。

小春に言われた時にはまるで分からなかったが、今ならば少しだけその本当の意味も分かる気がして、喜蔵はふるりと首を振った。

(——何を考えている)

そういう心は己にはもうとっくにないのだと喜蔵は思っていた。そう思い込んでいればどこまでも一人で生きていける気がした。

「……私の知らぬ未来などない。それもまた侘しいものだ」

件はどこか寂しげに呟いた。

「未来を読まぬことは出来ぬのか?」

それは私に私をやめろと言っているようなものですと、件は牛の口を歪める。

「私の力は未来を読むこと……妖怪にとってはどうでもよいことなのです。ただ見えるだけで自ら変える力もない。まるで役に立たぬと、馬鹿にされるだけの力だ。妖怪の世では力が全て——どうやって扱えばいいか己ですら分からぬ力など、力ではない」

だが人間は違う、と件はパッと顔を上げた。

「私の力を認め、私の力こそ必要だとすがりついてくる」

そうだろうなと喜蔵は頷く。人間は欲張りで、臆病だ。知ることの出来ぬ未来を知り、回避出来ぬ悲劇から無理やり逃れようとする——妖怪も驚く程に、強欲な生き物なのである。

「私は何度か人間の手助けをしてやりました……この姿ではなく、偽りの人間の姿で。初めのうちは宝を見るような目をするが、よくない未来を告げると、途端に侮蔑や嫌悪の目を向けてくる。元の姿に戻った時など……」

言葉を継がぬ件に、喜蔵はまた首を振る。

「人は勝手な生き物だ……お前はそれが哀しいのだな？」

喜蔵が何とはなしに口にした言葉に、件は驚いたように目を見張り、そのまま俯く。湯呑みを口だけで摑み、件はそれを飲み干そうとしたが、牛の口では上手く飲めないらしく、半分以上は口に入らず下に垂れた。やはりこちらがいいと呟いた件は、来た時と同じ姿に戻って、懐から出した手拭で辺りをとんとんと拭《ふ》いた。

「本当に小春はよろしいのですね？」

件はもう一度、小瓶を喜蔵の前に差し出した。

「これは毒などではありませんよ。ただ眠るだけのもの」

それは嘘だろうと喜蔵は片頰を吊り上げた。

「妖怪は信用出来ぬからな」

「……では、私はお暇《いとま》します」

小瓶を懐にしまい込んだ件は腰を上げ、表の方へと歩き出した。喜蔵もそれに倣って店に出ていくと、件は戸の前で来た時とは反対向きにピタリと止まった。

「無作法なことに、手ぶらで参ってしまいました。おまけに茶まで零してしまい……何か買わせて頂きましょう」

「……余計な気を遣わずともよい」

本当に人間より人間らしいと喜蔵が呆れて感心していると、

「そう思って下さるならば、なぜ――私が人間と馴染んで暮らしていないと思われた？」

件はまたしても覚のように喜蔵の心を読んだ問いかけをしてくる。何とはなしにそう思っただけだと喜蔵は素直に答えた。

「何とはなしに――そういう機微がいつまで経っても分からぬのです……恐らくそれは、人間だから分かるものなのでしょう。だからこうして露顕してしまうのかもしれない」

下を向いていた件は喜蔵に振り返り、

「妖怪は嘘ばかり申します。私も貴方にいくつか嘘を申し上げた。しかし、嘘ではない真もその中には混ざっている――ああ、そうだ」

首にお気をつけなさい、と品のよい笑みをした。

「情の通い合った人間の首を取るのが化け猫の理《ことわり》――これは真ですよ」

惑わすつもりか？　と喜蔵は顔をしかめる。

「貴方が疑心暗鬼になって、今以上に独りきりになったら面白いかとは思いますが」

ジッと喜蔵を見つめ、

「――貴方の未来を少しだけ教えて差し上げよう」

面白くない、つまらぬものだと件は言った。夢の中で散々興味がないと言っていた喜蔵は、件の答えが想像していた通りであるのに、少しだけ肩が落ちた気分になり、

(やはり、人間など勝手なものだ)

と自嘲の笑みを零した。そんな喜蔵をちらりとだけ見やった件は前へ向き直り、古い戸に手をかけて呟いた。

「妖怪から見たら、まるで面白くない未来でした」

残念です──件は雑踏にふわりと消えた。


件が帰ってからも一応店は開けてはいたが、喜蔵はまるで働く気がしなかった。早々と店を閉めて居間に引っ込むと、夕餉の仕度もせず、ただぼうっとしながら寝転がっていた。祖父のこと、彦次のこと、深雪のこと、小春のこと──どうでもよいと件には言ったものの、心の中はざわついていた。怒るでも哀しむでも喜ぶでもないくせに、胸の中に嵐が吹き荒れているような心地がして落ち着かぬのだ。この心情の正体を、喜蔵は知らぬ。小春の正体も喜蔵は知らぬ。

(……どうでもよい)

件の言うことが嘘でも本当でも、彦次がどうなろうとも、深雪と二度と会えなくても、

(どうでもよい……どうでもよいことだ)

何度も何度も言い聞かせるように言っているうちに、喜蔵は段々とそう思えてきた気が

した。これなら大丈夫だと起き上がろうとした時、

「ああ腹が減った」

ただいまの代わりに言う台詞をいつものようにのん気な声で言って、小春が帰ってきた。件が去って、一刻半程経った頃だ。

「何かお前疲れてねぇか？」

草履を脱ぎ捨てて畳へ上がった小春は、寝転んだ喜蔵の顔を覗き込んで目聡《めざと》く指摘する。お前のせいだと言ってやりたかったがぐっと堪え、喜蔵は何でもないふりをした。そうしたふりならば得意なもので、すぐに顔色を戻し、さっさと米を研いでこいと妖怪を顎で使う。いつもなら妖怪使いが荒いよなあと文句を言いながらも素直に従う小春だったが、この日はなぜかそうではなかった。早くしろと怖い顔で脅す喜蔵に、話があると小春は真面目な顔をして喜蔵の傍らにちょこんと座り込んだ。

「……今日は厄日か」

嘆息交じりに呟く喜蔵に、小春は目をきょとんとさせ、何かあったのか？　と問うた。お前が来てから何かない日などないと言いながら、喜蔵は半身を起こして片膝を立てる。

「まあ、そう言うな。それももう、今宵で終わる」

何を言っているのだと喜蔵が問い返す前に、小春は勝手に話を始めた。

「……人間の指は五本あるよな」

当たり前だと喜蔵は怪訝な顔をする。この五本のうち、と小春は左手を見せながら、

「そのうち三つは悪いもので出来ている。瞋恚《しんい》と貪婪《どんらん》と愚痴《ぐち》だ」

人間というのは存外悪い生き物なんだと指を三本折る。残り二つは何だと訊く前に、それは知恵と慈悲だと小春は答えた。

「悪い人間だからさ、この残りの二つが肝要なんだ」

因みに妖怪は大抵前の三つしかないんだがなと小春が笑うので、喜蔵はこれまでに会った妖怪を思い返してみた。すると確かに、腕があり手がある妖怪のうち、指が五本あった妖怪はいなかったような気もする。件も人間の姿でない時には三本指だった。弥々子の指は四本だ。小春の手を見ると人間と何ら変わらぬ手で、ちゃんと五本の指がある。だから小春には残りの二つがあるのかと考え、それでは何か小春を擁護するようで嫌だったので、たまたま五本指なのだと喜蔵は考えを変えた。

(以前一度だけ本性を現した時には、どうだったか――)

慈悲は人間にとって必要なものだろう？　と訊いてくる小春の声で喜蔵は我に返る。

「なければないでやっていける」

やってこれたと喜蔵は思う。

「慈悲がなければ人は悪くなるぞ」

「一人で生きていくためには、お人好しではやっていけぬ」

喜蔵は膝に顎を乗せ、小春を馬鹿にした笑いを浮かべたが、内心ではなぜこんなことを言い出すのだろうと、訝しむより苛々としていた。件の言うように小春の真の姿は邪悪で、散々信用させ油断させた今になって、いよいよ誑かそう、罠にかけようとしているのだろうか？　それを疑ってしまえる程、小春の話は唐突だった。しかし、小春の顔はいつもと変わらず、どうも誑かすとか騙すとかいった様子ではない。疑ってかかっているのに、なぜそうは見えぬのだろうと喜蔵は余計に腹立たしくなってそっぽを向いた。

「独りで生きていかねばならぬのか？」

当たり前だと眉間をしかめる喜蔵に、小春は畳みかけるように問うた。

「お袋さんも親父さんも祖父さんもいなくなったから？　生きていて、お前のことを心配する奴らがいるのに、独りでしか生きられぬのか？　これ以上裏切られるのが怖いから？」

「――何が言いたいのか知らぬが、ともかく飯の仕度だ」

もう話はやめだと小春に背を向け、喜蔵は流しの方へと歩き出した。水甕から柄杓《ひしゃく》で鍋に水を汲《く》んでいると、薄闇の中で小春が喜蔵の背後に立った。

「ぼうっとしているなら手伝え居候」

言った喜蔵に、無理しているんだろうと小春は呟く。

「何――」

「本当のお前は、今のお前ではないいんじゃないのか？」

お前はもっと人が好いだろうと小春は言った。喜蔵は一寸黙って、

「他人に夢を見るのも大概にしろ。でないと痛い目に遭うぞ」

柄杓を手にしたまま腰を曲げて、さも愉快そうに笑ったが、

「痛い目ね……お前は、それに遭っちゃった口だものな？」

小春の言葉で、喜蔵は笑顔のまま止まった。

「他人を信用して、痛い目見た。だからお前は誰も信用出来ないんだ。今まで散々痛い目に遭って、裏切られ続けて見失っちまったのだろう？　絆《きずな》とか信頼とか愛情とか友とか……俺にはさっぱり分からぬが、そういうもの」

「そんなものを信じて何になる」

喜蔵の声はいつも通り。声音だけは温かく、言葉に温度はない。

「何の肥やしにもならず、荷物になるだけならば、持たぬ方が得策だ」

でもさ、と小春は言った。かまどの横の小棚から箸を取って、何かを掴むようにかちかちと合わせた。最初に比べ、随分と上手くなった。小春も喜蔵もその箸の動きを目で捉える。

「支えにはなるだろ」

「そんなもの」

いらぬと言おうとして喜蔵は口をつぐんだ。小春の目がひどく哀しそうだった。その目は何度か見たことがある、己に向けられたことのある目だ。

――寂しい奴だな。

――寂しい人間だ。

——お前が哀れで堪らぬ。

——お前を残して逝くのが怖いのだ……可哀相にな。

——あんたは本当に、可哀相な子よ。

相手の目に浮かぶ哀しい色は、自分を哀れむ同情の色だ。喜蔵は下を向いて、妖怪のくせに人間の俺を哀れむのか、とギリリと歯嚙みした。

「哀れんで欲しい？」

悪戯めいたいつもの小春の調子に、喜蔵もいつものように、フンッと鼻を鳴らす。

「そんなことをしてみろ。二度とこの家の敷居は跨《また》がせぬ」

「飯を食えぬのは辛いな」

ううんと眉間に皺を寄せ、本当に辛そうな顔をする小春は、箸を持ったまま腕組みをした。喜蔵の四、五倍は軽く食うのだ。飯のことを言われるのが一等応えるはずである。

「迷子の妖怪を養ってくれる奇特な人間など、俺の他にはおらぬぞ」

癪に障るがそれは認めていると素直に頷く小春に、喜蔵は眉を持ち上げる。

「本当に……ここ以外に落ちていたら、誰も拾ってなどくれなかっただろうよ」

腕組みを解いた小春は、箸を戻した手でぺろりと顔を撫でた。

「お節介は百も承知だがな——誰も信じず、誰にも頼らず生きていくなど無理だ。人間でも妖怪でもさ、たった独りで生きていくことなど出来やしない」

小春は喜蔵の深い闇のような目をひたりと見つめて言った。

「お前は性根が捻《ね》じ曲がっているし、意地も悪いし口も悪い。目つきもそこらの鬼よりよほど鋭いけれど、料理の腕だけはいい。うまい料理を作って、それを見ず知らずの妖怪に差し出してくれる優しさのある喜蔵が、誰にも心を開かず――たった一人の肉親とさえ情を通い合わすことが出来ず、この先ずっと独りぼっちだなんて、何だかおかしいじゃないか」

喜蔵は一瞬だけハッとした顔をして、すぐに凶悪な顔をした。

「黙れ。お前に何が分かる」

「分からないから言うんだよ。あんなに可愛い娘にあんなに哀しそうな顔をさせて、お前はなぜ何も言わない？　そんなに怖いのか？」

「――黙れ」

喜蔵は静かに声を荒らげた。本当に久方ぶりに、頭に血が上る音を聞いた喜蔵は、血が頭のてっぺんまで到達すると、全て噴き出してしまったかのように、真っ白になった。怒りも憎しみも哀しみも消え、喜蔵は何の言葉も発せず、黙り込んだ。長い長い沈黙が続いた。喜蔵の様子を傍らでジッと見ていた小春は、ぽつりと呟く。

「……やっぱり無理か」

「何、が――」

言いかけた喜蔵は、グッと首に鋭い圧迫感を感じて一瞬息を止めた。動かせぬ顔の代わりに視線だけ下に落とすと、太刀を細くしたような、なだらかに弧を描いたものが、喜蔵の首を覆い隠すようにじりじりと絞めつけていた。鋼のように硬く、ハッと息を飲むほど鋭いそれは、小春の小さな指先から伸びた爪だった。唖然《あぜん》とする喜蔵の顔を覗き込んで、小春はケタケタと笑い出した。

「お前……何て顔してんだ？　もしや俺の言葉が心に染み渡っちゃってた？」

冗談に決まっているのに、と小春は涙を浮かべて笑っている。

「さっきのは、お前の首を取るための方便だよ。なぁ、お前のその顔は何だ？　裏切られたとでも思っているのか？」

図々しい奴だ、と喜蔵の顔色を見て吐き捨てるように言った小春は、もう片方の手の爪の先端を喜蔵の眼前すれすれの、睫が触れるくらいの距離にかざした。

「お前、何だかんだ言ってちょろいよな……俺が弱ったフリしたらコロッと騙された。深雪も彦次も八百屋の娘も、どうせならもっと痛めつけてやりゃあよかった……彦次は髪でなく、腕の一本くらい切ってやれば面白かったかもな」

髪切も件も全く意気地がない、と小春は唇を尖らせた。

「特に件は駄目だ。お前を脅すよう重々言い含めておいたのに、何もしないで帰りやがる。だから少々とっちめてやった」

牛の血は不味いな、と言いながら、小春はペッと赤色の混じった唾《つば》を地に吐いた。戸惑うような視線を受けて、小春はニッと笑う。喜蔵の目でさえ可愛らしく映る小春の八重歯が、真っ赤な血で染まっていた。幼い笑顔と陰惨な血が不釣り合い過ぎて、喜蔵はごくりと喉を鳴らしてしまう。

「……これまでのことはお前の仕業だと？」

「お前だって少しは俺のことを疑っていただろ？　もっと疑ってりゃあ、こんな目には遭わなかったのにな。首を取るために夜行から降りてきて、お前みたいな単純な奴に出会えてツイていたよ。こんなに簡単にことが運ぶとは思わなかった」

喜蔵の首元にかけられた鎌のような鋭い爪は、ぷつりと肌が切れるか切れぬかの瀬戸際でぴたりと止まっている——少しでも動こうものならば、首に穴が開いてしまう。虚《うつ》ろな目で首元を眺めていた小春は、喜蔵の顔に視線を戻した。

「これからどうすると思う？」

「首を取る——のだろうな」

喜蔵がようやく絞り出した声が思ったよりしっかりしたものだったせいか、小春は一寸だけ驚いた目をしたが、すぐに冷たい目に戻って、ゆっくりと親指と人差し指の距離を縮めた。ギリリ——と皮膚の切れる音がして、

（やはりこんなものだ……）

喜蔵は自嘲の笑みを漏らした。

「——や～めた」

喜蔵の首からすうっと手を引くと、小春はつまらなそうに伸びをした。

「情の通い合っていない人間の首を取るなんて、ただの無駄骨だもの。まったく損した」

妖怪と人間の間に情など通い合うものかと小さく呟いた喜蔵に、小春は笑って勢いよく手払いをした。

「お前は相手が人間だって、情など通い合わせられぬ可哀相な奴だよ」

裏戸の横の壁に思い切り叩きつけられた喜蔵は、小さく呻いてズルズルとその場に座り込んだ。その時になってやっと、柄杓が手に握られたままだったことに気がつく。面白そうに喜蔵を見下ろしている小春は、髪切虫に対峙した時程ではないが、いつもの鳶色の目がほんのりと赤みを帯びていた。角と牙《きば》は出ていない。長くなった指と爪は――。

(……馬鹿め)

打ちつけた右肩を押さえながら、低い声音で喜蔵は言った。

「――放逐決定だな。もう二度と敷居は跨がせぬ」

小春は喜色満面の妖怪らしい顔で、ニヤリと笑う。

「じゃあな、独りぼっちの喜蔵さん」

壁に寄りかかって座り込んだままの喜蔵の横をスラリと通って、小春は裏戸から闇の模様の一部へと混ざり込んだ。目印のようなおめでたい頭を目で追う前に、バタンと戸が閉まり、闇も小春も一瞬のうちに見えなくなった。ちくちくとする首をなぞると、うっすらと長い五本の傷が盛り上がっていた。首の周りを一周する、少しの血も流れぬ程の浅い傷だった。

「……馬鹿正直でお節介で甘っちょろい――大馬鹿者だ」

残された喜蔵は、呻くように独りごちた。

八、迷子のこころ

化け猫と猫股――それは、似て非なるものである。簡単にいえば、化け猫より上位の妖怪が猫股だ。元々、猫というのは特異な霊性を帯びた生き物で、他の生き物に比べて経立《ふったち》になりやすい。経立というのは、生き物が本来の寿命を越えて長生きをして、本来の生を超越した存在になることをいう。二本足で歩いたり、人語を話したり、歌ったり、踊ったり……まるで人間のするようなことをやりだしたら、その生き物は経立だと疑った方がよい。二十年以上生きている猫の多くは経立であり、化け猫だ。

経立になった猫は、そのまま一生を終える者と、猫股を目指す者がいる。前者がほとんどで、後者は一割にも満たぬ。猫股になれば更に寿命が延びるし、大きな力を得るのだが、猫股になるには厳しい修行とある条件が必要だった。

――一人前の猫股になるためには、情の通い合った人間の首がいる。

猫の経立が猫股になるためには、飼い主の首を喰わなければならぬのだ。人間に対する情を捨てて心を鬼にしなければ、どんなに力があろうと猫股にはなれぬ。経立は妖怪に毛が生えたようなものだが、猫股は正真正銘の妖怪だ。人間を喰らって猫股になったからには、もはや人間と同じ世には生きられぬし、経立や、尋常な猫とも一線を画す存在になる。

猫股となり、猫の群れから離れた者たちは、猫股の長者の元に仕える。猫股の長者は、猫股の中でも一等力が強く、恐ろしく冷淡だ。残忍の限りを尽くしているにも関わらず、自責の念などこれっぽっちも持っていない。すべての猫を統べ、猫股たちからも畏怖される猫股の長者は、唯一無二の存在なのである。その長者から命じられれば、誰であろうと頷くしかない。「三毛の龍《りゅう》」と一目置かれる存在である龍も、その例外ではなかった。

猫股の長者の元から故郷に帰ってきた龍は、方々を歩き回って、すぐにころりと騙されて首を差し出してくれそうな人間を探した。しかし、それ程都合のよい相手が見つかるわけもない。おまけに、長らく人間と触れ合っていないせいで、龍は人間に対して不信を抱いていたのだ。飼われてやってもよい、と思えるような人間さえ現れず、数週間を費やしてしまった。こんなことではいつまで経っても猫股にはなれぬ、とようやく下手《へた》なこだわりを捨てた龍は、人通りの多い商家の屋根の上から目をつむって飛び降りた。

（ぶつかった人間に飼われてやろう）

龍は上手いこと人間の肩の上に落下し、目を開けて肩を拝借した相手を眺めた。肌触りのよくない渋茶の着物の主は、脇差を差しているくせに、背は丸まって、しょぼくれた顔をしている。おかしなことに、猫が肩に乗ってきたというのに何の反応も示さず虚ろな目をしていた。打ちどころが悪かったかと龍は心配したが、ふらふらとおぼつかぬ足取りで歩き出したため、肩の上に乗ったまま様子を見ることにした。男が向かった先は、男の住処の貧乏長屋だった。男は家に着くなり、土間に置いてあった縄を手に持ち、輪を作った。不穏な空気を察して、龍は不安になる。

（……まさか）

男は縄を鴨居《かもい》に括り、その強度を確かめると、持ってきた火鉢の上に立って、輪に首をかけようとした。龍は慌てて縄に食いついて、鋭い歯でそれをちぎった。地に投げ出された男は、今度はふらりと外へ出ていって、人気《ひとけ》のない林へと向かった。そこでも男は首を括ろうとした。龍はまた縄を食いちぎった。それから男は薬草畑に行き、毒草を摘もうとしたので、龍はその上に小便をかけて阻止した。やっと家に帰っても、次の日には川へ行って水に顔を浸《つ》けたまま動かぬ。龍は川の怪のひょうすべに力を借りて、男の周りから水を引かせた。男はあらゆる手を使い、何度も死のうと試みた。目を離すと死にそうになるので、龍はほとんど眠らずそばにいて、男を救った。

それが数日続いたある日、龍は精根尽き果てて、男の傍らにへたり込んでしまった。その時初めて龍に気がついたような顔をして、男は言った。

「お前……私を助けてくれたのか？」

首のために、と思ってやっていたはずが、龍は途中から何のためにやっているのか分からなくなっていた。龍をジッと見つめると、男は思案していた答えを見出《みいだ》したように一人頷いた。

＊

欠伸《あくび》をしながら起きた小春は、身震いをした。俺の布団を取ったなこの性悪と言いかけて、ハタと気がつく。小春は昨夜、ひと月近く居候した喜蔵の元から放逐されたのだ。行く当てのない小春は、寝床によさそうな藁《わら》を拾いながら町の外れをさまよい、木組みだけ残ったあばら家を見つけると、藁を敷いてそこを寝床とした。数刻寝ただけで昨夜のことをうっかり忘れかけていた自分に、小春は一人苦笑いを零す。共にいた期間はひと月にも満たなかったが、その間に起こった様々なことを思い返すと、相手が死んだわけでもないのにほろりとしたような気がして、小春は慌てて自分の頰を叩く。

（……何がほろりだ、しっかりしろ大妖怪！　妖怪の中の妖怪‼）

そう叱咤してみてもただ頰が痛くなるだけで、まるで意味のないことだと哀しくなる。何より哀しいのは、ぐうううう……とけたたましい、腹の虫の鳴く音だ。感傷に浸っている時ですら鳴きやまぬのだから、何とも図々しい虫である。腹減ったと言っても、嫌気満々で作ってくれる悪人面の男はもういない。昨夜打った己の芝居を一寸《ちよつと》後悔しかけたが、あの時件に言われた台詞を思い出して、小春は首を振った。

「喜蔵どのや他の人間を巻き込むことが本意でないのなら、私の言った通りにしなさい」

くま坂からの帰り、長屋の裏口に立っていたのは件だった。件からこれまでの経緯を一

通り聞いた小春は、「なぜ喜蔵を助けるような真似をする？」と問うた。すると、件はしばし黙り込んで、

「覚も私自身も分からなかった私の心を、あの人は言い当てたから……」

ほんの気紛れだと微笑んだのだ。寂しげな笑みは喜蔵とどこかしら似ていた。件もそう感じたから、喜蔵を助けてやろうと思ったのだろう。そして、小春は件の指示に従って、件の腕を嚙んで八重歯を血で濡らし、喜蔵の首を取る芝居を打った。言い成りになったのは、件の寂しげな様子に同情を寄せたからではない。小春も同じことを思っていたからだ。敵の狙いは自分である。それに他人を巻き込むのは、確かに小春の本意ではなかった。わざわざ芝居を打ったのは、喜蔵の性格を考えてのことである。喜蔵は真を言うだけでは受け入れぬし、嘘をついたところでそれも信じぬ男だ。ああでもしなければ、小春を追い出したりしなかっただろう。

表情の読み難い喜蔵だが、傷ついたような表情をしていた。いつものように裏切られたと思ったのだろうか。少しくらいは寂しいなどと思っているのだろうか。喜蔵が頭を抱えて悩んでいる様を想像して、それだけは絶対に有り得ぬことだと小春は笑ってしまった。

（俺がいなくなったら、元に戻るだけだもの。きっとせいせいしているのだろう）

一寸癪に障った小春は、膝を抱え、そこに小さな頭を埋めた。

一方の喜蔵は――。

小春が来る以前のように、一人きりで黙々と朝飯を食べていた。

（一人の朝飯はよいものだ。味噌汁も熱くなければ締まらない）

仕度も片づけも、倍に手間と時間がかかって面倒だった。小春はあの小さな身体で喜蔵の何倍も食べたから、たったひと月程のことだったというのに、家計は火の車だった。声をかけても叩いても、容易に起きぬ小春は、いつも腹の虫の鳴く合図で起きてきた。ちょうど今頃、常と同じように腹を空かせて目を覚ましたに違いない。喜蔵はたくあんを齧りながらふつりと思った。

（しかし、案外気の合う仲間を見つけ、飯を馳走になっているかもしれぬ。ひょんなことから夜行に戻れたかもしれぬ……）

それともやはり、ぐうぐうと遠慮のない虫が鳴き喚いているのだろうかと考えたところで、

（――どうでもよいことだ）

喜蔵は首を振って、飯をかき込んだ。もう関わりのないことなのだから、嫌な思い出の頁を捲《めく》るような真似はよそうと心に決めたそばから、

「小春はどこへ行ったんだい？」

勝手に他人の家の中に入り込んで居座っている姿の見えぬ妖怪が、ぽつりと喜蔵に訊いてきたので、喜蔵は味噌汁の椀《わん》から口を離した。陽と人を厭《いと》う妖怪は、小春がいなければ喜蔵の前には姿を見せぬ。見えずとも、声が哀しい色を帯びていることくらいは分かるの

で、喜蔵はほんの気紛れに返事をしてやった。

「昨晩勝手に出ていった。後は知らぬ」

絶句する声とは別に、

「あんなに懐いていたのになあ」

と今度は床下から野太い声が聞こえてくる。

「懐いていた？　ただ飯が食えるから居候していただけであろう」

「妖怪と人間が一緒にいる理由が、ただ飯が食えるからというだけのわけがない」

では何だというのか――喜蔵はジッと下を眺めた。茶碗を持つ手と、少々色焼けした畳、自分の節くれ立った足しか見えぬ。教えんぞと野太い声が鼻を鳴らして床が揺れた。

「そのくらい自分で考えるのだな」

そう口を挟んだのは、いつでも姿の見える硯の精だ。硯に細い手足が四本生えていて、人間のように二本足で歩く。いつもはとことこと静かに歩くくせに、今日はどかどかと乱雑な足の運びをして喜蔵のそばまでやってきた。穏やかな気性の怪だが、喜蔵とはいつも言い合ってばかりいた。小春が哀れだという硯の精の台詞に、喜蔵は嘲るように吹き出す。

「同族にはお優しいのだな」

「……妖怪であろうとなかろうと関わりない」

小春が好きだから哀れに思うのだと硯の精は黒ずんだ顔をしかめた。

「そうそう、アタシたち皆小春が好きなのさ」

小春に突っかかってばかりいた撞木《しゅもく》という女の怪がそう言うので、

「よく言う。あれを嫌っていたくせに」

喜蔵はますます嘲笑った。お前は本当に分からぬ奴だ朴念仁《ぼくねんじん》めと撞木は呆れた声を出す。

「可愛いと苛《いじ》めたくもなるものなのさ」

この女の怪は身体は人、顔は撞木鮫に似た容貌をしている。今は姿が見えぬが、勝気で生意気な声音は昼でも夜でも変わらぬ。それでも、哀しい表情を浮かべているのだろうか？　見えぬ喜蔵には皆目分からぬ話である。

「お前さんと一緒で、妖怪は総じて天邪鬼というわけさ」

「一緒にするな。俺は思ったことしか申さぬ」

だから問題なんじゃないか、やはり何もかも分かっちゃいないんだと口々に己の駄目さを指摘され、他人の気持ちが分からぬ非情な人間だと非難され、終《しま》いにはもっと素直になれと人外の者たちから温かく諭された。邪魔者だった居候の世話から解放され、やっと清々しい気持ちになるはずだった。せっかくの温かい味噌汁もここ最近の「いつも」と同じようにすっかりぬるくなってしまい、喜蔵はズンと空しくなった。空しい気持ちが苛立ちに変わるまでには、三日とかからなかった。それから数日間、喜蔵はここ数年で一等他人と話すことになったからだ。

小春が家を出ていってから四日――そのわずかな間に、やれ小春はどこだ小春が哀れだ

お前は妖怪より情なしだと妖怪連中からは散々責め立てられ、

「小春ちゃんの姿が見えないけれど……風邪《かぜ》でも引いちゃったんですか？」

心配ねぇと裏店の綾子からは慰労の言葉を毎日頂戴《ちょうだい》し、

「お、今日は——兄ちゃんか……坊は一緒じゃねぇんだ？」

魚屋の店主には魚を買ったというのに寂しそうな顔をされた。おまけに口も利いたことのない裏店の連中からも、小春の調子を恐る恐る訊ねられもした。くま坂には行っていない。今行ったら何を言われるか分からぬと、喜蔵は考えただけでも寒気がした。

皆深くは追及してこないが、何か言いたそうな表情で、いるはずもない長身の喜蔵の後ろをそろりと覗き込んだりする。自分は変わっている、嫌われ者だと小春は言っていたが、この状況を見せてやりたいと喜蔵は眉間に怖い皺を寄せた。今喜蔵の目の前に立つ男もまた、小春という童子の見かけをした妖怪を心配する者なのだ。

「小春を捜しに行ってやれよ」

茶簞笥の修繕を黙々とし続ける喜蔵のつれない様子にもめげず、彦次は食い下がる。

「……そんなに心配ならばお前が捜しに行けばいいだろう」

押しかけ妖怪がいなくなった——そんなことくらいでわざわざ他人の家に来るなど、何という暇な奴なのだろうと喜蔵は腹を立てていた。彦次は家に憑いた妖怪から小春が出ていったことを聞いたらしい。なぜ懲りぬのだこの馬鹿者と罵りたかったが、茅野の一件を言うわけにもいかず、喜蔵は口惜しやと唇を嚙んで彦次を横目で睨みつけた。

幼い頃から怪談や化け物など、所謂《いわゆる》「怖いもの」が苦手で、夜に厠へ一人で行けぬような臆病な子どもだった。幼い頃の面差しを残したままの彦次は、相変わらず怖がりの小心者だが、それでも以前とは違う。妖怪の話を信じ、憎まれている相手の家を訪れ、妖怪変化のことを気遣い、邪険にされても諦めないぞ、という強い目をしている。睨めばすごごと尻尾を巻いて逃げ出していた、あの意気地のない青年ではないらしい。

彦次はおもむろに懐から数枚の半紙を取り出し、喜蔵の眼前にかざした。それは、小春にそっくりの絵が描かれた数枚の似せ絵だった。

「これを色んな奴に見せて小春の行方を捜す。裏店の奴らにもさっき渡してきたんだ。いいことはするもんだ。綾子さんだっけ？　こんなところにあんな傾国がいるとは、この彦次も驚いた」

手の早いことだと呆れた喜蔵は紙を手で避け、修繕作業を再開した。

「裏店の奴らは皆心配していたぜ……お前と同じだな？」

彦次は上目遣いで喜蔵を見た。がたがたと上手く出し入れの出来ぬ引き出しを、とんとんとんと規則正しく叩く小気味のよい音が店に響くだけで、喜蔵は無言で首を振る。

「あいつが裏切ったからか？」

喜蔵の首元を指して彦次は言った。首をぐるりと一周する五本の細い傷跡は、小春の置き土産である。何でもよくご存じだと喜蔵が言った皮肉に、彦次は俯いて小さな声を出す。

「……小春はお前を裏切ったわけじゃない」

喜蔵は手を止めず、あんな下手な芝居を真に受ける程馬鹿正直ではない、とさらりと言った。バッと顔を上げた彦次に、

「なぜ芝居に乗ってやったかと訊きたいのだろう？　引き止める必要がどこにある」

願ったり叶ったりだと喜蔵はフンと鼻で笑った。喜蔵の顔を見て眉尻を下げた彦次は、

「俺はな、妖怪だの幽霊だのは恐ろしくてたまらんが……あいつのことは嫌いじゃない」

お前だってそうだろう？　と喜蔵に問うた。好きも嫌いも俺にはないと喜蔵は答える。

「俺のことは嫌いなんだろう？」

「……どうでもよい」

彦次はしばし黙り込んだかと思うと、店の土間に腰を下ろし、手をついた。

「……何を」

「他人を信じられなくしちまって悪かった」

喜蔵を制して彦次は言った。

「何をそんなに怒っているんだと最初は思ったんだ……お前はいつも何も言ってくれなかったから。じゃあ何だ、俺とお前の仲はそんなもんなのかと段々と面白くない気になって……ちゃんと考えてやれなかった。喜蔵がどれ程辛いのか、これっぽっちも分かってやれなかった。お前をそんな風にしたのは俺の責任だ」

すまんと彦次は深く頭を下げた。薄汚れた土間に坊主頭が触れている。彦次はしばらくそのまま微動だにしなかった。

「そうしていても俺は何も言わぬ」

喜蔵は眉間に皺を寄せて、低い声音で言った。

「別段許しを請うているわけじゃない。俺が勝手にそうしたいんだ」

彦次は屈み込んだまま、もぞもぞと懐から風呂敷包みを取り出し、喜蔵に差し出した。

喜蔵は訝しそうに受け取って、少しだけ目を見開く。

「あの時受け取ってくれなかった、お前の祖父さんが遺した金だ」

ずっしりと重量のあるそれは、手に持っただけでもかなりの額であることが分かった。

「……いつでも金に困っていたくせに、使わなかったのか？」

彦次は手をついたまま、少し怒ったような目つきで喜蔵を見上げた。

「いくら俺でも幼馴染の金を遊興に使ったりしねぇよ。俺の稼いだ金も入れてある。本当はそっくりそのまま返したかったんだが、なかなか貯まらなくてな……盗られた分や俺が使っちまった分は必ず返す。だから、ここはとりあえず受け取ってくれ」

「……いらぬ」

「俺だっていらぬ」

押し返したそれを再びつき返され、喜蔵は言葉に窮したように口をへの字にし、

「金など──どうでもよい」

どうでもよい──いつもの台詞をまた口にした。

「俺だって金を返したら許してもらえるとは思ってない。ただ、俺の気がすまねぇんだ」

だから受け取ってくれと彦次は拝むような仕草をする。喜蔵は言葉を返さず、彦次から押しつけられた包みを横に置くと、代わりにとんかちを手に取った。かんかんかんと先程よりも高い音が速い律動を作りだす。彦次は喜蔵を振り仰いで、ギョッとした。

(……あれ？　気のせいか？)

そこにあるのはいつもの無表情で、見えた気のした泣き顔はどこにも見当たらず、首を捻っていると、箱を覚えているか？　と喜蔵は手を動かしながらぽつりと言った。

「箱……？」

彦次の戸惑った表情を見て、喜蔵は口の端に淡い苦笑を浮かべた。

「金などいつかはなくなるものだから、一等大事なものというわけではない。お前に預けた箱の中には金が入っていたが、金はおまけだ。あの箱は祖父さんが作った物……」

商品の直しや手入れをするだけで、それまで一度も自分で物を作ることなどなかった祖父が、何の心からか、病床に就いた頃からそれを作りだしたのだ。金はこうして彦次が取り戻してくれたが、箱は戻ってこなかった。戻ってこなかったのは、箱だけではない。

「お前は俺の横で、祖父さんがあの箱を作っている姿をずっと見ていたのに……あれをお前に託した時も、盗られた時も、今も――覚えてはいなかった」

偏屈で、友人の少なかった祖父が亡くなっても、哀しむ者は少なかった。泣いたのは唯一彦次くらいなものである。彦次は無愛想な祖父によく懐いていて、祖父も喜蔵と同じくらい彦次を可愛がっていた。その彦次でさえ、死んだら途端に祖父のことを忘れてしまう

──。

その時喜蔵は、ふつりと──何もかもが、どうでもよいものに感じられた。

（人は独りだ）

それまでも薄々感じてはいたが、そう思う気持ちしか浮かばなくなった。死ねば独り、生きている時も独り──どこに行っても人は独りきりなのだ。生きることも死ぬことも、その間に起こる様々な出来事も、出会いも別れも、全てが──。

（もう、どうでもよい）

いっそ、どうとでもなればいい──これからは決して心乱されることなどない。

懸命に思い出すような仕草をしていた彦次は、ああ──と声を漏らした。

「そうか……あれは、あの箱はそうだったのか！　だからお前は──」

彦次はあの時のようにぐすりと鼻をすすり、

「一生懸命作っていたよな……元々あんまり器用じゃねぇのに、布団に入りながらやってたから、余計に上手くなかった。俺もお前も顔を見合わせて、苦笑していたよな……」

すまねぇと心底すまなそうに小さく詫びた。

「……甘いのはもうやめた」

他人に甘くすれば苦い思いをする。飲み込めぬ程の苦みを味わわされる。初めから誰にも甘くなどしなければ、そんな思いなどせずにすむ──。だが、甘くていいじゃねぇかと彦次は喜蔵を再び振り仰いだ。

「外面に合わせて心を変えることなぞ、お前には出来ねぇよ。お前の祖父さんだって、お前だって、心の底は優しいじゃねぇか」

優しくした覚えのない相手に言われ、喜蔵はやすりを一度かけ損ねて宙を擦った。

「確かにお前にとっちゃ、俺が祖父さんの箱のことを覚えていなかったのは裏切りだったのかもしれねぇ。でも俺は、もう二度と裏切らねぇから……」

「……やはり許しを請うているのではないか」

そうだなと彦次はきょとんとした。

「許してくれと言うつもりはなかったんだが……やはり俺は許して欲しいんだな」

彦次は今初めて気がついたような顔をして、この通り、と顔の前で二度拍手《かしわで》を打った。

先程までの殊勝さはどこへ行ったと喜蔵は呆れ、俺は軽佻《けいちょう》浮薄《ふはく》が好いところだろ？　と彦次は鼻を擦《こす》りながらへへへと笑った。

「開き直るな。どこかの誰かみたいだ――」

言いかけた言葉に自分で顔をしかめた喜蔵は、傾けていた茶筅筒をドンッと元に戻した。

「……そのどこかの誰かをこのまま放っておいていいのか？」

「あれのことを俺がどうこう言えるものではない……あれでなくても誰にも言えぬ」

言えるよとブンブンと首を振り、彦次はまっすぐに喜蔵の目を捉える。

「俺も小春も他の者だって――お前に言ってもらえるのを待っているんだ」

つるりとした額が汚れで黒ずんで滑稽なのに、喜蔵は少しも笑えなかった。彦次の目は真剣そのもので、つい先日に見たことのある誰かと同じ、揺るぎない色をしていた。

しばらくの間、店の中にはすっすっとやすりをかける音しか存在しなかった。たくさんの時が経ったのか、それともさほど経ってはいなかったのか——沈黙を破ったのは、

「——喜蔵っ‼」

捜しにいくまでもなく、駆け込んできた小春だった。喜蔵はポカンと口を開け、彦次はなぜか一寸怯えたような表情をして、喜蔵の後ろにサッと隠れた。

「……何だ？」

図々しく帰ってきて——と言いかけて、喜蔵はハッと口をつぐむ。小春の姿をしていたものが、ふらりと足元から元の姿に立ち戻ったのだ。河童の緑の足が、ねっとりと尾を引いて床を濡らしている。怪訝な表情を浮かべる喜蔵の胸倉を、弥々子は思い切り摑んで言った。

「小春が天狗の奴に攫われた！」


彦次が喜蔵の店にやってくる少し前のことである——。

喜蔵の元を去った小春は、土手で野宿をしていた。最初の日に寝泊まりしたあばら家には猫の先客がいて、小春はやむなく他の場所に流れたのである。小春のいる土手の川の南の支流が、弥々子たち河童の住まう神無川だ。さほど離れてはいないが、住処からほとんど動かぬ弥々子がこちらの方まで流れてくることはめったにない。そのめったにない気紛

れを起こして小春のところへ出向いた弥々子は、足を抱え込んでぼうっとする小春の隣に座った。数十年の付き合いの中で弥々子から小春の隣に座るなど今回が初めてで、目を白黒させて驚く小春に、弥々子はいきなり言った。

「夜行に戻るのは諦めたらどうだい？　どうせ夜行だってずっとやっているわけじゃないんだ。時折ある祭りみたいなものだろ？　今は諦めて、この次に賭ければいいじゃないか」

「……諦めたところで行くところなどないし」

はぐれ鬼だからねと笑う弥々子に、膝に顎を乗せた小春は、好きではぐれているわけじゃないと唇を尖らせる。

「あたしには好きでやっているようにしか見えないよ。せっかく力があっても、捨てちまうのはあんたじゃないか。あっちもこっちも駄目ならこれからどうすんのさ」

「……お前って本当に容赦ないのな。確かにこのままじゃ、浮浪妖怪になっちまう」

小春の吐いた弱音を馬鹿にもせず、弥々子は真面目な表情で言った。

「あんたみたいな坊には、そういうみっともない方が似合いだよ。穀《ごく》つぶしの居候をまたやればいいじゃないか」

「……そういう優しいことをさ、弱っている時じゃない時に言ってくれよ」

「あたしはいつも優しいだろ。それに弱っている奴虐めても楽しかないさ」

女河童は、笑みをいつもの意地の悪いものへところりと変えた。優しい奴がそんな面するかと小春は呆れた顔をする。

「どんな面だよ？」

小春は顔中に力を籠《こ》め、ニタニタといやらしく笑った。コイツ、と弥々子は小春に殴りかかろうとしたが、そうする前に小春はぐらりと前に倒れてしまった。

「……小春！」

唐突に前に倒れ込んだ小春に、弥々子は思わず悲鳴を上げた。派手な斑頭から、ドクドクと血が流れ出している――弥々子はしゃがみ込んで小春を抱き起こそうとしたが、伸ばした手で小春に触れることは出来なかった。いつの間にやら、小春と弥々子の後ろに立っていた大きな影が、小春の身体を軽々と持ち上げたからである。弥々子が目線を上げると、そこには知った顔があった。

「あんた……」

小春を殴った天狗は、弥々子のことなど見向きもせず、小春を抱えたままふわりと宙に浮き、弥々子が立ち上がる前に西の方へと飛び去ってしまった。土手に一人残された弥々子は、地面の丸く赤い染みを眺めて静止したが、それはほんの一瞬だった。どうしようかと迷いもせず、とっさに小春に化けると、一目散に喜蔵の元へ走ったのである。

小春が天狗に攫われたという弥々子の話を聞いて、

「ちょ、一寸待てよっ……何で天狗が小春を……何で河童が？　どうなってんだ⁉」

事情を知らぬ彦次は何が何だか分からず、喜蔵と弥々子をおろおろと交互に見た。ざわざわと後ろで目に見えぬ者達の動揺も聞こえてきたが、喜蔵は無言で下を向いていた。

「あれは……あたしなどとは比べ物にならぬ程に力のある妖怪だ。今の力のない小春じゃ、死んじまうかもしれない――ところであんたは誰だぃ？」

喜蔵は何の否定もせずに黙り込んでいる。

「その天狗は、小春をどこへ連れ去ったんだ？

彦次の問いかけに、弥々子はきゅっと眉をひそめた。

「あいつは裏山の天狗だから、そこに連れていかれたんじゃないかね……坊に深い恨みでもあるのだろうよ。どうやら昔、手痛い目に遭わされたらしい」

そんなわけがないと彦次の顔は言っていたが、弥々子は縦と横の両方に首を振った。

「小春に？　あいつ……そんなに強い妖怪なのか？」

「強いよ。だが昔の方がずっと強かったらしい。昔の小春ならばいざ知らず、今の甘っちょろい坊やじゃ、あの天狗には勝てやしない」

「負かされて、その後は――」

彦次はごくりと唾を飲み、泣きそうな顔で喜蔵を見る。弥々子はちらりと彦次を窺い、やはり喜蔵を見た。硯の精、三つ目の子ども、その他の姿の見えぬ妖怪たちも皆喜蔵を見ているのだろう。四方八方から無数の視線を感じた喜蔵は、低く呟いた。

「これまでのことは、すべてあれが勝手にやったこと。俺は巻き込まれていただけだ――

人助けの好きな馬鹿妖怪にな。あれのように義侠《ぎきょう》を気取るのは真っ平だ」

喜蔵、と彦次にしては珍しく厳しい声で喜蔵の名を呼んだ。

「こんな時まで意地を張るなよ……巻き込まれたとか、それはそうかもしれねぇが」

それだけじゃないだろと言った彦次の落ち着いた焦げ茶の瞳は、燃えるように光っていて、虚ろな喜蔵をくっきりと映し出している。

「小春のせいにして自分の心をごまかしているだけだろ？　本当に嫌だったら、お前はやらねぇ奴だよ。茅野のことだって……俺ぁ本当は知っているんだ。あの後、他の妖怪に聞いた。茅野が俺を殺そうとしていたことも、お前らが茅野を庇《かば》って俺に黙っていたことも」

喜蔵はチッと舌打ちをし、それはさぞや腹が立ったことだろうと皮肉な表情を浮かべたが、

「茅野もお前も小春も、誰も彼も知らぬふりをすることは出来たんだ。それなのに皆で助けてくれた……俺は本当に嬉しかったよ」

彦次は喜蔵の想像とは反対の言葉を吐いて、首からぶら下げている偽物のお守り袋をぎゅっと大事そうに握り締めた。

「……お前のことを想ってやったわけではない」

「じゃあ何のためだよ。小春か？　茅野か？　俺でなくとも誰かのためにやったんだろ？」

「違う」

喜蔵は道具を手に取って、再び作業を始めた。いつもとは違う危うい手先を見て、彦次は言う。

「なあ……意地を張るのも、もう疲れたろ？」

(何を言っているのだ、この馬鹿は)

うっかり手元が狂いそうになり、売り物に傷をつけるなど御免だと喜蔵は彦次の言葉を聞かぬようにしたが、彦次はまるでお構いなしに投げつけてくる。

「嘘をつくのも本当は飽き飽きしているんだろ？」

「知らぬ」

いつもならすんなり出来るはずの作業が、ここ数日上手くいかぬ。今も、苛立ちと焦りに似たものが身体の中を渦巻いて、それが移ってしまったかのようなぎこちない手元だった。額に浮かんだ汗を拭おうと顔を上げた喜蔵の目は、ひたりと見てくる彦次の目とたまたま合ってしまい――吸い込まれるように手を止めた。

「お前は自分の心も知らぬのか？」

うるさい――喜蔵は怒鳴って、左の壁に道具箱を投げつけた。彦次にも弥々子にも妖怪たちにも当たらず、怪我をしたのは投げる時に引っかけた己の指先だけだった。

(――これではまるで)

馬鹿者だ、と喜蔵は小さく呟く。

しばらくして、それまで黙っていた弥々子が口を開いた。

「兄さん。あたしも前から知っていたんだよ。娘の尻子玉を奪えとあの天狗に頼まれた……あたしは昔から小春が憎らしかった。憎らしかったのはただの嫉妬《しっと》なんだけれどね。この坊ちゃんの言うように、あいつのせいにしてごまかしていただけなんだ……でもね、あたしは謝らないよ」

だって妖怪だからねと弥々子はフッと息を吐いて、喜蔵を眺めた。

「あたしは人間じゃないが、あんたの心は分かる気がする」

「俺も……お前になど分かって堪るかと言われそうだが」

分かるよ、と彦次は低く呻く。雑然とした物が整然と並ぶ古道具屋を見渡して、喜蔵はうっそりと口を開いた。

「それでは――困る」

他人から気持ちが分かると言われる程腹の立つことはないが、今は腹も立たずに困惑し、迷っていた。二度と他人を信じぬ――そんな馬鹿げた誓いなどただの意地だと知っていたが、一度心に決めたことだから喜蔵は揺るがなかった。横槍《よこやり》を入れられそうになる前にかわし、手を差し伸べられても首を横に振って、その手を取ることは決してしなかった。

怖いなどと思ったことはない。この世でたった独りだと思うと空しい気もしたが、その分強くなろうと頑張れた。それが、独りきりが当たり前になっていた今になって、

(――怖い)

と思った。小春が来てから、僅《わず》かに開いていた壺の蓋が無理やり抉《こ》じ開けられていくのを、喜蔵は両手で必死に防いでいた。蓋の隙間を作ったのは深雪だ。

自分を置いていった母がよそで女の子を産んだと知ったのは、喜蔵が十の時だ。蒸発する直前の父から聞いて、喜蔵の心は少しだけ揺れた。母と妹の行方は知らされず、喜蔵も捜そうとは思わなかった。自分を捨てた母は、恋しいより憎い存在だったからだ。妹のことは気掛かりだったが、幸せに暮らしているならば、会わずともよいと思っていた。

二年前、喜蔵は母の面差しそっくりの娘を町中で見かけた。一瞬母かと思い、動揺したが、よく見ると娘は十三、四くらいで、母にしては若過ぎた。娘は牛鍋屋の前で客引きのために声を張り上げていた。声も母とそっくりで、喜蔵は思わず足を止めた。喜蔵に気がついた娘も張り上げていた元気な声を引っ込めて、互いに見つめ合ったまま黙り込んだ。

「……お兄さん」

娘が言った言葉に、喜蔵は激しくうろたえた。そんな喜蔵をクスリと笑って、

「そこのお兄さん、牛鍋はいかがです？」

と娘は――深雪は笑った。喜蔵はその日初めて牛鍋を食べた。深雪からは身の上話など少しも聞かなかったが、深雪のことは客たちが盛んに噂していたので、色々なことが分かった。五年前に再婚相手の深雪の父が死んでから、母娘二人で貧乏長屋で暮らしていたこと、その母も半年前に死んでいたこと――深雪は、喜蔵の想像とほとんど真逆の暮らしをしていた。

喜蔵はその日から月に二度は牛鍋屋へ通った。用もないのに、買い物帰りにわざわざ回り道をして牛鍋屋の前を通ったこともあった。深雪の笑顔を見ることが、いつの間にやら唯一の楽しみになっていたのだ。出会ってから二年——深雪を想わぬ日はなかった。それでも喜蔵しか知らぬ片恋のようなものだったから、蓋は閉じられたままだった。その蓋に手をかける者などいなかったのだ——小春が現れるまでは。

悲痛な顔をして黙り込んだ喜蔵に、誰もかける言葉もなく黙っていると、

「困るのなら、困らないように考えればいいんですよ」

場にそぐわぬ明るい声が響いて、喜蔵も彦次も弥々子も声がした方を振り向いた。

「考えて駄目だったら、前に進んでみればいいんです」

いつの間にか戸口の前に立っていた深雪を、彦次も弥々子も喜蔵の家の妖怪たちも啞然とした顔で見たが、唯一驚かなかったのは喜蔵だ。

(これも幻か？)

思い出を振り返っていたので、その延長かと思った喜蔵は、

「前に進んでみて駄目だったらどうする？」

つっけんどんな調子で深雪に問いかけた。

「もう一歩前に進んでみたらいいんです」

「それでも駄目なら？」

その時は——と言いかけて笑い出し、

「あたしが背中を押して、一歩でも十歩でも進ませてみせるわ」

深雪は小さな手の平を喜蔵の前に差し出し、喜蔵が握った途端にぐいっと引っ張り上げたので、喜蔵は慌てて作業場から立ち上がり——確かに数歩前に出た。

(幻——ではない?)

しっかりと握られた手をジッと見つめて、喜蔵は呆気に取られてぽっかりと口を開けた。

「でも、これじゃあ背中を押せないわ。だから今度は、お兄ちゃんがあたしの手を引いてね」

にっこりと微笑んだ深雪の言葉に、

「……お兄ちゃん⁉　似てない!」

彦次と弥々子だけでなく、沈黙を守っていた店中の妖怪たちも思わず絶叫した。

*

「小春はどうだ?」

龍は身体を傾けたまま、視線だけきょろきょろと狭い部屋の中を見回した。男と自分の他には誰もいない。男の目線は龍にだけ注がれていたので、自分に言っているのだとようやく気がつく。男はこれまでと様子が違い、まるで別人のように生気が漲《みなぎ》っていた。

「小春にしよう」

（何だその名は。気の抜けた名だな。まったく俺に似合っていないじゃないか）

龍が抗議の声をみゃあみゃあと上げると、男は勘違いをして、「小春、小春」と嬉しそうに呼ぶ。嫌な顔をしても、人間から見れば猫の表情など分かりはしない。てっきり喜んでいるものだと思い込んだ男は、小春、とまた龍を呼びながら語り出した。

「お前は温かいし、春めいた明るさがある」

馬鹿だな、と龍は呆れて嘲笑を零す。三毛の龍と畏怖《いふ》され、もうすぐ猫股になろうという程の力がある自分を、男はその辺の猫と同じ扱いをしたのだ。龍の胸中など知らぬ男は、龍を温かい眼差しで見つめて、ゆっくりと小さな声音で言った。

「小春や、ずっとそばにいておくれ」

（……猫に頼むなそんなこと。頼むなら同じ人間にしろよ。寂しい奴だな）

声が聞こえたわけではないのに、小春、と呼んで男は崩れ落ちた。

（泣きながら俺の名を呼ぶなおっさんっ）

別段小春という名を受け入れたわけじゃないが、と言いわけじみたことを呟いた時、ぬっと身体が生暖かくなるのを龍は感じた。男は膝をつき、龍の細い身体を引きよせておいおい泣いている。こうして人間に抱かれたことのない龍は、驚いて身動ぎすることさえ出来なかったが、男は外聞など何も気にせぬ様子で、子どものように泣きじゃくった。

涙が滝のように龍の背を伝って、地に落ちる。背筋が何とも気持ちが悪く、龍はううう と怒った鳴き声で唸った。それでも、男は無防備でみっともないままだった。相変わらず

「小春」という名を途切れ途切れ呼ぶので、龍はだんだんと抗う気が失せて力を抜いた。

（しかし、待てよ……こんな弱っている奴ならばすぐにほだされるんじゃないか）

すでに相手は自分に縋りついて泣いている。情が通い合うなど、こちらが折れれば簡単なことではないかと龍は思い直す。

「小春……私のそばにいてくれるか？」

男が再び訊いてきた問いに、小春は喉を鳴らし、にゃあと猫なで声で答えた。

（しようがねぇな……そばにいてやるよ）

首が取れるその日まで――。

*

（件が見せた夢か……）

土手で意識を失った小春が昔の夢を見て、次に気がついたのは、辺り一帯に深緑の木々が生い茂る暗転した景色の中だった。目の前には、喜蔵と同じくらいの大きな背丈の男が小春に背を向けて立っていた。ふさりとした白い毛が腰の辺りまで伸び、闇に馴染む黒い装束をまとい、赤い下駄を履いている。背格好は昔と違っていたが、漂う妖気で相手が知れた。

「……夜行から落ちたのもお前がやったのか？　格下の妖怪に構って遊ぶなよ、暇天狗」

頭からだらだらと血を流しているというのに、然《さ》して辛くなさそうに小春は言った。牛鍋屋から程近い西の裏山のてっぺんにそびえ立つ桜の大木に、小春は括りつけられていた。小春がここがどこだかすぐに気がついたのは、昔よく似た状況があったからである。

――弱っちょろい子天狗だなあ。そんな様《ざま》でこの俺様に喧嘩《けんか》を売ろうなんザ、百年早い。まぁ俺は優しいから、今日のところは見逃してやろう。百年経ったら出直してきな！

そんなことを百年も昔にこの桜の木の下で言った覚えのある小春は、己の口の軽さに溜息を吐いた。擦り切れて少々短くなった赤い鼻をさすり、下から恨めしそうに睨みつけるだけしか出来なかった小柄な天狗は、今小春の目の前で小春を縛り上げ、見下ろしている。

「夜行から落ちたのは貴様自身のせいだ。昔懐かしい飼い主の臭いに惹《ひ》かれ、妖怪としての分を忘れたのだからな」

自業自得だと目を半眼にして振り返った天狗は、小春を嘗《な》めるように見回した。

「……大体格下と言ったが、そんなことはあるまい――猫股の長者にも手が届く程であったではないか」

昔話だろと小春はへっと嫌そうな笑みを浮かべた。

「そう、昔だ。貴様はあれ程の力を無駄にした。あのままでいれば、今頃こうして我に捕まるような下手を打たなかっただろうに」

馬鹿な飼い猫だと天狗はせせら笑い、赤い鼻が揺れた。

「もう飼い猫じゃねぇよ。猫股でもないが――しかし、なぜこんな真似を？　俺などに構うより、他を当たった方がよほど楽しいだろう？」

百年前に天狗を負かした小春は、今ではすっかり立場が逆だと、闘いもしないうちから見切りをつけていた。思っている以上に弱っているのか、驚く程に冷静なのか——小春には自分でもよく分からなかった。ぼんやりと天狗の後ろに広がる闇に目をやっている小春を胡乱げな目で見ながら、天狗はぼそりと言った。

「……猫股から小鬼に転じ、夜行で迷子になり、人間共と馴れ合って暮らしているとは——堕《お》ちれば堕ちるものだ。我を負かした大妖を打ち破るために、この百年修行を続けていたというのに……」

天狗の言葉に小春はフッと顔を上げる。

「お前……百年経ったら出直してこいという言葉を律儀に守ったのか？」

「力を失った小鬼を相手に勝つのでは腹の虫が収まらぬ。せめて夜行に並ぶくらいになるまで待とうと思っていたら、貴様の言葉の通りになってしまっただけのこと。再び相見《あいまみ》えた時には、たっぷりと積年の恨みを晴らしてやろうと思っていたが……」

真っ向から勝負をすれば、結果は目に見えている。夜行から落ちる程心迷っている妖怪を捻り潰すなど、天狗には造作もない。しかし、それではあまりに呆気ないと天狗は考えた。何をすれば一等小春が嫌な思いをするか——答えはすぐに天狗の脳裏に浮かんだ。

天狗は真っ先に、小春の知己で小春に含むところがある弥々子の元へ向かった。小春の知り合いの人間から尻子玉を取るように唆《そそのか》しても、弥々子は頷かなかったが、結局少し惑わされていた。橋から川へ引き摺り落とそうとしたのも、娘に尻子玉を入れたのも下っ端の河童だったが、それを見て見ぬふりをしたのは弥々子である。あとは、天狗が流した噂が、勝手に小春たちを襲った。

周りに変事があれば、狙われているのが妖怪ではなくとも、小春はしゃしゃり出てくるに決まっている。それが全て自分のとばっちりであると気がつけば、どうなるか――小春の性質を知っている天狗は、それが小春にとって一等効く攻撃であることも知っていた。

「高名な化け猫龍が我の前で朽ち果てていくというのも、なかなか愉快なものだ」

唇を噛みしめる小春を見て、天狗は愉快そうに口を歪めた。

「ハッ……悪趣味だな。流石妖怪の中の妖怪」

小春はニヤッとして、あまり動かぬ肩をすくめた。天狗は小春を見つめ、笑いを引っ込める。小春は笑った顔のまま、その目を見返した。天狗の目の中はぐるぐると螺旋《らせん》を描いている。螺旋の目をした天狗は音も立てずに小春の目の前まで近づくと、

「減らず口も相変わらず――力以外は何一つ変わらぬか」

握った小春の毛を乱暴に引き抜き、高らかに笑った。

「――っ」

天狗が赤い手を開くと、すすきや赤茶や黒の毛がひらひらと風に舞う。自分でしておいて、天狗はなぜか放心したようにしばし固まった。手から零れた小春の髪の行方を目で追って、

「……以前は触れられもしなかった」

天狗は魂の抜けたような呆けた顔をしたが、それは一瞬のことだった。地に落ちた小春の毛を踏みつけると、天狗はぎろりと元の険のある顔に戻り、ふと思いついたようにニヤリと笑った。

「……化けろ。化けようと思えば化けられるだろう？　早くそうすればよいものを」

何を躊躇していると天狗は馬鹿にしたような声を上げる。

「ためらっているわけじゃない」

「ではなぜだ？」

もう化け猫は嫌になっただけだと小さな声で小春が呟くと、天狗のただでさえ赤い顔がサッと赤くなり、ひゅっと生暖い風が小春の周りに巻き起こった。それが天狗の脅しであることは分かっていたが、迷いの一つも見せずに小春は言った。

「俺は鬼の小春だ。化け猫の龍には二度と戻らない」

ぴゅおおお――と、今度は冷たく強い風が天狗の周りを渦巻くように吹き荒《すさ》ぶ。まだ落ちる予定のなかった木々の葉を巻き込んで、風はつむじのように旋回する。小春の元にもその余波が来て、ギザギザの硬い葉が小春の顔に数個の傷をつけた。

ならば死ね――天狗は吐き捨てた。

「弱い貴様などには用はない……我が用があるのは、我を負かしたあの経立だけだ」

吹き荒れていた風がフッと止まったのは、天狗が腰の物に手をかけた時だった。そこにあるのはちょうど天狗の腕の長さくらいの、朱の鞘で彩られた鮮やかな太刀である。初めて会った時に喜蔵が身につけていたものとは比べ物にならぬ、大層立派なものだった。残っていた風を切るようにして抜いたその太刀は、思わず溜息が出る程艶《つや》やかで、小波が聞こえてくるような緩やかな刃文を描いていた。

（海――）

猫股の長者の元への行き道、帰り道――小春は二度だけ海を見た。寄せては返す波の刃が、岸に届く程寄せられた。小春の細い喉笛に波が触れる。

「いくら貴様でも命は惜しかろう。もう二度とは言わぬ――元の姿に戻れ」

（なんだかな……この前も大昔も同じようなことばかりしている）

うっすらと笑んだ小春は、そのままスッと目をつむった。件が見せる夢ではなく、自分の意志で昔を思い出す――。

＊

いよいよ首を取ろうと真の姿を現した時、お前は化け猫なのだなと男は小さく言った。

「今頃気がつくなど、本当に鈍感な男だ」

姿を露にしたのは初めてだったが、その気振りはこれまで何度もあった。普通の猫がそうそう飼い主の命を助けるはずがない。おまけに今の姿を一目見れば――化け猫なのだな、などと悠長な言葉を吐けるはずはなかった。身体中の逆立った毛は、触れるだけで怪我をしてしまいそうであり、鋭利な爪は触れずとも切れ味のよさが分かる代物で、上半分を削った半月のような目は血より炎より陽よりも赤く――目にした瞬間に裸足《はだし》で逃げ出してもよい程の恐ろしさである。その場にへたり込みもせず、いつものようにぼうっと突っ立っている男は、よほど鈍感であるのか豪胆であるのか――。

いや、と首を振って困ったように頬をぽりぽりと掻きだし、

「お前が尋常の猫ではないことくらい、私はとうに知っていたぞ？」

だからそれ程驚かぬのだと微笑《わら》う男に、小春は怪訝な顔を向けた。

「……じゃあなぜ俺を飼っていた？」

尋常の猫ではないと知っていて飼い続ける男の方がよほど尋常ではない。

「私はお前を飼ってなどいない。お前は私の友だからな」

「猫を――化け猫を友にするな。大体俺は、お前なんかを友だとは思っちゃいない」

小春の言葉に、男はフッと哀しげに笑い、

「それでもよい……だが、私にとってお前はたった一人の友なのだ。お前は私の首が欲しかったのだろう？　お前にならばくれてやってもよいぞ」

さあ、と男はゆったりと首をもたげて、小春の鋭い爪の前に無防備に突き出した。首にかかった己の爪を眺め、小春は息を止めた。

「……お前はまだ死にたいのか？」

友に裏切られ、先祖を貶《おとし》めてしまったと出会った当初の男はうなだれて死にたがるばかりだった。やっと首を持っていけそうな男と出会えたのだ。情を通わせてから死んでもらわねば意味がない、と小春は何度も男の窮地を救った。何度も何度も、従順な猫のふりをして必死に助けた男は、次第に生きる意志を持ち始めたように小春には見えていた。

「私は、とりあえず店を始めようと思うのだ。金を貯めて、御家人の株を買い戻す。失ったものを金で買うなど恥ずべきことだが……それでも、私はまた剣を振るいたいのだ」

お前がそばにいてくれるからこんなことも考えられるようになったのだぞ、と男が笑って嫌がる小春の頭を撫でてきたのは、つい昨日のことである。小春は猫の目を鋭くした。昨日の台詞はただの思いつきで、その場限りの心だったのだろうか？　そうだとしたら許せぬ――そう思いかけて、男の声に小春はふと我に返る。

「確かに私は死のうとしていた……だが今は違う。お前と出会い、共に暮らすようになって、そんな馬鹿な考えは捨てたのだ」

男の首は鋭い猫股の爪で簡単に引き裂ける。人間の肌は柔《やわ》く、骨を断つのも今の小春にとってはあまりにたやすい。そのせいで、目の前の格好の獲物を狩ることに躊躇してしまっているのだろうか？　鎌のような爪を首にかけたまま、小春はジッと動けずにいた。

「……武士はどうすんだ、商売も。昨日言っていたことはやはり法螺だったんだな？」

「お前がいてくれなければ、それもただの夢で終わるからなぁ……」

他の奴を当てにして見る夢など、はなから叶うものじゃない、と呟いた小春の言葉に、男も頷く。

「そうかもしれぬ……だが私は、ただお前にそばにいて欲しいと思ったのだ」

小春は指先にぐっと力を籠めた。

(本当に心底、根っこの奥まで馬鹿な奴……)

＊

数十年経った今、あの時の男の気持ちが小春にもほんの一寸だけ分かったような気がした。男のように相手のことを想ってやったわけではないが、小春はスッと首を出していた。目をつむり、抗おうとも化けようともせず首を前にもたげる小春に、天狗は息を飲んだ。

「お前は――」

天狗が何かを言いかけたその時――その天狗の後ろから、サッと影が現れた。一つ、二つ、三つ……四つ。大中小四つの影が小春と天狗を囲み込んだかと思うと、天狗はぐらりと体勢を崩した。

「……彦次⁉」

後ろからガバリと天狗に抱きついたのは彦次で、右からヌッと現れ天狗の刀を奪ったのは、闇夜が似合いの喜蔵だった。小春と目が合って、相変わらずの鬼顔男は一寸気まずそうに目を逸らす。

「このってて天狗野郎め……！　し、神妙に縄につけぃッ」

彦次は威勢のいいことを言いながら、足も口も生まれたての子犬のように震えている。

「情けないねぇ。しっかりおしよ」

馴染みの声がして左を見ると、小の影――女河童が縄を解いてくれていた。弥々子と呼ぶと、女河童はフンッといつものように嫌そうな表情を露にし、

「感謝して欲しいね。優しいあたしがわざわざ助けにきてやったんだ」

後でちゃんと返せと小春の血で濡れた額を、遠慮の一つもせずに叩いた。

「だから、優しい奴がそんな顔するか。大体おあいこだろ？」

「……あたしと天狗が繋がっていたこと知ってたのかい」

「俺が言っていないのに、尻子玉をとられたのが『八百屋の娘』だとお前は知っていたからな」

やっぱりあんたは嫌らしい奴だ、と弥々子はくしゃりと苦笑いをした。縄を解かれた途端に小春は身構えたが、羽交い締めにされた上に奪われた刀を逆に喉元につきつけられ、妖怪二人に挟まれた天狗は、何の抵抗もしなかった。逃げも反撃もせず、だらりと立ったまま、前を――小春よりも奥を凝視していた。

（何だその面は……？）

小春もつられて後ろを振り向く。

「深雪――」

四つ目の影は深雪だった。深雪がここにいることに小春は驚いたが、小春よりも驚いた顔をしているのは、なぜか天狗である。山頂から少し下ったところにある御堂の前に安置された、天狗の像そのもののように固まっている。深雪は小春を見て、ごめんねと言った。

「何で深雪ちゃんが謝るんだ？　それよりどうしてここへ？」

何が何だか分からぬのだがと小春は喜蔵を見る。喜蔵は苦虫を嚙み潰したどころではなく、飲み込んでしまったような顔をして嘆息を零した。

「あたし、天狗さんのこと知っていたの」

深雪の言葉に余計に混乱した小春は、バタリとその場に座り込んだ。


深雪が天狗と出会ったのは、ちょうど喜蔵と小春が出会った頃と時を同じくする。

店の営業が終わり、湯屋に行って一日の疲れと汗を流した深雪は、くま坂の下宿への道を一人歩いていた。母が亡くなる前は横浜にある支店で共に通いで働いていたが、母が亡くなってからは住み込みのできる浅草の本店で働いていた。父も母も早死にしてしまったが、周りがよくしてくれるから大丈夫と深雪はいつも明るかった。深雪には叶えたい夢があったのだ。そのためにならも頑張れると深雪はこの日もしっかりと前を向いて歩いていた。辺りはまだ真っ暗ではなかったが、気の早い星がいくつも出ている。

（ああ――綺麗）

そう思って見上げた空に、おかしなものが映り込んだ。深雪はジッと目を凝らす。子どもを背に乗せた男が、ふわりと空中を浮遊していた――。

カチリと目の合った二人は、その場で共に静止した。白い夜叉《やしゃ》髪。山伏《やまぶし》のような装束に、赤く高く長い鼻。裏山の御堂の縁起に描かれている、そして昔話に頻繁に出てくる妖怪の姿形そのものである。深雪はぽかんと口を開け、

「……あなたは天狗？」

そう訊くと、空にいる男はゆっくりと顎を引いた。訝しむ目をする天狗には目もくれず、深雪は天狗の背に乗るぐったりとした子どもを注視する。

「……その子は？　一体どうするの？」

天狗の背にいる子の鼻は、赤くもなければ高くもない。天狗はよく人をかどわかすという。このところ、近くで子どもが攫われる事件があると、くま坂でも客達が盛んに噂していた。

「攫っていく」

危惧《きぐ》したことその通りに答えられ、それはいけないわと深雪は慌てて首を横に振った。

「その子はまだそんなに小さいもの。親御さんだって心配しているだろうし、これから先がまだまだあるのよ。攫っていくなんて駄目よ」

天狗は宙に止まったまま、妙な表情をした。眼光鋭く天狗を見据え、

「……どうしても連れていくというなら、あたしを連れていって下さい。その子はどうかおっかさんやお兄さんの元に返してあげて」

深雪は深く頭《こうべ》を垂れた。おかしな人間に困惑したのか、天狗はその場に子どもを残し裏の山の方へと飛んでいった。

天狗と深雪が次に会ったのは、尻子玉を飲み込んださつきがすっかり元に戻った日のことである。さつきの家へ見舞いに行った深雪は、さつきがうたたねした川がどうにも気になって、人通りの少ない夕暮れの神無川へ向かった。異変など一つもない川原に拍子抜けをし、くま坂へ帰るために畦道を歩いている途中で、

「河童の臭いがする」

とにわかに声が降ってきた。深雪が見上げる間もなく、いつの間にか目の前に天狗が立っている。河童って何です？　と訊く深雪に、天狗はジロリと目を光らせた。気色ばんで恐ろしい目に、深雪はちらりとだけ恐ろしくなる。

「お前から河童と龍——小春の臭いがする」

龍は分からぬが、小春といえば喜蔵が連れていた少年のことだろうか。少々変わっているが、愛嬌《あいきょう》があって、頭のよさそうな子どもである。深雪はすっかりその子どもを気に入っていたが、天狗と人間の子どもが知り合いだなどということがあるのだろうかと疑問に思った。深雪の顔を見て、お前は何も知らぬのかと天狗はぽつりと言った。

「小春という童子——あれは我と同じく人外の者だ」

驚くという程受け入れられずに、深雪はただぽかんとして、頭が上手く働かぬまま、天狗から経立小春の話を聞いた。聞けば聞く程、脳裏に浮かぶ無邪気な子どもの姿とかけ離

れていったが、小春が妖怪だというならば、さつきの腹のことも説明がつく。深雪がそれをすっかり信じたのは、おはぎを届けにいった時、小春の頭に生えた角に触れた時である。

小春の手当てをしながら、天狗との出会いや小春の正体を知った経緯を深雪は語った。

「そういや、俺の頭撫でてもお前は何一つ驚かなかった！」

言い繕って損したと小春は、巻かれた薄布を覆い隠すように頭を抱える。

「ごめんね、小春ちゃん」

深雪はすまなそうに笑い、後ろ手に縛られた上、喜蔵にしっかりと押さえつけられている、鼻も手の平もどこもかしこも赤い妖怪をちらりと見た。その視線を避けるように、天狗の顔は深雪の反対を向いている。弥々子はすでにこの場にいない。頭上の皿が乾くと言って、小春を助けて早々と川へ帰ったのである。弥々子についていて山を下りた彦次のことを、大方天狗が怖くて逃げ帰ったのだろうと喜蔵は悪態をついたが、そう言った顔はいつもより険が薄れて見え、雪解けか？　と勘の鋭い小春はちろりと笑った。

「小春ちゃんが妖怪だと聞いてすごく驚いたけれど、だからといって怖くなったわけじゃないの。小春ちゃんは小春ちゃんだし……妖怪だろうと何だろうと変わらないでしょ？」

ねえ、お兄ちゃん――深雪は喜蔵をそう呼んだ。驚いたように深雪と喜蔵を見比べた小春は、すぐにニヤッとして、

「……お兄ちゃんだって。にっあわねぇ〜」

喜蔵を指差して高らかに笑う。お前こそ、と喜蔵は負けじと鼻を鳴らした。

「化け猫は似合わぬ」

錦絵の中の化け猫は、小春とは似ても似つかぬ姿形であった。鬼にも見えぬが、人間に角が生えたものが鬼だというのならば、まだその方が納得出来る。

「昔だよ、昔。今は立派な鬼だもの」

小春は鼻に皺をよせる。耳も尾も生えていない小春を、喜蔵は改めてじっくりと見た。触らぬと分からぬが、頭には硬い角のようなものが、今でもきっと生えている。

「……しかし、なぜ化け猫が鬼に？　そういうことはよくあるのか？」

「——そんなわけがあるものか」

喜蔵の問いに答えたのは、薄く笑った腹這い姿の天狗である。

「そ奴は無理やり鬼になったのだ。鬼に頼み込み、耳や尾をちょん切らせ、鬼の角を己の頭に捩《ね》じ込ませた」

無茶苦茶だと天狗は向き直り、嫌悪をにじませた目で小春を睨む。小春は鼻の頭を掻いて知らぬ顔をした。

「あれ程の猫股であったというのに、馬鹿な真似をしたものだ。自ら力を捨て、また一から下っ端妖怪になったのだからな。それでもようやく夜行に並べる程になったというのに、人間などに気を取られて夜行から落ちるとは——」

情けないと吐き捨てるように言って、天狗はハッと顔を上げた。

——貴方は自分のことをそう思っているんでしょ？

昨夜言われた言葉をまた言われたような気がしたが、それはどうやら幻聴であったようである。深雪の目は昨夜のように怒気を孕んだものではない。深緑がかった黒の、優しい色をしていた。

周りも小春も、天狗が仕掛けた策略に面白い程簡単に嵌《はま》ったが、ただ一つ誤算だったのは、深雪だ。初めて会った時からどうも様子がおかしかった。悲鳴も上げず、さして驚きもせず、見ず知らずの子どもの身代わりに自分を連れていけ、と啖呵《たんか》を切ってみせる人間の小娘である。小春の正体を話した時も、深雪はすごく驚いたなどと言ったが、まるで驚いたようには見えなかった。深雪の小春に対する態度が変わらなかったのがそれを証明している。

髪切虫が深雪を襲い、おかっぱ頭になった深雪を初めて見た昨夜、天狗は何とも言えぬ気持ちになった。

哀しい——のではない。嬉しくもなければ辛くもない。妖怪はそういう感傷的な思いなど抱かぬものだ。ましてやそれを人間に対してなど抱くはずもない。小春や、本人は否定しているが弥々子を除けば、広い妖怪の世を見てもめったにいない、ごく稀なものである。

「あら、天狗さん」

おかっぱ頭になった深雪は、不自然に直立した天狗に笑いかけた。初めて会った時と同じ湯屋の帰りの深雪は、初めとは違い幼く見えた。

（なぜ笑う？）

小春の周りにちょっかいを加えているなど知らぬだろうが、小春を快く思っていないことは何となく察しているはずの深雪だが、恨みがましい目つき一つすることなく天狗に笑顔を向けてくる。

おかしい。自分のせいだと己を責める小春も、誰も責めず笑顔で振る舞う深雪も、結局は小春を助けてしまう弥々子も、嫌だと言いながら妖怪を庇護する喜蔵も――。

「すまぬ……」

そう口にしてしまった己も――その己こそ一等おかしいと天狗はすぐに我に返った。え、という間の抜けた顔をしたのは一瞬のことで、深雪はすぐにハッとした顔をして眉根をよせた。聡い深雪は、天狗が謝った理由を察してしまったのだ。

「……どうしてそんなことをしたの？」

深雪はいつになく硬い口調で問うた。天狗はどうしてか自分でも分からぬまま、その理由を話した。化け猫、猫股、鬼、夜行、敗北、恨み、力、憎しみ――。語るにつれ、深雪の顔は曇っていった。花の顔が、しまいにはまるで小春の飼い主のように悪辣《あくらつ》な顔になったので、天狗は思わず小春を罵る言葉を止めた。

「情けない……貴方は自分のことをそう思っているんでしょ？　小春ちゃんに負けた自分

が、力をあっさり捨てた小春ちゃんに嫉妬して、それでも勝てない気がする自分が、情けなくて腹が立つのでしょ？」

深雪の目は存外吊り目だ。そのまなじりの際に涙が浮かんでいるのを見て、天狗は今まで感じたことのない気持ちが身体の中に芽生えた。それは、迷いだった。妖怪が一等抱いてはならぬ、人間の考えだ。

（違う――これはほんの気の迷いだ）

妖怪の心が迷うことなどあってはならぬ。小春のように、百年を無駄にするわけにはいかぬのだ。そして、天狗はその迷いを払拭《ふっしょく》するために、小春の元へと向かったのである。


「羨ましかったのよ」

深雪は昨夜とは違う言葉を、今度は小春に言った。

「天狗さんは、奔放で自由な小春ちゃんが羨ましかったの。勝ったのにまるでどうでもよさそうで、力が弱くなっても飄々としている小春ちゃんが、とっても羨ましかったの」

ねぇ？　と深雪は、昨夜の強い怒りと哀しみのこもった目とは真逆の温かい目で、天狗に笑いかけた。天狗はうんとは言わず――その代わり、深雪をひたりと見つめた。

「あーうん。そうかそうか、俺に憧《あこが》れていたわけね」

小春はゴホンと咳払いをし、そんなに見つめ合っちゃ怖い兄さんに呪われるぜ、とこそりと天狗に耳打ちしながら、深雪と天狗の通い合う視線の間に割り込んだ。

「ま、俺ときたら大妖怪だから憧れちゃうのも仕方がない」

だから許してやるよと小春はのん気に言った。天狗は目を見張り、正気かと呟く。

「百年経ったら出直してこいなんて言っちゃったの俺だからな……全く口は災いの元だ」

己のせいだと言うのかと目を剝《む》く天狗に、

「そうじゃねぇけれど……深雪ちゃんが許しているんじゃ他の台詞は言えねぇよ」

な、と小春は身体を斜めにして喜蔵に訊いた。

(許すはずがない)

天狗は思った。小春や深雪は変わり者中の変わり者――お人好しが過ぎるのだ。しかし喜蔵はそうではない。小春の様子を窺っていた天狗は、喜蔵の辛辣さも閉じきった心も知っている。小春や弥々子などよりも、よほど妖怪らしさのある人間だと天狗は思っていた。

「許さぬ。罪を犯せば罰が下るのは当然のこと」

案の定、喜蔵はそう言った。拘束された天狗の両腕を摑んでいた喜蔵は、その手をおもむろに解くと、腰に差していた天狗の刀をスラリと抜いた。天狗はギョッとしながらも、素早く仰向けになって立ち上がり、身構えた。小春を見下ろし、深雪の顔にも少しだけ視線をくれた喜蔵はふううと長い溜息を吐き、

「……どうしようもないお人好し二人の心がそうならば――逆らうだけ無駄だ」

天狗の拘束を刃の先でぱらりと解くと、縄をなげうって大きな背を向けた。

「その代わり、子どもは返してやれ。お前がやったか知らぬが、神隠しなどどうせ馬鹿な天狗の仕業だろう？　餓鬼など何の役にも立たぬ穀つぶしで、うるさく面倒なだけなのだから、攫うならその辺の愚かな大人を攫え」

「……お兄ちゃん」

「……何だかんだ言いつつ、やはりお前ってさ」

小春と深雪は、顔を見合わせて朗らかに笑い合った。喜蔵は憮然として、相も変わらず恐ろしい。天狗は途方に暮れた表情をして――やはり勝てぬではないかとぼそりと言った。

九、一鬼夜行

数日前の牛鍋屋にて――。

「小春ちゃんは――妖怪なんでしょ？」

深雪がにわかに放った言葉で、勢いよく茶を吹いてしまった小春は、その後も、へ、とすっ惚《とぼ》けた声しか出せなかった。

「小春ちゃんは妖怪で喜蔵さんは人間だから、兄弟でも親戚でもないわよね」

辺りに飛び散った茶をふきんで拭きながら、深雪はさらりと言う。

「き、喜蔵だって妖怪かも……」

妙なことを口走っている自覚はありつつも、動揺した小春はますます妙なことを言ってしまう。

「ほら、あいつは閻魔さん。もしくは般若《はんにゃ》……いや、鬼は俺だから、あいつは仁王……毘《び》沙門天《しゃもんてん》？　いやいや……やはり閻魔かな!?」

「嫌だわ、小春ちゃん。そうしたら、あたしは閻魔様の妹になっちゃうわ」

くすくすと深雪は口に手を当てておかしそうに笑った。深雪ちゃんお願いと女将から呼ばれ、器や鍋を持って奥へ戻っていく深雪の後ろ姿を見送りながら、大福が二つは入りそうな程にぽっかりと口を開けて小春は呆けていた。もしやとは思っていたが、何もかもを知っているとは――。くらりと眩暈《めまい》を覚えた小春は、目の前にある七輪に突っ込む寸前に、両手で何とか頭を支えた。

帰りがけ、閻魔の妹？　と呟いてみると、

「兄は閻魔じゃないわ」

似ているかもしれないけれど、と深雪は悪戯っぽく笑った。小春は目をぱちぱちとさせ、

「深雪ちゃんてさ……似ていないかと思いきや、やはり喜蔵の妹だよな」

知らぬふりして意地が悪いと苦笑する。深雪はにこりと微笑んだ後、一寸《ちょつと》真面目な顔をして恐る恐る小春に問いかけてきた。

「二人とも、おはぎ食べてくれたのよね……？」

預けていた下足を受け取りながら、ああと思い出して小春は頷く。

「食べた食べた。うまかったとあいつも言っていたぞ」

ホッと嘆息を漏らす様に首を傾げると、深雪は顔中に苦笑いを広げた。

「あたし、実は料理が駄目で……でもね、おはぎだけは自信があるの」

「おっかさんに教わっていたから？」

深雪は嬉しそうに小春の頭を撫でた。

「そうなの。死んだおっかさんが、『これはお前の兄さんの大好物なんだよ』って嬉しそうに、哀しそうにおはぎを作ってくれたの。たくさん作り過ぎていつもあまっちゃってね……でもそれはお兄ちゃんの分なんだって、あたしには分かっていたの」

だからおはぎはあたしの大好物なのよ、と深雪は遠い昔を懐かしむ目をした。深雪の母は喜蔵が四つの頃に幼い喜蔵を置いて家を出ていった女である。

「……何でお袋さんは喜蔵を捨てたんだ？」

深雪は途端に泣き顔になった。くるくると変わる表情の豊かさも、まるで似ていないと小春は思う。

「おっかさんは、お兄ちゃんのお父さんに突然離縁されたらしいの。次の嫁ぎ先まで決められていてね……おっかさんはもちろん出ていきたくはなかったのだけれど、許してもらえなかった。せめてお兄ちゃんだけでもとお願いしたのだけれど、それさえも……」

二度と喜蔵とは会うな——喜蔵を産んだ母に喜蔵の父は言ったのだという。

「喜蔵に二度と会うなって……息子なのに？」

「あたしはてっきり、おっかさんの代わりに後妻の女の人がいるのかしらと思っていたのだけど、そうじゃなかった……おっかさんにいくら訊いても理由は教えてくれなかったわ。あたしもね、本当のところは何もかも分からずじまいなのよ」

深雪は赤くなった目を擦った。喜蔵と深雪を産んだ母は、二年半前に亡くなった。喜蔵と深雪が出会ったのは、そのすぐ後のことである。

「生きているうちに再び会えずじまいだったわけか……喜蔵はやはり恨んでいるかな？」

きっとそうよね、と深雪は哀しい表情を濃くした。

「でもね……おっかさんはお兄ちゃんのことが大好きだったのよ。いつもあたしにお兄ちゃんの話をしてくれた。『いつかあのおはぎを、お前の兄さんにも食べさせてやりたいね』って最期に言っていたくらいに、本当に本当に大好きだったのよ」

「それで食わしてやったんだ？」

深雪が礼にと持ってきたおはぎを見た時、喜蔵は顔を奇妙に歪めて外へ出ていってしまった。憎らしいのに恋しい母の顔が深雪にちらついて、その場にいられなかったのだろうと小春は手に取るように喜蔵の気持ちが分かった。憎み切っていれば、深雪のことも知らぬふりをしていたはずである。わざわざ深雪に会いにいき、名乗らずとも未だにくま坂に通い続けているのだから、答えは何よりもはっきりとしていた。

「お兄ちゃんにおっかさんのおはぎを作ってあげることが、あたしの夢の二つ目だったの」

「一つ目は？」

「お兄ちゃんを見つけること……これはすぐに叶ったわ。もう二年も前のことだもの。先に見つけだしてくれたのは、お兄ちゃんの方だったけれどね」

「喜蔵が深雪ちゃんに会いにきたのか？」

一体どんな面できたんだと想像しただけで小春は笑いそうになる。

「あたしを見て嫌な顔をしてたわ。でもね、すぐに分かったの。ああ、この人が――って。何の証《あか》しもなかったのだけれど、あの嫌そうな顔を見た瞬間にね」

喜蔵と深雪は互いに気がついていて、互いに黙っていたということになる。人間とは面倒なもんだなぁ、と小春は息をついた。

「まあ、あいつはお前が気がついていることを知らぬのかもしれないけれど……深雪ちゃんからは言ってやらねぇの？」

言わない、と妙にきっぱりと言い切るので、小春は首を傾げた。

「だって――癪に障るじゃない？　あたしから訊くんじゃなく、言って欲しいのだもの」

深雪は唇を尖らせて、一寸哀しげに笑った。

天狗との一件が終わり、そろそろ山を下りようかという時、小春は数日前に深雪と交わした会話を思い出していた。

「お兄ちゃんは言ってくれたのか？」

小春は深雪の袖を引っ張り、こそりと耳打ちする。

「まるで駄目だから、あたしの方から言ってやったわ」

密やかな声音で返しながら、深雪は晴れやかに笑った。

「うーん……妹強し、だな」

ニヤリと笑って、小春は傍らの喜蔵の背中をちょいと突《つつ》く。うるさい黙れ妖怪とぞんざいに振り払われても、小春はニヤニヤを増すばかりである。可愛い妹は明朗であるのに、怖い兄は愛想の一つもない。おまけに素直になれず、意地ばかり張る強面《こわもて》。にこにこと笑いかけている深雪の方は極力見ないようにしている様子を見ると、

（やはりこいつが、ころりと明るくなるというのは虫がよすぎる話か）

と思わずにはいられぬ小春であったが、押されっぱなしの喜蔵というのは、見ていて痛快ではある。

「ま、何はともあれ兄妹揃いでめでたしめでたし！」

鬱蒼と茂る背の高い木々の影が折り重なって、暗闇の中に更に深い闇を作り出している。小春がちょいちょいと丸い指を動かすと、辺りがほんのりと明るくなりだした。にわかに現れて飛び交い始めた鬼火のせいである。地面から四尺程離れたところに、青い火が蛍のようにポッと燃えては、ポッと消える。深雪が目を細めて見入っている最中、喜蔵はそれを眩しげに見ていた。山を下りて町に戻れば、この不自然な灯りは見えなくなる。

「そろそろ帰らなきゃ……」

振り返った深雪は、名残惜しそうな表情をしていた。送っていくよ深雪ちゃんと小春が言うと、深雪は礼を言いながら首を振った。

「何で？　まさか一人で帰る気か？」

ううんと深雪はまた首を振りながらきょろきょろと辺りを見回し、

「あたし、実は一度空を飛んでみたかったの。もしよかったら、背中に乗せて家まで送っ

てくれませんか?」

闇に消えていったはずの妖怪に声をかけた。

「――何を」

言っておるのだ、という言葉が出ずに思わず闇から顔を出した天狗に、仏頂面を更に険しくした喜蔵。あっはっはと小春は盛大に笑った。

「お前、俺なんかより深雪の方がよほど強いぞっ」

敵わねぇと腹を抱えて笑う小春につられてか、天狗もほんの微かに苦笑した。


天狗の背中に乗った深雪の姿が見えなくなるまで見送り、喜蔵と小春は家路に就いた。鬼火は山の麓《ふもと》に着くまで、小春と喜蔵の周りをまとわりつくように光っていた。お陰で闇夜でも足を滑らすことはなかったが、ざくざくざくと山道を踏みしめる互いの足音しか聞こえぬ程、山も二人も静かだった。

「面倒だな、俺たちも運んでもらえばよかった」

「そうだな」

と会話したきり、二人とも黙って歩き続けた。眼前には、青い下り坂だけが広がっている。これまでであれば、口喧嘩しながらも、どちらも話すのをやめることなどなかったというのに、この夜に限って二人とも口を開けずにいた。それなのにいつになく足取りが重いものだから、家に着くまでの道程が十年にも二十年にも思える程長かった。

「……天狗というのは全くしようのない奴だな」

ぽつりと喜蔵が言ったのは、山の姿が闇に紛れて見えなくなりそうな頃だった。灯りの消えた商家の並ぶ表通りは、鬼火がない分、山よりも少し薄暗い程である。人通りがまばらなせいか、喜蔵の小さな呟きもよく響く。

「執念深く、そのくせ臆病だ」

頷きながらも、天狗だってそう悪いことばかりするわけじゃないんだけれどな、などと小春は天狗を弁護するようなことを言う。

「……殺されかけたというのに甘っちょろいことを」

小春の細い喉元に刀がかざされている場面が思い出され、喜蔵はまた少しだけ肝が冷える思いがした。

「いや、あいつ殺す気はなかったと思うぜ？」

（とことん甘い）

喜蔵は呆れて零した苦笑いを、咳一つでごまかした。

「天狗は仏法に精通し剣の腕が優れているから、攫ってきた人間に教えてやったりもするんだよ。大抵は家に帰してやるし……だから天狗の話があちこちに伝わっているんだろうな」

神隠しは、そのほとんどが天狗の仕業だと言われていた時代である。神隠しにあった者は、その日のうちに戻される者もいるし、数十年経ってやっと帰される者もいた。

「帰すくらいならば、なぜ攫うのだ？」

「さあ。人恋しいのかも」

先程の天狗を見て、それも満更嘘でもなさそうだと喜蔵は思った。

「しかし、深雪は可愛いのに肝も据わっているな。あれじゃあ天狗も惚れちゃうわ」

義弟が天狗など御免だと憮然とする喜蔵に、色魔とどっちがいい？　と小春は意地の悪い笑みで訊く。両方とも絶対御免こうむると素っ気ない喜蔵に、小春はおやっという顔をした。

「彦次は天狗にも勝てないのか。お前ら仲直りしたんじゃゃねぇの？」

「……していない」

間があったなと小春が愉快そうな笑い声を立てたところに、

「なぜ化け猫が嫌だったのだ？」

喜蔵がにわかに話を振ると、小春は大口を開けたまま、グッとつまったような顔をする。

「……まったくお前ときたら」

油断したところに根性悪いと頭を搔きながら、小春は渋々話し出した。

「……南の方の土地にな、化け猫を束ねる主がいるんだ。猫股の殿様みてぇなもんかな？　さっきまでいた小山とは比べ物にならぬ程の大山に、その猫股の長者が住んでいるんだが、立派な猫股になるためには、そこで修業をしなければならないんだ。修業は力がある者なら誰でも出来るが、それがどっこいただじゃすまないのさ」

「何かあるのか？」

「人喰い」

小春はこともなげに言った。喜蔵はぴくりと肩を震わせ、一寸立ち止まりそうになったが、そのまま前に歩みを進めた。そんな喜蔵の様子を横目で見て、小春はまた話し出す。

「人間の首を持ってきて、猫股の長者と共に食すんだ。その首というのも、一番身近な、多少なりとも情の通じ合った人間の首でなければならん」

「――首を？」

（ああ、俺もそうやって訊いたな）

喜蔵の訝しむ声が、自分の言い方とそっくりだったので小春はフッと笑った。

「薄気味悪い洞窟に長者は住んでいるんだが、そこにはなんにもありゃしないんだ。ごつごつとしたいびつな丸の岩が無数に転がっているだけで、長者と言っても貧乏なんだな、と最初はのん気なことを思ったもんだ」

飼い主の首を持ってこいと言われた時から違和感を感じていたと小春は言った。

「首を持ってきてどうすると訊くと、長者は辺り一面に転がる岩を片手で持ち上げ、ぺろりと舐めて言ったんだ。『私とお前の二人で、それを喰らうのだ』ってな」

その岩をよく見ると――と言いかけた小春に、

「……骸骨だったのか？」

喜蔵はぼそりと答えた。ご名答、と小春は指を鳴らす。

「その時になって、俺はようやく違和感の正体に気がついた。人間が見たら、きっとあれを地獄と言うんだろうな……何千何百の人間の頭が喰われて、猫の寝床にされているんだ。おまけに――」

言いかけて、小春は唐突に骨骨骨骨頭の骨～と歌い出した。

「骨骨骨、たっぷり山の骸骨ぺろりっ～」

「悪趣味な歌を歌うな」

これから更におぞましい話になるのかと心を構えていた喜蔵は、妙な歌のせいで力が抜けてしまう。それでも、話を聞いてどうしても気になったことを喜蔵は訊いた。

「それで……主の頭を喰らったのか？」

たっぷり山の骸骨がぶりっ～と歌っていた口は喜蔵の言葉でぴたりと止まり、

「俺は喰ってない」

それが嫌だったと小春は小さく呟いた。小春の話が真実ならば、小春は猫股になるための条件を満たしていないことになる。しかし、化け猫、猫股、と件も天狗もこれまで散々言っていた。喜蔵の疑問に、小春は至極簡潔に答えた。

「猫股にはなったぜ。首は何とかごまかしたまま化けてやった」

どんな風にごまかしたのか、どうやって猫股になったのか、細かいところは一切語らぬ小春に喜蔵は首を捻った。いくら考えても分からぬことは考えぬに限る――いつもならそう考えて諦める喜蔵だったが、少しだけ訊いてみたくなったのだ。

「……どんな手を使ったか知らぬが、昔から悪知恵の働く奴だったのだな」

「それが立派な、大大妖怪というもんよっ！」

小春がそう高らかに言ったのは、喜蔵の家の裏手に着いた時だった。裏長屋から夕餉のよい香りが漂ってきて、かぼちゃの煮つけかな？　と小春はくんくんと鼻を動かす。

「ひだる神」

庭に通じる裏木戸を開けて潜ると、小春は喜蔵の後にいつものように続いて入ってこない。どうしたと喜蔵が訊ねると、小春はふるりと首を振る。

「俺はもうここには入れぬ」

腹が減って死にそうだ、早く飯だ飯！　と当たり前のように中へ入って、ぐうぐうと腹を鳴らしながら、ジタバタと騒ぐものだと思っていた喜蔵は、すっかり拍子抜けをした。

「……腹でも下したか？」

いきなりなんだ？　と小春は怪訝な顔をする。

「お前が腹以外のことで思い煩うとは思えぬ……まさかとは思うが気にしているのか？」

うっすらと首元に残る爪跡を指して、喜蔵は問うた。そんなの大した傷じゃないと言いつつ、数日ぶりに会ったその時から、小春はちらちらと気まずげに喜蔵の首元に目をやっていた。

「確かに大した傷ではない……あんなに鋭い爪でどうして首も落とせぬのだ？　大妖怪などと大口叩いておいて、まるで力がないのだろう？」

「馬鹿野郎、手加減してやったに決まって――」

あ、という顔をして小春は黙り、喜蔵はニヤリとした。本当に根性が悪い奴だとブツブツと文句を言う小春に、喜蔵は首を傾ける。

「……あれか？」

そのまま先を言わぬ喜蔵を辛抱強く待って、小春は小さく訊ねた。

「何？」

「――放逐と言ったからか？　そんなものは……」

撤回してやるとぼそりと小さな声で喜蔵が呟くと、

「あんがと」

ふっと笑って、それでも小春は中に入ろうとしなかった。じりじりと時が経つ音がして、喜蔵は諦めたように溜息をついた。

「……迎えがこずともよいのではないか？」

え、という顔をして小春は顔を上げる。

「ここにいても構わぬ――と申している」

きょろきょろと周りを見回す小春に、喜蔵はまた首を傾げる。

「いや、本当にお前の口が言ったのかと思って。もしや木霊《こだま》の仕業かと」

へへへと照れたように笑う小春に眉をひそめて、喜蔵も一寸だけ頰を緩めた。

「俺は――」

小春が何ごとか言いかけた時、

「小春ちゃん？」

小春の名を呼ぶ声が後ろから聞こえてきた。振り返ると裏の長屋の戸から美しい顔が覗いている。

「ああ、やっぱり小春ちゃん！　よかった、帰ってきたのね」

小春は言いかけた言葉を止めて、綾子に向き直って片手を挙げた。にこにこと綺麗な笑みを浮かべながら、綾子は喜蔵の家の裏、喜蔵と小春の元へと小走りしだした。

「ちょうどそちらへ伺おうと思っていたの。お夕飯作り過ぎちゃったから、小春ちゃんに食べてもらおうって」

「俺が帰ってきているか分からないのに？」

綾子は顔を真っ赤に染め、返事に窮して手をもじもじとさせた。ははん、と小春はニヤリと笑う。

「また盗み聞きしていたな？」

小春が百鬼夜行から喜蔵の庭へ落ちてきた時、綾子は垣根から様子を窺って聞き耳を立てていたのだ。今宵も、隣に耳をそばだてていたのだろう。

「だって……心配だったのだもの」

素直に認めて、綾子は更に顔を赤らめた。

「今日はかぼちゃの煮つけ？」

うまそうだなあと小春は腹を鳴らした。もうすぐ出来るから持ってくるわねと笑い顔に戻った綾子は、

「――こ、こんばんは！」

喜蔵を認めてバッと頭を下げた。

「今気がついたんだ？」

けらけらと笑い出す小春の頭をパンッと叩く喜蔵に怯えながら、綾子はおずおずと言う。

「あの……喜蔵さんも……待っていて下さいね？」

たっぷりと間が空いて、喜蔵は小さく「はい」と答えた。

「……！」

花が開いたようにぱあっと顔を明るくした綾子は、急いで家の中へ戻ろうとして、何もないところで二度つまずいた。辛くも転びはせずに長屋の中へ戻ったその姿を見送って、まるで落ち着きがないと喜蔵はぽつんと呟く。それが可愛いんじゃねぇかと笑う小春に、喜蔵も同意の頷きをよこした。

「お！」

珍しく素直だ槍が降ると小春はおどけた。

「可愛いというより、面白い」

「……それはお前、もしやもしや」

それはないと喜蔵はすぐさま否定する。いやらしく笑った小春は、そのまま視線を裏長

屋に移し、じっくりと眺めて微笑《わら》った。

「……いい匂いがするなあ」

嬉しそうな顔でぐうっと腹を鳴らす小春のいつもと変わらぬ姿に、これでまた騒がしい日々が始まるのだと喜蔵が考え出した時、

「俺はね、もう飼われるのはやめにしたんだ」

いつもと何ら変わらぬ声音で小春は言った。

「——飼っているつもりなどない」

不満げな声を出す喜蔵に、お前もそう言うと思ったと小春は微苦笑した。

「けれどな……俺は妖怪で、鬼だもの。ここにいたらきっと人間か猫になっちまう。猫に戻るのも、猫股に戻るのも嫌なんだ。人になるのはもっと勘弁ならん」

鼻にくしゃりと皺を寄せ、小春は心底嫌そうな顔をした。

「だが、鬼はわりに自由が利く。鬼には種類が多いからな、色んな奴がいていいわけだ。人を喰うことを強要されるわけでもないし、あちらこちらで好きなように人を化かして遊べる」

「……彦次を化かした時のようにか？」

そうそう、と小春は思い出したように高笑いした。

「しかしまだ、俺はひよっこ鬼だ。力はあっても、鬼になりきれちゃいない……人と交わっていては一生鬼にはなりきれん」

「それ程鬼になりたいのか？　化けなければよかった、と思う時もあると申していたではないか」

お前は嫌なことを覚えていると小春は頬をぐりぐりと撫でた。

「……昔、俺の友がどうしても武士になりたいと言った。そいつは元々武士だったのに、お人好しだから騙されて、親友に何もかも奪われちまったんだ。武士になると言っても、世の中金だ。金のない奴は商売でもして稼がなけりゃあ金は得られない。けれど、武士が金のために働くなんて恥だろ？　昔は特にそうだった。でもな、それでもそいつはまた武士になりたいと言ったんだ。恥も外聞も捨てて、それでもなりたいってな」

それでふと思い出したんだと小春は空を仰ぐ。

「俺はどうしても立派な妖怪になりたい。猫股が上手くいかず、鬼にもなりきれちゃいないからって、俺はきっとそれを忘れていた……でも、根っこでは決して忘れちゃいないんだ。心の中ではいつもそればかり考えているんだもの」

表通りから人が消え出した。この頃の通りにはまだ、電灯などない。外を歩けば闇の中、家の中も黄昏時《たそがれ》。裏通りの長屋から漏れる細い灯りと、空にある天然の灯りで何とか互いの姿を映し出している。月光のお陰で、小春の顔は妙にはっきりと喜蔵に見えていた。

（……何て顔だ）

あの時とは真逆に、喜蔵は呆れて物が言えなくなった。

「……馬鹿親父と同じような顔で同じようなことを言う」

「お前の親父さん？」

父のことをすんなりと口にしたことに喜蔵は自分で一寸驚いたが、そのまま話を続けた。

「そうだ……昔家を飛び出した馬鹿親父だ。子どもを老父に押しつけて、独りで『国のため』とわけの分からぬことを喚いてふらりといなくなった――馬鹿者だ」

喜蔵の父がいなくなったのは喜蔵が十になったばかりの、今から九年前――幕末の文《ぶん》久《きゆう》三年の頃である。三百年近くも続いていた徳川《とくがわ》幕府はすっかり疲弊しきっており、日本中のあちこちで革命の火蓋が切って落とされた、時代の変革期だった。

「ソンジョウの志士？」

そんな大層なものかは知らぬと喜蔵は吐き捨てた。

「……家も満足に守れぬ人間が、国のために働くなんぞ馬鹿げているがな。おまけにただの商人の子のくせに侍気取りで、『古道具など売っている暇はない』といつも言っていた。それでも一応は祖父さんの手伝いをしていたのだが――あの馬鹿親父はとうとう堪えられなくなり、お前の言う流行の『志士』とやらになると出奔したのだ。そのために妻と子を捨ててな。そうだ……馬鹿みたいに叶わぬ夢を見ていた。夢を見るだけでは飽き足らず、現《うつつ》を飛び出した大馬鹿者だ」

「きっと親父さんも、根っこでは忘れられなかったんだな」

確かに俺と同じかもしれんと小春は苦笑した。そのくせ、そこにもう迷いは見られぬ。小春よりもよほど苦々しい顔をして、

「得られるか分からぬものに向かっていかずともいいものを……」

誰に向けてか分からぬ言葉を吐いた喜蔵に、本当になあと小春は再び辺りを見渡し、なかなかよい景色なんだけれど、と感嘆に近い息を漏らした。

「そこにある幸福を選べば、人生も妖生も楽しいに決まっているのだろうに……分かっていても駄目なんだろうな」

まるで他人事のように言う小春を、喜蔵は柔く睨んだ。

「なぜそこまで思う？　それが正しい道だと信じきっているのか？」

確かなものなど、この世のどこにあるのだろうかと喜蔵はずっと疑問に思っていた。何があっても変わらぬ確かなものがあるなら、誰もが迷いなど抱かず、まっすぐに生きていける。しかし小春は、確かなものなどどこにもないと喜蔵に言った。

「目に見えぬ不確かなものに向かっていくのか？」

それはただの無謀な行いだと喜蔵は思う。そうだよなと同意したくせに、

「でもな……折れて挫《くじ》けて傷だらけになって、嫌気が差して逃げ出したって、結局はそこに戻ってきちまう。なぜ？　というのに答えを出すなら、恐らくそういうことだろうな」

俺は行くよ、と小春は喜蔵にはっきりと別れを告げた。

そう言われてしまえば返す言葉のない喜蔵は、

「……行く当てもない小童妖怪のくせに」

ただでさえ厳《いかめ》しい顔を一層しかめて閻魔になった。小春はそれに笑って――固まった。

「──」

「何だ？」

小春はあごを上に持ち上げて、空を飲み込むようにあんぐりと口を開けている。喜蔵もつられて上を見た。

「夜行……」

絢爛《けんらん》豪華でも煌《きら》びやかでも禍々しくもない。それでもどこか羨ましいような気にさせる、賑やかな行列だった。「百鬼夜行の絵巻など大したことがない」と小春が偉そうに言っていたのにも頷けてしまう。緑、赤、紫、テンテンテンと三味線や琴の音が耳を劈く程に近づいてくる。手長足長《てながあしなが》が大きく長い足を踏み出すと、大、中、小の様々な妖怪たちが紫闇の空に溢れ返り、後ろの黒闇を従えてそびえる月から飛び出たように見えた。

ぬらりひょんに輪入道、小豆洗いに黒煙《くろけぶり》に百手に古烏《こがらす》、青女房に塗仏《ぬりぼとけ》、野衾《のぶすま》、二口女《ふたくちおんな》、面霊気《めんれいき》に海鳴り小坊主、だいだらぼっちに狗賓《ぐひん》、瀬戸大将──。

洪水のようなあやかしの行列に、二人は飲み込まれそうになる。

「このっ大馬鹿者ッッ！」

あまりの思い切りのよさに、喜蔵は思わず眼を見張った。力一杯殴ると、妖怪といえども目を回すものなのだ——そういえば小春は頭を怪我している。見事に後ろにバタンと倒れ込んだ小春を見下ろしながら、喜蔵はぼんやりと考えていた。

「夜行中によそごとなぞ考えるからだ、この馬鹿鬼！」

夜行はまだ空に浮いている。飲み込まれるかと思ったが、随分と手前で止まったままだ。小春よりも更に小柄な、童子のなりをした妖怪がぽろりと喜蔵の庭に空から降りてきただけだが、夜行の連中は上から様子を窺っているようだった。

「どれ程捜したと思っているんだ！　お陰で夜行は少しも進んでいないのだぞ」

「そうだ馬鹿小春っ」

「阿呆鬼〜」

「そんなにちっこいせいだぞお」

狐や狸や火車も上から野次を飛ばしてくる。目を凝らしてよく見ると、妖怪たちの身はどこか荒んでいるようにも感じられた。一張羅と思しきものが台なしである。

（本当に、どれ程捜したのだ）

喜蔵は厳しい顔のまま、くすりと忍び笑いを漏らした。あまりに目立つので庭に入ったはいいが、夜行は庭の上の空を一面覆い隠していて、喜蔵の家だけさんさんと光が降りしきっている。この場に綾子が来たらどうなるか――なぜか少しもひやひやとしない自分に喜蔵は笑いが浮かんだ。小春は夜行の小さな使者――袖引き小僧に、先程からずっと叱りつけられている。

「いや、こちらにも事情があってだな……その」

言いわけをしようとする小春をもう一発殴って、

「ともかく早く戻ってこい――俺は先に戻っているぞ」

ちらりと喜蔵を横目で見やると、袖引き小僧は腕まくりを下ろしながら空に戻っていった。少しは助けろこの薄情者とようよう身体を起こし、

「ああ、駄目だ……こいつは妖怪よりもよほど邪悪なんだった」

人間のくせに中身は妖怪だもの、と小春は面白くない表情をしてそっぽを向いた。

「お前が妖怪らしくないだけだろう」

「お前が人間らしくないんだ」

「おまけに嘘つきだ」

嘘なんか――と言いかけた小春の言葉を遮って、喜蔵は言う。

「俺の言った通りではないか」

上を見上げる喜蔵の顔には、苦りきった表情が浮かんでいる。

（あ……笑った！）

これまで何度も笑いに似た顔を見てはいたが、この笑みが本当の笑顔なのだろう。笑い

顔まで怖いとなるといよいよ救いようがないと小春はくすくすと笑った。喜蔵の目線の先を追うと、ぎらぎらと闇夜に似つかわしくない色が規則的に四方に飛び散っている。

小春が焦がれてやまなかったものが、すぐ間近にあった。

(夜行……)

「……喜蔵」

真摯な目で見上げてくる小春に、喜蔵も目を向けた。

「今まで色々あんがと。助かった」

小春はそう言うと、ぺこりと軽く頭を下げた。喜蔵は片眉を上げながら、有り難みの感じられぬ礼だなと皮肉を零す。

「お前は最後まで捻くれていて駄目だ。そんなんじゃ深雪ちゃんも愛想尽かしちまうぞ」

「尽かしはしないだろう。血の繫がった兄妹だ——俺はそう信じている」

憮然と言い放つ喜蔵をまじまじと見やって、わははと小春は弾けるように笑い出した。

「ちったあ人間らしくなったな！　これで安心して、俺も夜行へ帰れるというものだ」

お前などに心配される謂《いわ》れはないといつもの意地の悪い言も零さず、喜蔵は黙り込んだ。

「何だよ、もしかして寂しいのか？」

寂しいのはお前の方だろう、と鬼顔は腹を突いてくる子どもを腕で払う。

「何言ってんだ、自分の面見てみろ。ものすご〜く寂しそうな面していやがるぜ」

「べそかく寸前の餓鬼の顔に言われたくない」

似ている二人は最後まで意地の張り合いをし、

(寂しいなどと言うものか)

(こいつが言わないのに俺が言ってやるもんか)

フンッと同時に鼻を鳴らし、それに小さく吹き出した。

「また来てやると言ってやりたいところだが、お前は人間で俺は妖怪だ。陽と闇は本来交わっちゃいけないもんだ」

二度と来るな穀つぶしという喜蔵の台詞は無視して、小春は仕方がないと腕を組んでうんうんと頷く。

「深雪ちゃんの祝言《しゅうげん》の時だけは来てやるよ。妹に泣いて縋るみっともない兄の姿が見たいからな」

「俺は泣かぬが、あれの祝言などそう遠くはあるまい」

「深雪ちゃんは可愛いからすぐにお嫁に行っちまうぞ。そうしたらお前はまた独りだ」

寂しいねえと小春はことさら愉快そうに笑う。

「別れの時くらい、殊勝になれぬのか？」

よいことの一つでも言えと溜息をつく喜蔵に、では俺の昔の飼い主の話をしてやると小春は咳払いをして声を改めた。

「うん――さっき言っていたお人好しの奴なんだがな。目元はきついし人相も一寸悪いんだが、寂しがり屋で優しくて、まあ本当に妖怪が呆れるくらいにお人好しでさ。笑うと目尻に皺が出来て愛嬌があった」

　お前とよく似ていると言う小春に、まるで似ていないではないかと喜蔵は変な顔をした。

「似ているよ、弥々子もそう言っていただろ？　何より血が繋がっているのだもの。似ていないはずがない」

　目を見開く喜蔵に、いやはやようやく分かったと小春はぴっと指を立てて片目をつむる。

「夜行中に気を取られたのは、ただの不注意なんかじゃない。懐かしい匂いがして、思わず身体が反応しちまったんだ。チカチカと妙に光っているところに吸い寄せられるように落ちていったのも、昔の飼い主の子孫が住んでいたからだ」

　息を飲む喜蔵に、小春は微妙な表情で笑った。

「その飼い主がお前の親父や祖父さんだったら美談だったのだろうが、生憎違うんだな」

　お前の曾祖父さんだよ、と小春は言った。一度も会ったことのない身内だが、それを聞いた喜蔵はどこか懐かしさを覚えた。祖父の話によく出てきた人の好い、少し間の抜けた曾祖父は、遠くではなく、己のごく近くにいたのだ。

「あいつは優しかった。寂しがり屋で俺しか頼りに出来ぬような奴だったがな……首はやるが、どこにも行かないでくれなんて馬鹿なことを言うものだから、おかげで首を取り損ねちまった。俺はそれまでずっと人間なんて大嫌いだったが、あいつのことは好きだったよ――首も取れぬくらいにな」

　喜蔵とそっくりだと小春は笑う。言われた喜蔵は、

※本書は2010年７月にポプラ文庫ピュアフルより刊行しました。

小松エメル（こまつ・えめる）

1984年東京都生まれ。母方にトルコ人の祖父を持ち、トルコ語で「強い、優しい、美しい」という意味を持つ名前を授かる。國學院大學文学部史学科卒業。2008年、あさのあつこ、後藤竜二両選考委員の高評価を得て、ジャイブ小説大賞初の「大賞」を受賞した「一鬼夜行」にてデビュー。著書に「一鬼夜行」シリーズ、「蘭学塾幻幽堂青春記」シリーズ、『うわん』『夢の燈影』、共著に『東京ホタル』『競作短篇集　となりのもののけさん』などがある。

表紙＆章扉イラスト＝さやか
表紙デザイン＝松岡史恵

teenに贈る文学 3

一鬼夜行シリーズ①
一鬼夜行

小松エメル

2015年4月　第1刷

発行者　奥村　傳
発行所　株式会社ポプラ社
〒160-8565　東京都新宿区大京町 22-1
TEL03-3357-2212（営業）
　　03-3357-2305（編集）
　　0120-666-553（お客様相談室）
FAX03-3359-2359（ご注文）
振替00140-3-149271
フォーマットデザイン　大澤葉
ホームページ　http://www.poplar.co.jp
印刷・製本　凸版印刷株式会社

N.D.C.913／308P／19cm
ISBN978-4-591-14400-8